Patrick Cauvin

La Reine du Monde

ROMAN

Albin Michel

© Éditions Albin Michel S.A., 2001
22, rue Huyghens, 75014 Paris
www.albin-michel.fr

ISBN 2-226-12155-2

Livre I

1972

Mon nom est Marc Brandon.
Je pars parce qu'il pleut.
C'est aussi con que ça. Peut-être le destin n'est-il pas autre chose qu'une histoire de météo.
Dans vingt ans, je me poserai toujours la question. S'il avait fait beau ce matin-là, si un soleil printanier avait coulé sur le zinc des toits parisiens, si le café-tabac du coin avait sorti les chaises sur le trottoir, si, de l'autre côté de la rue, la dame du troisième avait arrosé les géraniums de son balcon, j'aurais respiré un grand coup pour chasser les velléités de changement qui, depuis quelque temps, tournicotaient dans ma tête, et j'aurais décidé de continuer ma vie ici, engoncé mais pas dupe de l'être... J'aurais passé l'été dans mon XVIIIe, je serais devenu un roi de la pantoufle.
Descente le matin pour les croissants, journaux, longues siestes, le ciné au bout de la rue... Mais Paris ne me retient pas. Gris, frisquet comme un

mauvais manteau, j'ai senti qu'il me chassait, je le sens encore. Je le quitte.

Les vraies causes des grands choix sont toujours aléatoires et anodines.

Je serai africain parce que ce printemps 1972 fut pourri sur le Bassin parisien.

D'autres éléments jouent leur rôle : une envie de me trouver dans un décor qui me dépasse..., j'ai toujours éprouvé ce besoin. L'année dernière, sur la plage de Bretagne, j'ai recherché l'étendue déserte des sables et de la mer : les grands horizons et moi.

J'échange un pays de quatre saisons pour un qui n'en a que deux. La sèche et l'humide. Je quitte mes averses continuelles pour des orages permanents. Mais je pars avec, au fond du cœur, le vieux rêve colonial : bâtir un royaume. Le terme de chef d'entreprise me défrise instantanément, celui de propriétaire terrien m'exaspère alors que c'est de cela qu'il s'agit, bien sûr.

Adieu, vieux monde.

Il reste les papiers, des formalités consulaires, mais tout cela s'achève...

J'ai appelé Guy tout à l'heure et nous avons discuté longtemps. Je ne suis pas sûr qu'il m'envie mais son étonnement m'a fait du bien. Il ne me croyait pas capable de faire le saut... En fait, pour lui, l'Afrique se résume aux femmes. Il a épousé deux Zaïroises et en a eu cinq enfants d'ébène. Un soir de beuverie, il m'a confié qu'il n'avait jamais pu coucher avec une Blanche, il avait accumulé jusqu'à vingt-cinq ans les catastrophes sexuelles, de la panne absolue à l'éjaculation précoce, jusqu'à ce qu'il rencontre le bonheur à Kinshasa. Il y avait perdu six kilos en trois semaines, gagné une épouse et s'était senti un mastard du sexe, cela ne l'a pas empêché de rester scotché à Clermont-Ferrand.

Rien dit à Nicole.

On ne parle jamais bien des femmes que l'on n'a pas aimées.

Qu'est-ce qui me prend ce soir de dresser son portrait ? Le signe sans doute que tout est effacé, que nos vies s'écartent pour toujours, comme si cela n'avait pas commencé depuis le premier regard.

Curieuse histoire que celle d'un accord qui n'en fut jamais un. Nous avons été les champions des amours raisonnables. D'instinct, nous avons évité les excès. Elle avait le don de fuir les excentricités, les exagérations, et tant de choses pouvaient être excentriques à ses yeux... Moi, entre autres.

Des nuits décentes. Les pires. Des soirées cultivées et ce sentiment, au long des années, de jouer une partition classique. Pas de fausses notes. Ni jazz ni rock.

La faute des tiédeurs est toujours partagée, j'ai eu envie, dans les débuts, de bousculer l'accord apparemment parfait, de lui mettre la main au cul en plein cocktail, de lui balancer des obscénités dans le creux de l'oreille pendant le *Requiem* à Saint-Séverin. Que je ne l'aie pas fait prouve en fin de compte que je n'y tenais pas vraiment. Je lui dois d'avoir freiné sur le whisky, sur les soirées au Casino, sur le poker. J'ai freiné sur tout.

Je ne la vois pas en 4x4 dans la savane. Pourquoi ? Elle s'en sortirait peut-être aussi bien qu'une autre, disons que je n'ai pas envie de l'y entraîner.

Des années avec une femme qui m'a intimidé. J'ai répondu à une demande informulée : être sage. Un petit garçon devait, par son attitude, mériter la si belle et élégante dame qui lui était dévolue.

Nicole est l'une des raisons pour lesquelles je pars, et sans doute pas la moins importante. J'en ai assez de ne pas pouvoir faire le con à mon gré.

Je pense que cela m'arrange de le penser en ce moment, mais je ne l'ai pas rendue heureuse parce que, instinctivement, je l'ai confinée dans ce rôle de grande sœur indulgente, regardant s'ébattre près d'elle un môme trop tranquille. Elle mérite sans doute mieux. Peut-être est-elle l'inverse de ce que j'ai cru. Je me suis contenté d'amener sur ses lèvres des sourires retenus alors qu'elle devait être capable de fou rire et d'explosion... qui le sait.

Elle se doute que je vais partir, elle ne me retiendra pas, ça ne se fait pas. Je crains sa tristesse, ce qui me rassure c'est qu'elle ne la montrera pas. Elle me laissera le soin de la deviner.

L'Afrique dans quelques mois.

La plantation est au pied des volcans. Les collines jusqu'à l'horizon, plus loin, après les lacs débutent les marécages. Lors de mon dernier voyage, j'y ai vu les grands échassiers prendre leur envol dans le matin. A contre-soleil, leurs plumes sont devenues dorées et transparentes, c'était un spectacle démesuré, sur des hectares les grues planaient, survolant les eaux mortes. Pourquoi me suis-je senti chez moi ? Une impression d'être arrivé. Cela s'est amplifié et confirmé dans le village le plus proche de la plantation. Kitan. Des huttes sous les arbres.

Le bungalow se trouve à cinq kilomètres. Je le retaperai, il en a besoin... L'ancien propriétaire a fait réparer les clôtures. J'ai tous les chiffres de production depuis quinze ans. Truqués sans doute mais ils me donnent une idée. Le bétail représente l'essentiel des revenus, tant en viande qu'en peaux, je peux ajouter du maïs, des légumes, du café, la terre est riche, l'agronome ne tarissait pas d'éloges sur la région, ses mains malaxaient une terre invisible, lourde et fertile, il a parlé de piments, de tomates, les couleurs dansaient... Bref, l'avenir est à moi.

La dernière année, la plantation nécessitait dix-sept personnes, bergers et agriculteurs, tous m'ont laissé entendre que si je haussais le rendement des terres, je pourrais facilement en embaucher trois de plus. Kitan, par tradition, fournit la main-d'œuvre.

C'est un village bimeke ou mangene, je ne sais plus... Deux tribus sont venues s'installer dans la région à des époques différentes, elles cohabitent depuis la fin du XIXe siècle, des bagarres de temps en temps, mais rien de dramatique, cela ne va jamais plus loin que des volées de pierres et quelques coups de bâton après une trop grande absorption de vin de palme. Les Mangenes ont d'abord été des pasteurs, et ce sont eux qui s'occupent de préférence des bêtes, les autres seraient plutôt agriculteurs. J'aurai à maintenir un équilibre dans les embauches pour ne pas créer de jalousies ni de frictions inutiles. Une situation politique compliquée, il n'y aurait pas moins de quatorze partis dont les différences me paraissent d'une subtilité peu saisissable... Je m'y ferai.

Rendez-vous demain à dix heures avec le type de l'agence pour l'estimation de l'appartement et le contrat de mise en vente.

Adieu, Paris.

1982

Cette fille est cinglée.
Je n'avais pas envie d'aller visiter ces tombeaux. C'est en plein centre de Vienne, coincé entre un supermarché et un toiletteur pour chiens. Des cars de Japonais stationnaient devant l'entrée, tout Tokyo devant les Habsbourg, caméras déployées.
Et puis, au dernier moment, je me suis décidé. Dans la foule, un type a prononcé le mot « archiduc », et cela a suffi. Sans doute un excès de sensibilité à la musique des mots.
« Archiduc ».
J'ai pensé à Rostand, à *L'Aiglon*, à ce jeune homme qui mourait en crachotant à Schönbrunn que j'avais visité le matin même, bref, j'ai trouvé idiot de louper ça et je me suis mis à la queue.
C'est là que je l'ai rencontrée. Elle m'a fixé et quelque chose en moi a dû l'avertir que je n'étais pas follement enthousiasmé à l'idée de descendre

dans une crypte pour gambader devant des cercueils d'empereurs austro-hongrois. Elle non plus.

On s'est regardés trois fois, et j'ai pris mon courage à deux mains. Je lui ai proposé d'aller boire un verre.

Elle avait des yeux gris, un sourire, un accent balkanique, un pantalon kaki style G.I. pendant la guerre de Corée et un air farceur.

Elle a dit O.K., et nous sommes allés dans un café au coin d'une place, près de l'Opéra.

Nous y sommes arrivés à dix heures du matin et nous l'avons quitté à un peu plus de dix-sept heures. Elle m'a demandé d'entrée ce que je faisais à Vienne, je lui ai dit que je venais vendre des haricots.

– Au marché ?

J'ai expliqué qu'en fait j'en avais plusieurs tonnes dans un cargo en route vers l'Europe, et que je venais négocier des accords de vente.

Je n'ai pas envie de rapporter notre conversation pour la bonne raison que je ne l'oublierai jamais, qu'elle restera gravée et que nos yeux n'ont pas dû se quitter une seconde, tandis que défilaient les cafés crème, les whiskys, les Apfelstrudel. Le type qui trimbalait le chariot à desserts a paru très impressionné par la quantité de crème fouettée qu'elle a pu ingurgiter... Je lui ai raconté l'Afrique où je vivais, elle m'a raconté l'Europe, son amour des villes italiennes, de l'Espagne.

La Reine du Monde

Dix minutes avant la fermeture de la nécropole, on a foncé, et je n'avais pas mis un pied entre les sépultures de bronze qu'elle m'a chopé par la veste, plaqué contre les grilles et roulé la biscotte du siècle. J'ai cru qu'on resterait soudés.

Je me suis demandé si je n'allais pas la prendre là, entre François-Joseph et son épouse, mais la terreur d'un capucin surgissant de l'ombre m'en a empêché.

Pas dormi, évidemment.

Qu'est-ce qui se passe ? Je ne suis pas si inflammable, et elle avait rendez-vous une heure plus tard. Avec qui ? Je la retrouve sur le Prater, demain matin à neuf heures. Dans quelques heures...

Impossible de savoir si ce jour marque une date dans ma vie ou si j'oublierai à la fin de la semaine. Non, je me contredis, j'ai écrit tout à l'heure que je n'oublierais rien, pas un mouvement des lèvres, des cils, elle a un truc pour remettre une boucle en place sans les mains, un coup de tête dans le vide, comme un footballeur attendant le corner.

Des études d'archéologie, elle est spécialiste de la fouille rapide, pas le style « j'époussette les fémurs néandertaliens avec une brosse à dents ». Elle m'a expliqué : lorsqu'on ouvre une autoroute ou qu'on creuse un parking et que l'entreprise tombe sur des vestiges, elle arrive et elle a quinze jours pour extraire le maximum de choses, déplacer, prendre des empreintes, des photos. En même temps, il faut quémander des prolongations, contacter les chefs de travaux, les autorités locales qui ne cèdent pas. Et quinze jours après, les bétonneuses fonctionnent et les coulées commencent sur les catacombes, les villes enfouies, grecques, phéniciennes ou romaines, et elle fait son rapport dont elle n'entend le plus souvent jamais parler.

Marah. Marah Vidsmark.

Son corps est chaud sous la toile, la taille tourne, une bouche douce. J'en ai gardé la chaleur.

Bon Dieu, il fait plus chaud à Vienne qu'à Kitan. Qu'est-ce qui arrive ?

Je pourrais prolonger de quelques jours si c'est nécessaire.

Ou je l'embarque.

Freine, mon garçon, freine... au bout de trois jours de brousse, elle se plaindrait des moustiques, des moustiquaires, des bruits de la nuit, du silence du jour, des cahots de la piste.

Plus de cigarettes, et il est trois heures du matin. Vienne dort comme un sonneur. Personne ne pourrait y trouver un tabac ouvert.

C'était peut-être une flambée exceptionnelle. Demain, dans la lumière du matin, le feu se sera éteint, peut-être.

Nous marcherons dans les parcs, entre les statues, et à chaque pas la raison s'installera entre nous par pans réguliers. Ou alors...

Je ne sais pas ce que je souhaite. C'est le genre de rencontre qui vous bouleverse à dix-huit ans, je ne les ai plus, et elle non plus, des rides ont commencé à s'installer au coin des paupières, pas des rides vraiment, elle a dû trop sourire dans sa vie.

Quel con d'avoir pensé aux capucins à ce moment-là, comme s'ils passaient leur vie à se balader entre les tombeaux pour surprendre les étreintes des touristes...

Il faut que je dorme.

Plus de whisky dans le minibar. J'ai tout sifflé. Il reste quelques liqueurs sirupeuses.

Tachycardie.

Je ne sais même pas où elle loge à Vienne. A quoi ça m'avancerait ?

Non, je laisse tomber mes divagations. Qu'est-ce que je foutrais avec elle sur mes collines ? On ne change pas de continent comme de chemise, je suis bien placé pour le savoir.

Et puis, elle n'est pas si terrible que ça. Elle a eu un coup de chaleur et voilà tout, elle doit roupiller comme une souche pendant que je m'imagine des amours éternelles. Formation romantique.

En plus, balancée comme elle est, elle doit avoir quelques solides amants, spécialistes de la reconstitution de vieux squelettes, réparateurs d'amphores, des types capables de vous repérer une esquille de dinosaure à dix kilomètres de distance.

Rien de plus écœurant que la Marie Brizard avec le lever du soleil.

1993

Les Carrier sont partis avant-hier.
C'étaient des coloniaux, le genre à vous foutre un empire en l'air en moins d'une génération, mais je les aimais bien.
Des gens dont on pense qu'objectivement il serait tout à fait justifié de les fusiller, et avec lesquels on boit le pastis certains soirs, en se disant qu'au fond on se marre bien avec eux. Des négriers pour qui une tendresse regrettable vous vient... Faiblesse du sentiment.
Ils regagnent définitivement leur propriété dans le Lot. Je la connais sans y être allé, j'en ai vu les photos vingt fois au cours de soirées diapos. Une forteresse construite dans les années cinquante et meublée en faux Renaissance, avec cheminée monumentale et lits à baldaquin surmontés de plumets. Marah prétend toujours qu'elle a du mal à s'empêcher de vomir devant le rose layette des tentures et des moquettes. La salle de bains ressemble à une piscine et la piscine s'incurve en

haricot géant. Ils emmènent avec eux du personnel : le couple qui travaillait déjà pour eux, il a déjà précisé qu'il ne les paierait pas mais que nourriture et gîte étaient assurés. Une vraie chance pour des gens qui sont debout quatorze heures par jour.

Il a abattu son jeu dès notre première rencontre : « Il y a une différence entre les Mangenes et les Bimekes, les premiers sont plus abrutis que fainéants alors que c'est l'inverse pour les deuxièmes. » C'était sa plaisanterie favorite, il avait l'air de ne jamais s'en lasser. La fortune lui est venue avec les mines de bauxite, de manganèse et ses changements d'ensemencements en fonction des fluctuations du marché. Un génie de la prévision, dans ce domaine, il s'est souvent heurté aux autorités tentant de planifier la diversification des produits agricoles. Il s'en est toujours sorti, il était le roi du bakchich, ce qui lui a permis une agriculture de plantations fondée uniquement sur l'exportation, de l'hévéa au cacao. Son usine de mûrisserie d'ananas et de bananes a encore accru sa fortune.

Il m'a aidé de ses conseils. Je dois reconnaître que j'ai bien fait de les suivre. Il savait, selon les terrains et leur exposition, ce qui convenait mieux au sorgho qu'à l'igname, et davantage aux taros qu'aux haricots niébés, il m'a épargné deux ans de tâtonnements.

Je pense que, secrètement, il aurait voulu mourir en Afrique, mais les événements politiques l'inquiètent, les guerres vont reprendre, tous les indicateurs sont au rouge. Je le sais, mais mon inconscience m'entraîne à rester. Il m'a expliqué qu'au lendemain de la guerre de 40, les tribus cohabitaient, et que, peu à peu, le désir de domination, le sentiment d'injustice a été soigneusement exacerbé chez l'une ou l'autre des tribus. Les autorités coloniales n'y sont pas pour rien. Même après l'indépendance, leur influence a été prépondérante, les nations européennes ont décidé une politique de soutien, chacune ayant son candidat. Ce gros lourd souriant a suivi l'évolution avec une finesse d'analyse qui m'a souvent bluffé. Etrange personnage qui pouvait alterner une brutalité de comportement d'un autre temps avec ses employés et une ruse de stratège avec le gouvernement en place.

Marah arrivait les poings fermés à chacune de ses invitations mais ne pouvait s'empêcher de rire au bout de dix minutes, il savait la prendre, forçant sur sa faconde d'homme du Sud-Ouest. Il avait même tenté de former une équipe de rugby dans sa plantation, sans grand résultat, il prétendait que c'était son unique échec en terre africaine.

– Lorsque les choses vont commencer à aller mal, avait-il annoncé, elles seront épouvantables.

Prophète des catastrophes futures, il a préféré se replier. Soixante-deux ans, il fourmille déjà de projets, il se lancera dans les affaires en métropole, il sait que ce sera moins juteux, il m'a expliqué tout ça, une question de taxes sur la main-d'œuvre, de règlements...

Dernière soirée il y a quelques jours, son épouse a pleuré sur l'épaule de Marah. J'ai été surpris de voir les yeux du planteur s'embuer en me serrant la main. Je m'étais aussi habitué à lui. Je pense qu'il a raison, que les jours à venir seront difficiles, dramatiques sans doute.

Promesse que nous viendrons les voir en France lors d'un prochain voyage. Sur le chemin du retour, dans le 4x4, Marah a précisé qu'elle serait d'accord à condition qu'ils changent la moquette. Nous avons roulé en silence, et c'est au bout d'une dizaine de kilomètres seulement qu'elle m'a dit :

– Ce type a dû croire à certains moments qu'il était un bienfaiteur !...

C'est possible. Une de ses phrases m'est restée : « Il y a des régions du monde où le salaire est une connerie. »

Marah était comme moi, elle regrettait de n'être pas capable de lui en vouloir.

Une page se tourne, nous n'avons plus de voisins.

Une crise hier soir malgré la quinine, le drap était trempé de sueur. Il faudrait que j'augmente les doses. Je ne veux pas la transformer en garde-malade. C'est ma plus grande terreur, presque une obsession : n'être qu'un malade pour elle.

La Reine du Monde

Les malades n'ont pas de maîtresses. Lentement, au long des soirs, leur compagne se transforme, leurs gestes perdent leur sensualité, les effleurements ne sont plus des caresses, et le sexe s'éloigne. Je ne l'accepterai jamais. J'ai cette crainte de ne plus lui offrir que cette besogne lassante d'être la surveillante, l'infirmière, celle qui soigne, qui ménage et qui ne baise plus. Une femme auprès d'un lit et qui n'a plus envie d'être dedans.

Tout cela est ridicule, je n'en suis pas là. Les crises sont courtes et je récupère vite. Jusqu'à présent, elles ne m'ont pas gêné pour le travail. Mais cette journée a été dure, j'ai dû arrêter de conduire la Jeep et je suis resté au volant, jambes coupées, hébété, fixant les collines, je ne suis pas parvenu à m'endormir tant la fatigue était forte. J'ai pu tout de même continuer la tournée et surveiller le remplissage des citernes. Les points d'eau sont au plus bas. Il y avait deux cadavres dans la vase, un croco et une vache, ils étaient dans une gangue d'argile sèche et quatre hommes ont dû les en arracher avec un treuil. Le sorgho tarde à venir et la récolte sera pauvre, il faut pourtant rationner encore le débit des irrigations. Je me sens si peu fermier parfois qu'une crainte me vient malgré les années d'expérience : et si je n'étais pas fait pour ça ? Je m'en tire cependant, j'ai même relancé l'exploitation, je ne dois pas tout à mon voisin, j'ai lu des livres, travaillé, tenté

La Reine du Monde

des expériences qui ont réussi. Le village est prospère, enfin relativement, mais plus qu'avant mon arrivée.

J'ai monté le dispensaire, Marah s'y est investie dès le premier jour. Elle a refusé deux propositions, l'une pour le Pérou, une cité dans les Andes à quatre mille mètres d'altitude, l'autre dans les faubourgs d'Alexandrie, un travail de six mois, une cité souterraine, une halte de marchands phéniciens... Une décision prise en partie pour moi et parce qu'elle a privilégié le corps vivant des hommes à la recherche des sociétés mortes. Un choix qui, en apparence, ne lui a pas coûté.

Je repense à Carrier, à sa vie. Dieu sait s'il paraissait à l'aise, heureux dans son univers qu'il emplissait de sa tonitruante présence, occupé à sucer le sang de ce pays, et pourtant ? Je sentais parfois une fissure, celle des hommes qui ont passé leur vie loin de leurs bases, comme un regret des racines natales qu'il rêvait et craignait à la fois de retrouver.

Je ressens par moments ce que je ne peux appeler un déchirement, mais comme le suintement presque indolore d'une cicatrice mal fermée. Longtemps que nous ne sommes plus partis, Marah et moi, retrouver la vieille Europe, les lourdes maisons, les ponts de pierre, les balcons ouvrant sur les rues étroites, les jardins enserrés de murs, les places italiennes, le clinquant des lumières nocturnes.

La Reine du Monde

Les nuits ici sont épaisses, lorsque le soir est tombé les seules lueurs sont celles des feux de Kitan. Les étoiles emplissent le ciel durant six mois de l'année, mais avec le temps, je donnerais toute la Voie lactée pour les néons d'une avenue de grande capitale.

Marah m'assure régulièrement ne rien regretter. Je la crois dans mes moments d'optimisme, mais je n'en suis pas sûr. Peut-être partira-t-elle un jour, je ne sais pas.

La situation semble calme. Les émeutes de Buenzene ont été réprimées. Sans doute Carrier s'est-il trompé, tout semble rentrer dans l'ordre. Les derniers discours présidentiels orientent le pays dans une voie plus démocratique. Je ne suis pas dupe et je doute que ses promesses soient suivies d'effet, après tout, il fut un temps où les gouvernants ne se donnaient même pas la peine de faire miroiter des améliorations au peuple.

Et puis je suis un ressortissant, et je serai évacué en cas de coup dur, je ne prendrai pas de risques pour Marah.

1994

Elle dort.
Prague derrière la fenêtre. Les dômes et les toits sont enneigés : blanc partout. Le jour va se lever.
Vieux hôtels pour vieux espions d'Europe centrale, les tentures sont lourdes de secrets et de poussière, voici pas mal de temps que je n'ai été si heureux.
Une tiédeur s'était insinuée entre nous, des agacements immotivés, des silences qui n'étaient plus de connivence. Un début de crainte m'était venu : peut-être s'ennuyait-elle, à force de vivre dans des décors en CinémaScope, le film ne l'intéressait plus et j'en étais tout de même l'acteur principal. Je savais aussi que, si elle prenait conscience de l'ennui qui venait, elle partirait.
Le voyage s'est décidé en quatre jours.
On s'est retrouvés, éberlués, dans la neige jusqu'aux chevilles : les façades du Vieux Monde nous ont cernés.
Les bords du fleuve étaient pris dans les glaces,

au centre l'eau avait la couleur verte des fonds de bouteille. Pas de courant sous les ponts, comme si le gel empêchait la coulée vers l'Elbe et la mer du Nord.

Premier jour de l'an 1994. Que nous réserve-t-il ? J'ai laissé les problèmes là-bas, à Kitan. Pour l'instant, je ne veux que déguster les heures, il reste deux jours encore. Et si nous prolongions ? En une heure d'avion, ce serait Saint-Pétersbourg, la Baltique. Pourquoi pas ?

Nous avons découvert, hier, la loi des voyages. Ils sont réussis si l'on ne voit rien du pays visité parce que le désir vous colle au lit, le feu au ventre, que le rire monte et que la fête est là. Les balades seront pour plus tard...

Hier, réveillons programmés dans les gargotes : la nuit est tombée très vite et les vitrines se sont illuminées, devant les restaurants des types emmitouflés faisaient la retape en battant la semelle. Concert dans chaque église, Mozart partout, des filles déguisées en petits marquis aux perruques poudrées glissaient des prospectus dans les mains des piétons qui se pressaient, les bras chargés de paquets-cadeaux. Nous avons acheté du saucisson dans un marché en plein vent, des gâteaux couverts de crème fouettée, deux bouteilles de vin de Bohême et une de slavonice. Marah a tenu à prendre une part d'un fromage au nom imprononçable et à la consistance de ciment.

Achat de deux paires de gants fourrés, car nous

La Reine du Monde

ne sentions plus nos mains. Elle a voulu faire un détour pour voir le pont Charles, ne pas y aller c'était un peu comme voir Venise sans les canaux, Paris sans la tour Eiffel... Nous avons couru dans les rues, il n'y avait presque plus de passants dans ce coin de la ville. Chaque relief des statues était surmonté d'un dôme blanc, les rois, les saints et les guerriers de pierre noire s'en trouvaient empreints d'une étrange douceur, leur silence en paraissait accentué. Nous avons marché jusqu'à l'autre rive, la masse du château Hradčany se reflétait dans les glaces de la Moldau.

Je l'ai embrassée comme si j'avais quinze ans, ses lèvres étaient froides et, dans mon élan, j'ai laissé tomber l'une des bouteilles de vin qui a éclaté sur les pavés comme une bombe.

Je la sentais rayonner. Comment avais-je pu croire qu'elle devenait moins vivante ?

Entrée fracassante à l'hôtel.

Nous avons retrouvé les lenteurs, la folie, la rage et la douceur, l'éclatement étiré du plaisir, cette impatience, ces délivrances, le rire né des complications imbriquées, il était temps peut-être, nous avions commencé à oublier les jubilations, cette limite tendue frisant la douleur, les cavalcades en bord du précipice désiré.

Tout est revenu, plus intense...

La slavonice est un enfer liquide, même noyée de glaçons elle nous a brûlé les veines, toutes les digues ont sauté.

La Reine du Monde

1994.

En cet instant, le ciel est aussi plombé que mon crâne. La couche de neige semble plus épaisse, la ville s'est enfoncée : s'il neige encore, seuls les clochers émergeront.

J'ai la bouche calcinée d'alcool, de tabac et de baisers. Une envie de café me tenaille mais il est trop tôt. Pas une âme dehors. Il me semble avoir entendu cette nuit des gens chanter sous les fenêtres, un son de violon, mais c'était peut-être dans un rêve.

Je suis mort mais j'ai envie de marcher dans la ville, voir le jour voilé révéler les ruelles, tout va naître, se figer dans un pastel d'hiver... je devais, après la cruauté survoltée des soleils d'Afrique, avoir besoin de cette pâleur. Impression d'entracte.

Quelque chose se prépare là-bas. Parklay est venu dîner à la plantation il y a trois semaines, il m'a conseillé de vendre. C'est venu d'un coup : nous parlions de tout autre chose et il a lancé ça, comme pour se débarrasser d'un fardeau qui lui pesait sur le cœur.

Marah a sursauté, je la revois encore, son verre embué à la main portait la trace de ses lèvres.

– Pourquoi ?

Il est impossible de lui tirer une information précise, il noie ses certitudes sous un magma de considérations pseudo-philosophiques filandreuses. Cette fois, il a prophétisé des cataclysmes. Le feu couve sous la cendre. L'étincelle qui embrasera la région prend sa source dans quelques banques genevoises et françaises, sous la pression de magistrats, des gouvernements européens s'apprêtent à voter des lois concernant l'origine des fonds financiers déposés sur les comptes de chefs d'Etat ou de sociétés prête-noms. Si l'origine de cet argent est connue, il sera difficile de faire avaler aux opinions internationales que la plupart des pays occidentaux offrent aide et assistance à des gens qui ont érigé le pouvoir politique en entreprise de gangstérisme. Déjà des remarques embarrassées de ministres expliquent que leur pays n'offre pas un soutien mais un appui à tel ou tel gouvernement. Parklay en ricanait, ce genre d'entourloupe de vocabulaire ne présage jamais rien de bon.

Pourquoi est-ce que je pense à cela en ce moment ?

Rien ne compte que Marah, elle m'est revenue cette nuit, à supposer qu'elle se soit éloignée...

Avant-hier, dans un théâtre minuscule près de Mala Strana, on jouait *Don Juan* avec des marionnettes. Je sentais sa jambe contre la mienne, une chaleur d'étuve contrastait avec le froid du dehors, une salle à l'italienne, un mouchoir de poche et, devant nous, une scène de poupée : des bouches de bois peintes, semblait sortir le chant d'opéra, les voix parfaites, cristal et bronze... Une impression étrange m'a saisi, celle d'être arrivé,

La Reine du Monde

d'être chez moi, ce monde ancien et clos avait quelque chose d'envoûtant.

Nous en avons parlé en sortant, des flocons s'étaient remis à tomber : elle aime Kitan, les forêts, les collines, les villages et le silence frémissant du soleil sur les vallées, l'odeur des récoltes et de la terre sèche, mais je sais que c'est ici qu'elle s'épanouit... Sommes-nous moins transportables qu'on ne le croit ? C'est peut-être une erreur de se croire indépendant de sa terre natale...

Marah et ses premières années... enfouie sous les couvertures, elle redevient enfant : des boucles apparaissent, un bout de narine, et je me sens fondre..., pourquoi ai-je l'impression de monter la garde auprès d'elle ? Je suis la sentinelle d'un trésor que nul danger ne menace. Elle ne m'a jamais parlé de son enfance ou alors, de façon trop banale, comme si cette période n'avait pas eu grande importance, comme une réaction à cette règle qui veut que les premières années soient déterminantes. Sa mère vit encore dans le sud de l'Autriche, elles ne s'écrivent pas, ne s'appellent pas.

Je lui ai posé quelquefois la question : Etait-elle une enfant heureuse ? Solitaire, enfermée ? quels étaient ses rapports avec son père, ses autres sœurs ? Les réponses ont toujours été monosyllabiques, une décision d'oublier. J'ai cessé assez vite de chercher à savoir. Il y avait trop de crispation en elle dans ces moments-là. Pas de photo, pas de

La Reine du Monde

souvenir, elle n'a rien gardé. Il ne m'est pas resté grand-chose, mais tout de même, j'ai un cliché de mes parents, ils devaient être fiancés à l'époque : ils sont attablés devant une table de jardin, ils ne sourient pas. Mon père a posé près de lui un chapeau à bord roulé et des gants gris. Ma mère fixe l'objectif avec une sorte d'anxiété. Un temps où la photographie était exceptionnelle, ce qui explique que, durant toute une époque, les gens paraissaient plus sérieux qu'aujourd'hui. Un sentiment de fixation pour l'éternité. Une image inaltérable de soi-même.

J'ai proposé à Marah de passer voir sa mère, ce n'est pas si loin d'ici, en quelques heures de voiture ce serait les montagnes de Carinthie. Elle a refusé. Pourquoi ?

Je veux m'en foutre. Elle a le droit de ne pas vouloir raconter. Même amputée de l'enfance, elle est Marah et, aujourd'hui encore, nous marcherons sur les places, sur les rives, la neige écrase les bruits, autour des tours des cathédrales de lents corbeaux tournent. Des arrêts dans les cafés surchauffés, les vitres reflètent la pâleur du ciel, des lumières grises éclatent en explosions amorties sur les glaces des murs. Nous reviendrons ici dans cette chambre retrouver la fête des folles baises.

Je ne sais pas décrire, je n'ai jamais su, je voudrais pouvoir rendre compte : étrange et inexplicable envie que celle de vouloir transcrire sur le papier ce que vivent les peaux, les muqueuses et les glandes. Pure connerie, sans doute. A quoi bon, pas une ligne ne vaut un orgasme, même pas un livre entier. L'encre et le papier ne tiennent pas le coup devant cette femme qui va s'éveiller et sourire, dévorer des croissants, et qui saura plus tard se déchaîner, tourner en pute, marcher dans la ville et s'enfiler des verres d'alcool blanc.

Quoi qu'il arrive, ces jours auront existé, ils sont dans notre bilan et, s'ils ne sont qu'un moment fugace, ils auront été, durs et denses comme des diamants.

Des flocons à nouveau : à travers la fenêtre, le balcon se recouvre encore, une chute droite, sans tourbillons. Je ne vois plus la statue en haut de l'avenue.

1994.

Elle dort toujours.

1999

Je ne l'avais jamais vue ainsi.

Je me suis aperçu hier soir de la pire des choses : la femme avec laquelle on vit peut être plus libérée avec un autre qu'avec soi-même.

Ce ne fut que le temps d'une soirée mais tout a basculé.

J'essaie en cet instant de dresser de lui un portrait objectif. Si je me laisse aller, je dirais facilement qu'il est tout ce que je déteste : un branleur rigolard, une tronche de prof soixante-huitard élevant des chèvres dans le Cantal. Un côté hippie, bonasse et mollasson.

Si je dépasse mes antipathies, il s'agit d'un chirurgien de M.S.F., la quarantaine, l'entrain communicatif, plus fin que ne le laisse présager une apparence un peu rugueuse. Je l'ai observé tout au long du repas, c'est un chaleureux, drôle parfois, et il est évident qu'elle n'est pas insensible à son absence totale de charme.

François Béral.

La Reine du Monde

Si avant quinze jours ils ne baisent pas, c'est qu'il a un problème de quéquette ou un sens hypertrophié des convenances.

Au fil des minutes, j'ai eu l'impression d'être invité à la table d'un couple vivant son premier rendez-vous. Elle pétait le feu, fumait des Winston en surveillant la sauce des spaghettis, buvait du muscadet et racontait la dernière aventure du dispensaire.

Tout cela a traîné jusqu'à deux heures du matin, il a quand même décidé à ce moment-là de vider le camp.

Le silence est tombé instantanément dès son départ, j'ai eu l'impression qu'on avait coupé le son. J'avais chaud, j'étais mal, la migraine s'est installée et, lorsqu'elle s'est levée pour aller dormir, je lui ai demandé pourquoi elle ne partait pas avec lui.

Elle n'a pas bronché. Les systèmes de défense se sont enclenchés et je me suis trouvé devant une forteresse dont tout assaut était d'avance voué à l'échec.

– Pourquoi dis-tu cela ?

J'avais décidé de foncer, le style « vidons l'abcès avant qu'il ne crève ».

– Vous allez coucher ensemble, alors autant démarrer tout de suite.

C'est la première fois que nous nous sommes battus.

Enfin battre est un bien grand mot, j'ai bloqué

La Reine du Monde

la gifle qu'elle me destinait, j'avais bu pas mal mais j'avais pratiqué la boxe autrefois. Nous sommes tombés, des verres se sont cassés, sa robe était couverte de vin et elle avait une coupure en prime à l'avant-bras.

De la terrasse, j'ai vu les deux boys qui nous observaient. Je suis sorti.

Nous n'en avons plus reparlé.

Comment est-il possible, en sachant que l'on a tort, de ne pas pouvoir admettre que...

Je m'y perds. Je me heurte à quelque chose de trop fort pour moi et cela ne m'était jamais arrivé. Elle ne peut pas faire cela, c'est un nabot, mais je sais aussi qu'elle peut passer outre, uniquement pour m'emmerder.

Je ne maîtrise plus rien.

Depuis cette soirée, tout ce que je peux dire ou faire sera inutile, je peux tirer une famille entière des griffes des lions, retenir un buffle à mains nues et obtenir le Nobel en plus, rien n'y fera. Ça s'appelle l'impuissance. Tout cela est la preuve indubitable d'une mentalité fondamentalement romantico-européenne. Tout craque autour de moi, l'Afrique s'agite en sanglants soubresauts et toute la région s'apprête à s'enfoncer dans un chaos dont elle sera longue à se remettre, et j'ai l'esprit tout entier obnubilé par une histoire d'amour.

Trois camions ont été volés durant la dernière nuit, on en a retrouvé un dans un ravin, la cargaison avait disparu avec les quatre roues, le reste est de la ferraille tordue. Pas de traces du chauffeur ni du convoyeur. Ou ils ont été massacrés, ou ils se sont enfuis après avoir vendu le chargement aux rebelles.

Chaque soir, la tension monte d'un cran. Dire que je m'en fous serait excessif, mais l'impact que peuvent avoir sur moi ces événements est loin derrière mes problèmes personnels.

Les visages peuvent devenir des murs : lorsqu'elle rentre chaque soir, je scrute celui de Marah pour y trouver un stigmate, une trace de ce qui a pu se passer. Je sais qu'il y a là quelque chose de maladif mais je ne peux m'en empêcher.

Déclaration à la radio locale du commandant des unités françaises : la présence est maintenue, la sécurité sera assurée, c'est le discours traditionnel, tout baigne dans l'huile.

Après l'incident des camions, visite d'un commando de gendarmerie qui m'a posé des questions nécessaires à l'enquête : identité de mes employés, numéros d'immatriculation des véhicules, poids et nature de la cargaison, l'un d'eux a même demandé s'il n'y avait pas d'armes transportées. Tout cela ne sert évidemment à rien et j'ai senti qu'ils le savaient aussi. J'ai demandé une escorte pour le prochain voyage, mais ils m'ont fait comprendre que je n'étais pas assuré de l'avoir. J'ai demandé le prix : exorbitant, j'ai transigé et nous sommes tombés d'accord sur trois cents dollars par homme, plus le plein d'essence. Quatre types devraient suffire, je conduirai moi-même le premier camion. Je crains davantage les mines qu'une attaque directe, mais il me faut acheminer la récolte jusqu'à la voie ferrée, sinon le travail d'une année sera perdu. Je discute, je parcours des kilomètres, quadruple la surveillance du matériel, des entrepôts, des silos, je réconforte les habitants de Kitan, et pas une seconde ne me quitte l'image en surimpression de Marah s'envoyant en l'air avec Béral.

Le whisky défile, il fait partie intégrante de l'histoire. Comment en serait-il autrement ?

Une femme peut-elle être exactement la même avec deux hommes différents ? Si je savais que, dans un autre lit, elle utilise les mêmes gestes, les mêmes mots, les mêmes regards, je la tuerais dès ce soir.

Foutue manie de penser que ce qui a été vécu avec l'un ne peut l'être avec l'autre. Entre les êtres, les différences sont minimes, au fond. Il y aura des variantes bien sûr, des accentuations de thèmes, des subtilités, une manière autre de faire l'amour, mais si peu... Nous sommes interchangeables après tout, alors pourquoi ne pas changer ?

Je bois trop. Je ne vois plus les lignes. Pas digne pour un chef. Il me faudrait du temps, du calme. Je devrais entamer une reconquête. Objectif Marah, mais le corps me lâche, nous ne nous touchons plus, tout entre nous n'est plus qu'évitement, fuite des regards.

Chaque jour est une douleur. Je guette la première clarté à travers la moustiquaire, je sais à quelle heure les premières lueurs apparaissent sur le mur. Près de moi, elle dort ou fait semblant. Je regarde les fantômes de lumière et je tente d'y lire le destin des vingt-quatre heures à venir. Est-ce aujourd'hui qu'elle partira ? Si les feuillages masquent les traînées de l'aube, la réponse est oui, si les premiers rayons atteignent le coin extrême de la pièce sans qu'une ombre les effleure, ce sera non... C'est le jeu d'une tête embrumée... Comment le malheur s'est-il glissé entre nous ? Pourquoi avons-nous desserré nos bras, permettant de le laisser entrer ?

2000

Ça recommence.
Je l'ai compris rien qu'à voir Somba courir sous les cataractes.
Ses pieds nus soulevaient des gerbes d'eau. Je me souviens d'avoir regardé ma montre, il était près de dix heures du matin et le ciel était un tombeau, cendres et charbon.
Saison des pluies.
Je m'étais promis à une époque d'aimer le tambour des eaux sur les palmes, je n'y suis jamais arrivé.
Somba ruisselait, un bloc de glaise humide. Il avait dû courir longtemps par les collines, là où la terre est rouge et où les femmes sculptent des phallus d'argile en l'honneur des dieux de la vie.
Il a fallu qu'il hurle pour se faire entendre. Lorsque les longs orages éclatent, le vacarme installe son royaume, les savanes et les forêts s'engloutissent sous le hurlement incessant des trombes

déversées. Sa bouche a presque touché mon oreille.

– C'est au puits, à Kitan.

Le village. Trente-quatre huttes, la mosquée et le kraal. L'ancienne halte de caravanes, on peut, du haut des murailles, abattre des antilopes égarées.

La toile de la Jeep n'était plus imperméable et il n'était pas sûr que je puisse grimper jusqu'aux crêtes, la piste devait tourner en bouillie : depuis trois jours déjà, les plantations étaient inondées. Les paysans qui travaillent dans les rizières disent que la montagne pisse. J'ai mis le crabotage et les roues ont commencé à patiner. Somba tremblait à côté de moi, cramponné aux ridelles.

La dernière Jeep de la dernière guerre.

Dix ans que je jure de m'en séparer mais elle tient toujours le coup. A hauteur du marigot, le capot s'est soulevé et, en retombant, un des phares s'est éteint. Les roues sont passées sur un tronc abattu et l'eau qui dévalait la pente a heurté le véhicule qui a commencé à se déporter en crabe, j'ai braqué et écrasé la pédale pour vaincre le courant, les gouttes m'aveuglaient. Le ciel était vert, un velours profond, épais, marbré de meurtrissures violacées, un ciel malade, pourri, qui allait éclater comme un ventre et lâcher ses déluges.

– Attention !

La calandre s'enfonçait, le volant s'est arraché de mes mains et a tournoyé. J'ai eu l'image d'une feuille dans un torrent virevoltant, emportée... La voiture a reculé en zigzaguant sur trente mètres et s'est bloquée contre un banian, la roue arrière encastrée dans les racines. L'eau arrivait jusqu'à la portière et je n'ai pas cherché à l'ouvrir, je l'ai escaladée et Somba m'a suivi, le courant était violent mais pas assez pour nous empêcher d'avancer. J'ai dérapé dans la côte et mes pieds se sont enfoncés jusqu'aux chevilles dans la boue liquide. Somba m'a aidé à m'extirper tandis que mon dos devenait douloureux sous le martèlement violent des gouttes épaisses.

On a progressé encore et mes cuisses ont commencé à peser plusieurs tonnes. J'ai pensé que ce n'était pas un pays pour les quinquagénaires et les premières huttes sont apparues.

Nous sommes entrés dans le village sous une pluie verticale, les vents étaient tombés et le ciel avait pris la couleur de la nuit. Une lumière rampait, blanchissant les murs des cases. Des cochons gris pataugeaient au milieu de la rue centrale et près du silo de terre cuite.

D'ordinaire, même lorsque les pluies redoublent, il y a toujours des hommes sous les auvents de chaume et on devine la silhouette des femmes à l'intérieur des maisons, des feux brûlent, des gosses courent après les chiens. Rien aujourd'hui... quelque chose s'était passé.

Somba s'est mis derrière moi et j'ai marché vers le puits. Il était cerné de calebasses vides. C'est là qu'habituellement les vieux de la tribu déposent les offrandes aux esprits de la terre.

Quinze ans d'équateur n'ont pas anéanti mes réflexes d'Européen. J'ai cru quelques secondes que c'étaient des gants oubliés sur la margelle. Ce n'étaient pas des gants.

Huit mains coupées. Les peaux lavées brillaient dans la lumière noire.

Je me suis approché sous le tambour des gouttes, il retentirait pendant des mois, des lacs du Nord jusqu'aux mangroves des frontières de l'Est, submergeant les savanes, les vallées aux lions, les rizières...

Elles étaient groupées par deux, les coupures étaient franches, au ras du poignet, un acier lourd affûté comme un rasoir avait cisaillé les tendons et les os. Le sang s'était délayé dans le ruissellement incessant : il ne restait qu'un rosissement imperceptible des flaques.

J'ai retourné l'une d'elles, paume en dessus. Les doigts s'étaient recroquevillés, formant presque un poing, une menace dérisoire vers le ciel.

Deux mains d'enfant potelées, les ongles brillaient, minuscules, laqués de pluie. Les autres appartenaient à des adultes, une femme sans doute et deux hommes, mais c'était difficile à dire, les chairs avaient gonflé sous le choc, dilatant la peau.

Les corps avaient dû être traînés quelque part, balancés dans un ravin, on ne vit pas avec deux mains sectionnées à la hache. Pas en Afrique.

La Reine du Monde

Je me suis retourné vers Somba.
– Tu n'as vu personne ?
Il a hoché négativement la tête.
Un rideau de pluie infranchissable barrait l'horizon. On ne voyait plus le corral où dormaient les bœufs à demi enfouis dans les vases, ni au-delà les falaises tombant à pic dans la rivière.
Quelque chose s'est décroché dans mon estomac et la fatigue a coulé. Deux ans, la trêve aura donc duré deux ans... Tout allait recommencer, une fois de plus. Jamais cela ne s'arrêterait. Tous partiraient, fuiraient une nouvelle fois à travers les forêts et les marécages, tous mourraient. Pourquoi n'étais-je pas parti ? Pourquoi est-ce que je ne quittais pas ce pays de merde et de sang ? Un de leurs foutus escrocs de sorciers avait dû réussir à m'incruster l'âme sur cette terre damnée. Je suis un con.
Toramba était revenu.
Il l'avait dit d'ailleurs : « Mon exil ne durera pas longtemps. » Il tenait parole.
Il ne devait pas encore avoir eu le temps de lever une armée mais il s'appuyait sur les rivalités entre ethnies... Il devait être rentré, les frontières étaient des passoires, des milliers de kilomètres sans un poste, il avait eu le choix entre les déserts de sable, la plaine des éléphants, les ruines de l'Est, le pays des mines d'or. S'il trouvait de l'argent, il régnerait à nouveau, mais avant qu'il y parvienne la guerre s'étendrait et le vent de

La Reine du Monde

l'aurore apporterait encore l'odeur sucrée des corps décomposés, et les phacochères déterreraient les cadavres entassés dans les fosses des charniers.

Avant de quitter Kitan, j'ai visité une case, une seule. Elle était vide. Le four central était froid, les braises mortes. Il restait une chaise d'enfant et un calendrier accroché au mur. Année 1957... la tour Eiffel prise en contre-plongée. Elle semblait jaillir d'un massif de roses, les couleurs s'étaient fanées, on devinait que les fleurs avaient dû être écarlates... Une marmite était renversée près de la porte, sans doute trop lourde pour être emportée...

J'ai fermé les yeux et la longue file des villageois a surgi sous mes paupières... ils avançaient, franchissant les ponts de lianes, traversant les forêts où rôdent les guépards et les fièvres. Je suis ressorti. La brume montait des torrents, des écharpes traînaient, encerclant les collines. J'ai pensé que je dégagerais la Jeep plus tard dans la soirée si le temps s'y prêtait : en général, la pluie cessait au crépuscule, le soleil mourait, incendiant les peintures des pirogues et, avant que l'averse ne reprenne à nouveau, une heure s'écoulerait, cela devrait suffire.

Nous sommes rentrés en pataugeant, glissant dans les mares chaudes.

En pénétrant sous la véranda, j'ai entendu le téléphone sonner. C'était Bazinga, l'un des gardiens de la réserve. Il avait été un prince autrefois,

presque un roi, mais trop d'alcool et d'années avaient croisé sa route.
– Ils repartent. Les Bimekes repartent.
– Je sais.
J'ai raccroché. J'ai cherché la boîte métallique dans ma poche : le seul moyen de garder des cigarettes au sec. Je me suis désapé et j'ai tiré ma première bouffée à poil dans le salon. Il était près de midi et j'ai décidé de ne pas réfléchir. Il fallait s'en tenir aux faits. Ceux qui me concernaient pouvaient se résumer à deux : dans quelques heures Marah serait là, et bientôt ce pays serait un enfer, une fois de plus.

Un ciel de bronze scellé hermétiquement aux horizons, des nuées de métal contre lesquelles les ongles des hommes se retournent...

Mon cœur comme un gong.

Il pleut toujours.

Je me suis lavé et la terre s'est décollée puis dissoute, il reste une pâte rouillée sur le carrelage. Je suis ressorti. Une bruine dense recouvre tout. Ce pourrait être Dunkerque, la Bretagne, mais si je sors, le crapaud moite de la chaleur me sautera à la face, quarante degrés, l'air ne s'aspire pas à cette température, ne pas respirer cette épaisseur chaude...

Je n'aime pas les bilans. Il serait temps pourtant, cela me permettrait peut-être de partir. Pour de bon cette fois. Marah me suivrait. Elle rêve d'Autriche, de soirées glacées dans l'hiver viennois, l'opéra, les statues lourdes des places que le gel fige, l'haleine blanche des promeneurs, la chaleur des cafés lambrissés aux banquettes profondes... L'inverse de Kitan.

Ou alors Paris. J'ai suffisamment engrangé de pognon pour tournicoter deux ans sur la planète sans m'y installer, deux ans, pas plus, des vacances loin de ce merdier.

Deux cercles troubles et lointains dans la brume. Le 4x4 de Marah. Je me demande si elle a fini par coucher avec ce connard de l'O.N.G., je ne sais plus le sigle, il en est tant passé dans la région.

Pas d'alcool dans toute la maison. J'ai arrêté pour elle. Il fut un temps où je ne pouvais pas vivre sans avoir une bouteille à plus de dix mètres de moi, où que je me trouve. Le vrai colonial. Je conduisais la Jeep d'une main, l'autre serrée sur un goulot de J and B. J'avais pris dix-sept kilos, je recherchais l'épaisseur du sommeil, j'ai dû passer un an sans la baiser... On a repris un peu mais les fêtes d'antan sous les moustiquaires s'en étaient allées...

Un soir, j'ai senti sa peine gonfler dans le noir, un chagrin palpable, elle m'a insulté, j'ai voulu la frapper mais j'étais trop embourbé dans les vapeurs, je l'ai loupée d'un demi-mètre, j'ai flageolé à travers la maison et j'ai fracassé toutes les bouteilles, je me suis ouvert les pieds sur les débris, on a fini emmêlés dans les larmes, le sang et le whisky.

Mauvais film mais je n'ai pas repris la bibine.

J'ai cru que l'amour reviendrait mais j'avais dû trop tirer sur la corde... Tout de suite après, les guerres ont éclaté. Ils ont installé le camp à trente-deux kilomètres de la propriété. Sotani. On y avait recensé trois cent mille fuyards au dernier exode. Quand les vents étaient au nord, la rumeur parvenait jusqu'ici, cela formait comme un hululement lointain, un bruissement qui montait par vagues... Lorsque les humains sont parqués en grand nombre, ils font un bruit de bêtes malades, c'était le même que lors des épidémies de bovins, lorsque les troupeaux des nomades meurent lentement.

Trois cent mille personnes attendant les camions de vivres... et la pluie sur elles, traversant la toile des tentes, les toits de plastique ruisselant des semaines entières, les piquets s'effondraient sous le poids des rigoles... J'avais pu encore sauver la plantation cette année-là. L'année des vautours. Il n'y en avait jamais tant eu, ils venaient de l'autre côté des cascades, ils pullulaient dans le ciel, planant bas, ailes goudronnées... Un sacré instinct, les charognards, ils savent où se trouve la mort.

Et puis, un matin, il n'y avait plus eu personne, le camp était vide, il restait trois camions sans roues, des cartons déchirés, des caisses brûlées, le bulldozer avait recouvert les tranchées à merde, l'odeur avait rôdé, pestilentielle. Personne n'avait su où s'étaient dirigés les fuyards ni ce qu'ils étaient devenus. Le sort des hommes est une bagatelle.

Le pinceau des phares découpe le tronc des banians de la cour, balaie les murs et s'arrête.

La voilà.

Je n'ai plus envers elle le coup de désir qui m'emballait à la seconde. La tendresse s'est infiltrée dans la passion et ça, c'est la saloperie, la pire de toutes...

– Tu es au courant pour Toramba ?

– Oui. Il revient.

Elle traverse la pièce, la semelle de ses rangers laisse une empreinte mouillée. Elle s'effondre sur l'un des canapés de toile.

– Qu'est-ce que tu vas faire ?

– Je ne sais pas encore.

Toramba était venu ici sept ans auparavant. Il était Président, à cette époque. Un homme de pouvoir, affable, l'émail de ses dents brillait sous la moustache millimétrée. Je me souviens qu'il avait parlé de Renoir en spécialiste de l'impressionnisme. Il avait deux toiles de lui dans son palais. Une licence d'histoire de l'art passée en marge d'études de droit international. J'avais lu sa thèse sur l'économie de l'Afrique postcoloniale. Un rire joyeux. Il n'avait pas quitté seul les commandes, il avait emmené deux cent cinquante

mille cadavres avec lui, un chiffre calculé par M.S.F. Il fallait le multiplier par trois. Ses prétoriens n'avaient pas fait dans le détail.
— Tu veux partir ?
— Je veux sauver la récolte d'abord.
Elle aspire la fumée de sa Dunhill. Fatiguée. Des meurtrissures sous ses yeux. L'âge rampe. Comment ai-je fait pour te laisser échapper, pour que tu te tordes dans d'autres couches ? Quelque chose d'incompréhensible s'est passé...
— En fait, ce retour t'arrange plutôt, tu t'entendais bien avec lui ?
Ce fut vrai. Mieux qu'avec Biké. Ses hommes étaient moins tatillons, moins avides, il y avait moins d'obstacles aux expéditions, moins de bakchichs à verser, les pots-de-vin avaient quadruplé depuis son départ. Mais avant qu'il ne reprenne sa place, le temps des représailles et des combats sonnerait, les tambours de guerre retentiraient, il y aurait à nouveau les patrouilles nocturnes, les attaques, les guerriers nus, saouls de drogue et de vin de palme, les soldats de quinze ans balançant sur les troupeaux les chargeurs des 12x7 et des kalachnikovs. Je ne voulais pas revivre cela.
— Fais attention, dit Marah, la France soutient Biké.
— Ils ont été assez cons pour ça. Moi je n'ai pas bougé.
C'était exact. Je ne m'étais jamais rendu dans la capitale. Pas une photo ne me montrait avec lui,

La Reine du Monde

au cours des deux interviews à R.F.I. je n'avais pas pris parti. J'étais un étranger sur ce sol, je n'intervenais pas dans la politique du pays. Pas de préférence. Je condamne les exactions de quelque bord qu'elles soient. Je suis un chef d'entreprise, le reste ne m'intéresse pas. Un travail d'équilibriste. Je fais vivre quatre cents personnes, si l'on me chasse je partirai, c'est aussi simple que ça. A cette condition, je deviens intouchable. Aucun des deux ne prendrait le risque de me balancer aux crocodiles.

– Je reviens de Kitan. Le village est vide.

– Je sais, l'exode a commencé depuis quarante-huit heures, les colonnes vont arriver bientôt par ici.

– Comment tu le sais ?

– Béral a reçu un appel radio hier après-midi.

Un jour, peut-être existera-t-il des appareils de détection permettant de savoir si la femme que vous avez devant vous a fait l'amour au cours des dernières vingt-quatre heures... Pour l'instant, il n'existe que l'intuition et la parole, c'est-à-dire rien.

– Tu couches avec lui ?

Elle n'a pas un battement de cils, elle ne tire pas plus vite sur sa cigarette.

– C'est si important ?

Un vieux truc. Une question pour une autre. Je suis toujours battu à ce jeu-là.

La Reine du Monde

C'est important, Marah, bien plus important que tu le supposeras jamais.
— Non, tu as raison, ça n'a pas d'importance.
Elle sourit.
— Alors c'est inutile d'en parler.
Ses yeux sont toujours clairs, je m'y suis penché autrefois et j'y ai vu des océans, des grèves d'hiver sous le soleil froid, des plages, des îles, des mondes... je ne savais pas alors qu'il n'y a pas plus douce clarté que celle de la trahison. Le mensonge a des prunelles de lumière.
Elle couche avec lui. Un jour, je m'en moquerai.
Je me suis levé. Le restant de mes jours pour un verre.
— Je vais réunir les chauffeurs. Je dois pouvoir atteindre le port avant que la bagarre ne commence vraiment. Il faut que je sauve la récolte.
— Tu reviens quand ?
— Dans quatre jours.
Regarde-moi et dis-moi de rester, de revenir plus vite, de prendre garde à moi, de faire attention... les femmes disent cela aux hommes qui partent, non ? Pas toi, bien sûr.
— Tu peux l'amener ici si tu veux. Je vous laisse la place.
Ses yeux se sont agrandis et je suis sorti sur la véranda. Il pleuvait toujours.
Quatre jours si tout allait bien. Au retour, il faudrait réinstaller les projecteurs des postes de garde et planter les deux marabouts pour installer les

familles des ouvriers afin d'éviter les razzias des bandes incontrôlées. Toutes l'étaient, d'ailleurs. Alors la peur s'installerait jusqu'à ce que, sur tout le territoire, le pouvoir ait changé de mains.

Je me suis retourné. A travers les vitres ruisselantes, je la voyais déformée, une femme d'aquarium. Elle n'avait pas bougé et j'ai eu l'impression qu'elle me fixait toujours.

Nous sommes les deux douleurs d'un même désespoir.

Somba m'a relayé après une centaine de kilomètres de piste.

Quatre heures que nous sommes partis. Les autres suivent. Pas d'incidents, les pluies ont détrempé la route et les roues écrasent les ornières. Moins de soubresauts qu'en saison sèche. Cela fait plus d'une heure que le ciel s'est caché, nous roulons sous un toit de feuilles, la forêt est épaisse jusqu'au bord du lac que nous contournerons. Les jerricanes mal arrimés s'entrechoquent, pas un poste d'essence sur la Dorsale.

C'est la région des tribus oubliées. Au début de ce siècle, on a retrouvé des missionnaires décapités, les imams ont suivi sans plus de succès, les nomades ont cloué leurs corps aux troncs des arbres et ont continué à adorer les dieux des forêts et à vivre dans ce monde végétal, avec les mousses, les lichens, les palmes et les araignées rouges. Je

sens Somba inquiet. Il n'a pas touché depuis une heure à l'outre de vin de palme qui oscille entre ses jambes.
— Qu'est-ce que tu as ?
La moleskine du fauteuil crisse sous ses fesses lourdes. Cent dix kilos de graisse. L'odeur de sa sueur a envahi la cabine.
— Il y a des hommes tout près.
Pas besoin de lui demander s'il en est sûr.
— Ils nous suivent ?
— Depuis trois kilomètres.
— Tu sais qui c'est ?
— Non.
Les troupes de Biké ? Les rebelles de Toramba ? Des pillards ? Des déserteurs ? Des incontrôlés ? Il peut aussi s'agir de milices. A Potanemba, le chef a vendu trois filles aux tenanciers des bordels du port en échange de deux fusils de guerre et d'une demi-caisse de cartouches. Avec cela, ils pensaient pouvoir défendre le village en cas d'attaque.

Somba a arrêté les essuie-glaces qui tartinaient de la boue depuis quelques secondes. Dans le rétro, j'ai vu disparaître le deuxième camion dans un zigzag de la sente. Lorsque j'ai reporté mon attention devant moi, il y avait trois types à vingt-cinq mètres. On les distinguait mal dans la pénombre des palmes et je n'ai pas reconnu l'ethnie. Ils m'ont semblé venir de loin, des sables ou même d'au-delà des monts des Bongos. C'étaient des hommes très grands, aux jambes en bâton et aux

La Reine du Monde

pieds larges, la peau collait à leurs fémurs. Celui du centre portait un chapeau de paille effrangé et un slip kangourou. Les deux autres avaient des turbans de femme bariolés et des bracelets allant du poignet au coude. Le plus grand avait des scarifications profondes sur les cuisses et le ventre, peut-être un cavalier songhaï de famille noble. Tous avaient des cartouchières croisées sur la poitrine. Il y eut un reflet et la lame d'un Shotel a brillé. C'était le sabre éthiopien en faucille à double tranchant. Je n'ai pas vu d'armes à feu. Elles devaient être tenues par d'autres dans les fourrés.

Somba a freiné et coupé le moteur. Je suis descendu vers eux avec les papiers. Je les ai toujours gardés, certains datent de mon arrivée dans le pays : surchargés de tampons et de signatures, ils n'ont plus aucune valeur si tant est qu'ils en aient jamais eu, mais cela n'a pas d'importance, ces hommes ne savent pas lire, peut-être seront-ils heureux de faire croire le contraire.

Sourire, ne jamais cesser...

A chaque seconde, une rafale pouvait trouer le feuillage. Trois camions pleins, ça pouvait être tentant. Il fallait espérer qu'ils avaient reçu des ordres... L'homme au chapeau de paille devait être le chef, il a regardé les formulaires. Il avait un œil mort. Une sale blessure ancienne lui avait vidé l'orbite. La paupière battait comme un rideau dans la brise. Celui-ci s'y connaissait. Il vérifiait le bas de chaque page, les comparait. Les

La Reine du Monde

deux autres se sont mis à parler, je me suis tourné vers Somba toujours au volant, il a remué la tête imperceptiblement, il ne comprenait pas le dialecte. Une lumière d'aquarium filtrait des frondaisons. Ce serait con de mourir là. Il y avait des signes tracés à la latérite sur le slip du guerrier. De la magie contre la mort. Il m'a regardé. Dans le mouvement qu'il a fait pour me rendre la liasse des feuilles, j'ai vu qu'il portait plusieurs bagues à chaque doigt. J'avais des dollars dans la poche-revolver mais il fallait attendre, les considérer le plus longtemps possible comme des officiels...

L'homme aux scarifications a escaladé le marchepied et s'est penché dans la cabine du camion. J'ai vu Somba soulever la gourde de vin de palme et lui en proposer, mais l'autre a refusé. Je n'aimais pas ce silence qui régnait. D'ordinaire la forêt est un vacarme, singes et oiseaux. A croire qu'ils avaient tous fui. Je pouvais entendre les feuilles craquer sous les pieds nus des sentinelles. Un quatrième est sorti de l'abri des arbres. Un tee-shirt U.C.L.A., un caleçon à fleurs, des bottes de para et un casque lourd. Un Uzi à l'épaule. La courroie était en cuir d'éléphant tressé. Celui-là était un Bimeke, le peuple des labours. Il a sorti une paire de lunettes de soleil pour touriste en Floride et m'a souri.

– On va te tuer. On prend les sacs, les camions et on vous tue.

– Vous auriez trop d'ennuis.

Son sourire s'est élargi.
— La forêt est grande.
— Pas pour les missiles.
Il a haussé les épaules.
Derrière moi, la fouille avait commencé. Les trois inspectaient les cabines, cherchant les armes de poing dans les boîtes à gants et sous les sièges. Ils avaient déjà crevé quelques sacs de manioc. Je pense toujours à Marah dans ces moments-là. Heureux que tu ne sois pas avec moi en cet instant...

Je serais curieux de voir la tête que tu feras lorsqu'on te montrera la mienne plantée sur un bambou. Regarde bien alors mes yeux morts, ils ne contiennent plus que ma haine... Cela fait plusieurs années que j'ai fait peindre des drapeaux français partout sur les véhicules, portières, flancs et capot, difficile de savoir s'ils vont en tenir compte.

Un des hommes en turban s'est posté derrière moi, suffisamment près pour que je sente son souffle. Il ne faut pas trop bouger dans ce genre de contrôle.

— Tu sais guérir ?

Je me suis retourné lentement. Il avait un poignard passé dans une corde autour des reins, une épée large sans garde employée par les bergers masais, son sexe pendait, un sexe court d'enfant presque attendrissant.

— Vous avez un blessé ?

La Reine du Monde

Le bord inférieur de ses yeux était rouge. La drogue. Cela m'a soulagé. Il fallait de l'argent pour s'en procurer, cela voulait dire que ce type recevait une paye et appartenait à une des armées, cela signifiait qu'il avait des ordres. Ni Biké ni les rebelles n'auraient pris le risque de se mettre l'Europe à dos en massacrant un résident.

– Donne des pansements, il y a eu des combats.

Je suis retourné à la cabine et j'ai pris la boîte à pharmacie, il ne restait plus grand-chose mais cela suffirait.

Il s'en est emparé et a lorgné sur mes chaussures, des pataugas de toile pour la marche en montagne.

– Donne. Regarde, je suis capitaine et je n'ai rien.

J'ai ri et serré sa main droite en lui donnant de l'argent. Les autres ne pouvaient pas nous voir.

– Va te faire foutre. Je m'en vais.

Il s'est écarté et m'a laissé remonter dans le camion.

– Démarre.

Somba était une statue de pierre. Il a mis le contact et le moteur a vrombi. Le bahut est parti légèrement en crabe et s'est redressé au ras des orteils de l'homme au chapeau de paille.

J'ai vérifié dans le rétroviseur, les deux camions suivaient.

On a fait cinquante mètres et j'ai collé le talkie-walkie à mon oreille.

– Rien de cassé ?

Ali Derba conduisait le dernier camion, sa voix crépita dans le haut-parleur :

– Ils ont décollé la fille, et pris quelques sacs.

La fille, c'était un poster porno qu'il avait scotché sur la tôle du carter protégeant le bloc-moteur.

– Combien de sacs ?

– Trois.

Trois sacs, une photo, et les cinquante dollars de la main à la main avant de partir. On s'en était bien sortis.

La piste a monté, s'est élargie et mise à redescendre. Elle formait une ligne droite à perte de vue. De chaque côté, entassés en lignes parallèles, les corps s'étendaient.

Longtemps nous roulerions entre la garde horizontale des cadavres. Ceux de Kitan devaient être au milieu des victimes, j'avais chanté et bu avec eux mais je ne les reconnaîtrais pas, les tueurs avaient enfoncé leurs visages dans la boue.

Les chiens de brousse étaient déjà là. Cette nuit serait la fête des hyènes.

Livre II

Toramba

A l'aube, les vapeurs montaient sur les savanes. Des monts de Dorofan jusqu'aux eaux tièdes des lacs, la buée stagnait. Une poussière d'eau recouvrant herbes et feuilles, Toramba ne pouvait voir à plus de cinq mètres.

Dans les secondes qui allaient suivre, les brumes se déchireraient sous la charge des buffles, ce serait une ruée mortelle, les monstres taillés dans l'ébène et la boue chargeraient, s'arrachant des vases du marais.

Possible.

Il se recroquevilla davantage.

Il avait toujours remarqué le phénomène : lorsque la brume rendait invisibles les alentours, tout ce qui se trouvait proche prenait une netteté dangereuse, une précision infinie, et il eut ce matin-là l'impression qu'il pouvait compter les pores de sa main un à un. Une compensation s'établissait, tout ce qui restait visible l'était davantage, et il vit

La Reine du Monde

avec une acuité exceptionnelle une goutte d'eau glisser le long de la crosse de la Krieghoff.

Un cadeau du département d'Etat. Un des conseillers avait dû raconter qu'il était un chasseur émérite, passionné de gros gibier. Ce n'était pas vrai mais le résultat était là, il avait reçu cette carabine ciselée comme un bijou dont la délicatesse ne le rassurait pas. Des gravures dorées à l'or fin recouvraient la bascule, les plaques de couche et les contre-platines. Les arabesques envahissaient jusqu'à la poignée-pistolet. Une arme de dandy complètement déplacée en ce matin laiteux...

Ils étaient arrivés en convoi. Sur la plate-forme du Ford, les corps étaient entassés ; depuis la veille, ils avaient abattu douze buffles, trois léopards et une lionne. La lionne, c'était lui, les autres avaient été tués avec des fusils de guerre automatiques à gros calibre. Les gardes qui l'accompagnaient ne devaient pas être loin.

Il n'aimait pas cette attente dans ce monde aveugle. Avec la chaleur du jour, l'évaporation s'accélérait, une fumée blanche se défaisait par bandes, laissant à présent surgir les sommets de rares arbres éparpillés dans l'immensité de la plaine.

De tous les gibiers qu'il avait traqués, c'étaient les buffles qu'il aimait le moins, il y avait quelque chose d'indestructible en eux, de minéral, et lorsqu'il appuyait sur la détente il ne pouvait s'empêcher de trouver dérisoire la balle blindée au cœur de plomb durci à l'antimoine comparée à la masse de cuir, de muscles et d'os qu'elle pénétrait... Aucune bête ne lui donnait autant conscience de sa fragilité, du déséquilibre qu'il y avait à l'affronter. Ils semblaient lents, placides et stupides, perdus dans la contemplation morne d'horizons illimités, vautrés des jours entiers dans les trous d'eau. La boue séchait au soleil, revêtait leurs corps de carapaces argileuses, il y avait cette lenteur, et brusquement le fracas des herbes piétinées, la ruée folle du taureau que rien n'arrêtait, et l'écrasement des chairs sous les cornes massives...

Il desserra sa main qui s'ankylosait autour du fût ouvragé de l'arme et s'appliqua à respirer plus lentement.

Deux ans.

Deux ans d'exil à traîner de villa en villa. Son arrêt le plus long avait été en Toscane. Un palais de trente-deux pièces, les balcons ouvraient sur le vallonnement des vignes... Quatre mois avaient passé, tout un été italien, il avait lu beaucoup en bordure de piscine, et puis, après le changement de majorité, on lui avait fait discrètement comprendre que sa présence n'était plus souhaitable sur l'ensemble du territoire. Il avait regagné sa propriété de Ramatuelle, mais il lui était difficile d'en sortir, il n'aimait pas la disposition des pièces, les enfilades de cyprès lui collaient le cafard. Il fallait ajouter à cela que la période était mauvaise pour lui : les contacts avec Paris s'espaçaient, il avait pensé un instant rejoindre la clique des déchus, rois, princes, présidents traînant de casino en palace leur luxueuse inutilité. Et un jour, à Gstaad, le téléphone avait sonné, c'était l'un de ses émissaires à Johannesburg, il semblait que les choses avaient commencé à bouger : il fallait se rapprocher, se tenir prêt si une opportunité se déclenchait.

Il était revenu en Afrique et avait accepté cette semi-officielle invitation présidentielle à un safari. Les nouvelles s'étaient précisées. Si tout allait bien, l'exil se terminerait.

Un froissement mouillé sur la gauche, le canon de sa carabine traça un quart de cercle. Il sentit ses orteils bouger à l'intérieur des bottes de chasse. L'odeur surgit, sauvage et fade, une odeur de bête et d'eau morte.

Toramba épaula. Un geste réflexe et stupide : devant lui se dressait un mur de coton blanc impalpable. Ce serait idiot de mourir sous les sabots d'un ruminant alors que tout pouvait changer pour lui.

Le silence à nouveau...

Les rabatteurs avaient fait taire leurs tambours.

L'idée d'une trahison l'effleura. Et si cette invitation était un piège ? Un accident de chasse était l'idéal, un article rapide dans les journaux du monde entier : « L'ex-Président Toramba piétiné à mort au cours d'un safari à quelques kilomètres de la frontière de son pays... », et tout était réglé.

La Reine du Monde

L'affaire ferait rire dans les milieux diplomatiques, le Quai d'Orsay ne serait pas dupe.

Et si c'était précisément le Quai qui avait tout organisé ?

Une vague de sueur déferla. Ils ne l'auraient pas ainsi, pas si facilement. Il ne fallait pas céder à la panique. Les dernières infos qu'il avait eues étaient précises, des mouvements avaient été organisés dans les townships demandant son retour, il y avait eu des déclarations de chefs militaires, et puis surtout il savait de source sûre que la compagnie exploitant les forages avait mis dans le mille, un gisement avait été découvert, dorénavant l'installation de pipe-lines était rentable, et du coup Van Oben s'était manifesté... Son retour était programmé. Les sociétés minières s'y étaient mises elles aussi, elles lâchaient Biké son successeur.

Il recula sur les genoux et les tiges mouillées se refermèrent sur lui, formant un tunnel sous lequel il rampa, fesses en avant.

Il y eut un piétinement sur sa gauche. Le sol trembla. Quelque chose se déplaçait à quelques mètres. Il distingua au ras de son œil les pattes larges des bêtes. Elles étaient deux, sans doute un couple. Il pouvait les voir comme à travers une vitre dépolie.

Il retint sa respiration. Ne plus bouger, ne plus émettre aucun son, être un rocher, un caillou. Il ramena le double canon vers lui et vérifia du pouce s'il avait bien levé la sécurité. Pourquoi était-il parti avec ce flingue de gandin, il lui était arrivé, au cours de parties privées comme celle-ci, d'abattre des éléphants avec des fusils d'assaut Dragunov de l'armée russe comportant trente balles dans le chargeur, il n'aurait rien craint en sélectionnant le tir automatique, aucune peau, aucune carapace ne pouvait résister, il avait vu abattre des rhinocéros à cent cinquante mètres avec de tels engins. Et les boys, où étaient-ils ?

Les sabots puissants s'enfoncèrent dans l'humus, il y eut un bruit violent de succion comme si l'on avait extirpé une masse pesante d'un marécage, et tout se tut.

Toramba leva la tête. Les brouillards s'éclaircissaient. Il put apercevoir le contour des premières collines.

Brusquement la lumière s'assombrit : les ibis aux yeux de malachite volaient vers les hauts plateaux. Toramba connaissait les signes que dessinaient les oiseaux : lorsque les marabouts aux ailes d'encre s'immobilisaient au creux des mares, cela signifiait que le soleil allait se voiler et ne reparaîtrait plus derrière le ciel d'argent lourd. La fuite des ibis vers le nord indiquait la venue des grandes chaleurs, mais il en connaissait d'autres : la migration des flamants venus des fleuves diminués annonçait la sécheresse des terres en aval des forêts. Il y aurait famine et les nomades abattraient leurs dernières bêtes avant de regagner les lacs.

Ne pas bouger. Attendre aussi immobile que les

pierres, comme autrefois les guerriers porteurs de sagaies venus tuer les lions.

Il sentait les buffles proches, prêts à s'ébranler droit sur lui, ils le guettaient, masqués par l'emmêlement des tiges dont la pointe s'incurvait d'une goutte de rosée transparente sans cesse reformée.

Il assura la crosse de caoutchouc contre sa clavicule. S'il ne bougeait pas, s'il n'émettait pas le moindre son, il s'en sortirait.

Et la sonnerie retentit.

Son visage se déforma de terreur.

Le portable. Il avait oublié de l'éteindre.

Van Oben

Certains avaient choisi cette profession par goût de l'intrigue alambiquée et lointaine, d'autres par amour du pouvoir souterrain, de la manipulation, d'autres encore tentaient de maintenir ce que les revues sur papier glacé appelaient la « présence française en Afrique », ramassant les miettes éparses de la gloire passée de l'ancien empire.

Il y avait aussi ceux qui s'étaient trouvés impliqués dans ces services sans l'avoir voulu, au hasard des déplacements, des nominations par décret ministériel, ils acceptaient pour la plupart, vaguement flattés de pénétrer dans un univers voisin de celui de l'espionnage, les dangers étaient réduits, il ne s'agissait après tout que d'information et de luttes d'influence... Des pions à placer, des intérêts à défendre, cela ne les empêchait pas de se prendre pour des petits James Bond !

Lorsqu'il songeait à ce qu'était devenue sa vie, Van Oben se demandait si sa vocation n'était pas née du jour où, en culottes courtes, au milieu de

La Reine du Monde

trente bambins de son âge, il avait pénétré pour la première fois dans un musée. Cela avait été immédiat, tout s'était joué là. Il avait regardé les caïmans immobiles dans le ruissellement continu des fausses grottes, parcouru l'enfilade des salles et un monde s'était ouvert dont il n'avait plus voulu sortir.

Des espaces, des montagnes, des plaines infinies, des êtres masqués et dansant, des lions, des sagaies, des troupeaux, l'Afrique.

Ce lieu s'appelait alors le musée des Colonies, il était resté là près du bois de Vincennes, un vestige de l'Exposition universelle. Sur la façade, les bas-reliefs relataient l'enfance d'un autre monde : éléphants, pirogues, femmes aux seins nus, guerriers du désert, huttes brûlées de soleil. Rien pour le petit garçon n'avait pu rivaliser avec cet ancien et lointain pays, et aujourd'hui encore, il se reconnaissait une fidélité, celle d'avoir consacré sa vie à cette terre, il lui devait son premier rêve, sa première et unique folie. A quoi rêvaient les gosses aujourd'hui ? A Mars, à Andromède, à d'autres planètes. L'Afrique avait été la sienne.

Van Oben acheva de traverser le bois de Vincennes.

L'endroit n'avait pas trop changé. Les barques sur le lac, les cygnes, les promeneurs d'hiver emmitouflés. Il longea les grilles du zoo, peu de visiteurs, le rocher pelait par plaques et les mouflons qui escaladaient ses flancs étaient invisibles.

La Reine du Monde

A l'entrée, deux marchands de marrons se chauffaient à leur brasero.

Il descendit vers les grilles, le même chemin depuis près de trente ans.

Il y avait eu des éclipses. Sept ans sur le terrain, le pays des dix-huit montagnes, les terres bleues du Toura. Il avait vécu parmi les sorciers de la Dent du Man.

A la Sorbonne, c'était l'époque où l'on étudiait les théoriciens, les grands maîtres de la pensée primitive, Lévy-Bruhl, le pape incontesté. C'était le temps de l'étude de la mentalité magique, prélogique, on y apprenait que des sociétés se formaient, bâties sur les croyances en des forces obscures, immanentes dont il fallait se rendre maître ou au moins domestiquer. Il y avait pour cela des moyens : l'offrande, la sorcellerie, l'incantation. Et lui était arrivé, il avait écrit quelques livres-brûlots où il avait montré que les chamans et hommes-médecine ne croyaient pas une seconde à ces sornettes, les croyances ancestrales étaient leur fonds de commerce, ils le faisaient prospérer ou le réactivaient au fur et à mesure de leurs besoins... Les ethnologues avaient été ébahis par le phénomène et avaient cédé au spectaculaire, mais lui avait expliqué que la mentalité indigène n'était pas plus magique que l'européenne n'était cartésienne, que tous n'y croyaient pas, et que l'importance d'un sorcier dans la vie des tribus n'avait

La Reine du Monde

pas plus de poids que celle d'une voyante dans une cité H.L.M.

Cela avait provoqué un petit scandale vite éteint. Ses essais avaient été mis au pilon et il pensait, dans les années soixante-dix, que personne n'en avait gardé le souvenir jusqu'à ce qu'un jour le téléphone retentisse.

On avait besoin de lui pour l'organisation d'une exposition de sculptures peules au Trocadéro, il avait compris quelques mois plus tard qu'il s'agissait en fait d'un contact avec le bureau des Affaires africaines appartenant au domaine réservé de l'Elysée dont les services l'avaient repéré.

Il avait été testé sans le savoir. Et puis, il avait plongé. Vingt ans dans l'ombre du patron, un homme de certitudes, comme s'il avait été possible d'en avoir, passé le tropique... Mais c'est là qu'il avait tout appris, l'art de placer les hommes, d'envoyer des émissaires, le miroitement du marchandage, les susceptibilités des puissants, il savait doser les influences, jouer sur deux, trois, quatre tableaux à la fois, il connaissait les valeurs de chaque pion, les enjeux de chaque partie. Le prix des arachides, la richesse des gisements de pétrole, les intérêts stratégiques et militaires, la production de diamant brut, le bétail, ce que représentaient les promesses, les signatures, les contrats, les pots-de-vin, l'équivalent en passe-droits d'un hôpital, d'une école, d'un barrage... A la mort de son chef, il avait pris la suite et redressé la barre qui en avait

La Reine du Monde

besoin depuis les catastrophes successives du Tchad, du Zaïre, du Rwanda... Tout avait craqué, et il avait recollé l'incollable, sauvegardé des enclaves, mais comme tout était difficile ! Une lave brûlante soulevait sans cesse les sols craquelés ou détrempés des nations, et il prenait ses décisions là, dans ce bureau étroit du vieux musée, entre les pots de réséda de l'étroit balcon et sa table bancale dont il calait le pied avec un atlas des années trente.

Rien n'avait bougé, il régnait toujours cette odeur de choses anciennes... Devant lui, le buste yorouba, une fonte en cire perdue, vieux de quatre siècles : une femme aux lèvres douces, sans doute la seule qu'il ait aimée.

Il tournait la clef de la porte et tout se refermait sur lui. Dans ces quinze mètres carrés, il devenait le maître des cascades, des marais infinis aux caïmans immobiles, des savanes que le soleil figeait, brûlantes, sur la peau de la terre... Il devenait alors le roi des lions et des hommes. Du fond de ce monde sans bornes, une silhouette venait à lui, celle d'un petit garçon ébahi, celui qu'il avait été au lendemain de la guerre, lorsqu'il avait vu s'ouvrir les portes d'un monde à la fois immobile et tapageur, l'enfant s'approchait, se fondait et il ouvrait alors le premier dossier du jour, réconcilié.

Il secoua son manteau emperlé de givre et se frotta les mains au-dessus du radiateur. Novembre.

L'hiver rapide s'était étalé sur Paris. Il y avait un Post-it sur le cadran du téléphone.
« Bornam, seize heures. »
Bornam, c'était l'opération Toramba.
Des mois de travail pour l'exhumer et le relancer dans l'arène. Beaucoup de parlotes pour l'obliger à revenir mais il y était parvenu.
Un joli coup qu'il avait joué, s'il réussissait, si les promesses étaient tenues, le prix des barils baisserait et le personnel de la base militaire serait triplé, il pourrait même reprendre l'envoi des jeunes glandeurs de la Coopération et les échanges culturels. Cela vaudrait à son ministère un « trois minutes » au journal de vingt heures, mais l'essentiel n'était pas là. L'essentiel, c'était une prise plus assurée sur le mur glissant de l'Afrique équatoriale. Ne jamais lâcher, sous aucun prétexte.

Van Oben se leva et alla se planter devant l'unique fenêtre. La nuit tombait vite en cette saison, il ne distinguait déjà plus les gris malades du bois tout proche...
Inutile de compulser le dossier, il en connaissait tous les chiffres, les trois quarts étaient erronés, il était bien placé pour le savoir : c'est lui qui les avait fournis aux journalistes spécialisés dans les publications tiers-mondistes. Il pouvait se le permettre, il avait l'appui de la Présidence, cela durait depuis le premier jour, depuis la mort du patron.

La Reine du Monde

Il faisait à présent assez sombre pour que les vitres lui renvoient sa propre image, c'était cela qu'il était devenu, un petit monsieur sans allure, un passant anonyme dont le regard éteint n'avait jamais su dispenser ses rêves trop grands. Cela lui avait servi dans ses rencontres avec les diplomates, ses yeux plats ne s'animaient jamais... Il était né un siècle trop tard. Il était fait pour marcher le premier dans l'herbe épaisse des jungles, pour découvrir des fleuves infinis, pour voir les peuples danser et lui tendre la couronne des rois...

La vie avait voulu qu'il tirât de ce placard exigu, encombré de paperasse, les ficelles emmêlées d'Etats meurtris qui n'auraient pas dû naître... Trop tard pour réparer, il ne restait plus qu'à tirer parti, c'est ce qu'il faisait. Il avait vécu là des instants mémorables, les rencontres, en particulier, entre le Président français et celui que les Américains appelaient « Mister Jungle ». Mister Jungle occupait le quatrième rang après Clinton. Plus de six mois et un peu plus de quatre mille fax et coups de fil pour obtenir une rencontre d'un quart d'heure. Les deux hommes s'étaient aperçus très vite d'un simple détail : l'un d'eux était un spécialiste de l'Afrique, l'autre un spécialiste de la politique africaine. Ils n'avaient donc strictement rien à se dire.

Comme ils étaient intelligents, ils avaient parlé d'opéra : l'importance des mezzo-sopranos dans l'œuvre de Richard Strauss, et plus particulièrement dans *Le Chevalier à la rose*. Pendant ce temps, l'Angola flambait. comme d'habitude. Un coup pour rien. Un grattement à la porte.

Mme Fereira. Elle n'avait jamais su frapper normalement.

– Entrez.

Elle passa le haut du corps.

– M. Bornam attend.

– Faites-le entrer.

Elle avait disparu déjà.

Quinze ans qu'elle était sa secrétaire et il ignorait son prénom et son âge, la soixantaine ne devait pas être loin, ils prendraient leur retraite en même temps, elle regagnerait son pavillon de Viroflay dont elle ne sortirait plus... Un soir où elle s'était attardée, elle lui avait parlé de son jardin, de salades, il avait senti une solitude, des retours compliqués dans la nuit jusque chez elle, un train, des autobus. Elle ne savait pas conduire, et puis une voiture, c'était un souci... Il pensa qu'il avait une facilité prononcée à ne pas s'occuper des autres, ils l'effleuraient, il sentait leurs faiblesses, leurs désarrois mais il ne s'en souciait pas, peut-être était-ce une force...

– Entrez, Bornam.

Il venait des R.G. où ils l'avaient surnommé « bon père-bon époux », mais Van Oben savait qu'il ne fallait pas se fier à son air bonasse et appliqué, ses interventions en Rhodésie du Nord le long de la frontière katangaise avaient été d'une efficacité que même les services spéciaux, peu regardants sur les méthodes, avaient qualifiée d'implacable.

– Temps de saison, dit-il.

Son parapluie gouttait sur la vieille moquette, manifestement il ne savait pas quoi en faire.

– Laissez-le couler, dit Van Oben. Installez-vous. Bien entendu je n'ai rien à vous offrir.

Le budget n'avait jamais permis ce genre de dépense, dans les débuts il achetait du whisky et des gobelets en carton, mais l'absence de glaçons, la tristesse d'avoir pour certains à allonger l'alcool de l'eau javellisée du robinet, tout cela l'avait dissuadé de faire des efforts de réception.

Bornam croisa les jambes avec une relative difficulté. Il bedonnait un peu, court sur pattes, dans six mois son costume serait trop étroit pour lui. Il joignit ses doigts potelés et regarda le plafond.

– Toramba est de retour.

Van Oben songea que s'il s'était déplacé uniquement pour lui annoncer la nouvelle, il avait fait le voyage pour rien : c'était lui qui avait replacé l'ancien Président sur orbite. Il avait tendu les fils et les pantins s'étaient mis en mouvement.

– Allez-y, dit-il, je suppose que vous avez des détails.

– Peu, mais j'ai effectué des recoupements et...

– Combien de sources différentes ?

– Trois.

Van Oben les connaissait. Un colonel dans la garde personnelle de Biké, l'actuel Président, un ancien coopérant directeur d'école et le haut responsable d'une organisation humanitaire. D'autres émergeaient, nombreux, mais ils n'étaient qu'occasionnels et peu sûrs, c'étaient des hommes de docks ou de bars, des chasseurs de primes. Ils ne fournissaient jamais rien de bien solide.

– Je vous écoute.

Bornam ne cessait pas de contempler le plafond comme s'il lisait sur un prompteur.

– Il a traversé le fleuve à Bacunza avec trois cent cinquante hommes, des Noupés.

Van Oben ferma les yeux. Une ethnie musulmane venue des confluents du Niger et de la Kaduna, ils avaient abandonné les territoires des vallées pour une paye de mercenaires.

– Quel armement ?

– Quatre véhicules blindés tchèques avec des Vickers 350 et une frégate de la Seconde Guerre mondiale. Douze camions. Surarmement individuel. Grenades, mines et munitions.

Toramba n'avait pas perdu de temps, c'était le moins que l'on puisse dire.

– Quelle est sa vitesse de progression ?

– Dix-huit kilomètres par jour en moyenne. Il ne suit pas les pistes.

– Des combats ?

– Aucun. Mais les paysans n'attendent pas son arrivée pour déguerpir.

Van Oben regarda la nuit. Noir réglisse des vitres brillantes, elles ne reflétaient plus que l'intérieur du bureau dont il venait d'éclairer la maigre lampe.

L'exode. La famine, la résurgence des camps. Tout cela allait renaître. C'était le prix à payer. Des estimations étaient tombées. Il y aurait cinq cent mille personnes lancées sur les pistes, mais si Toramba reprenait les rênes, les tarifs des mines du Sud et des principales matières premières baisseraient de telle manière que les bénéfices des douze premiers mois suffiraient à payer l'opération. Passé ce délai, il serait temps d'envisager une collaboration plus étroite avec le nouveau régime pour installer l'état de fait.

– La télévision n'a fait aucune allusion au retour de l'ex-maréchal-Président.

Van Oben savait que c'était bon signe. La télévision était faite pour annoncer les victoires, pas les dangers. Lorsque l'unique chaîne du pays parlerait de Toramba, ce serait pour annoncer sa capture ou sa mort et ce scénario était exclu.

– Biké dispose de près de dix mille hommes, dit Bornam. Certains régiments sont entraînés, ils possèdent trois escadrilles d'hélicoptères de combat et quelques missiles sol-air. Je pense qu'il peut envisager une résistance avec quelques espoirs.

Van Oben regarda son interlocuteur avec une trace de commisération. Bornam ignorait que, depuis quarante-huit heures, des transferts de

La Reine du Monde

fonds avaient eu lieu sur trois banques de Zurich, et l'avion spécial servant aux voyages officiels avait transporté quatre Soutine, deux Klimt, trois Picasso et un *Atelier* du Titien de trois mètres sur deux dans la résidence d'été, près d'Hossegor, de l'actuel maître du pays. Eugène Biké sauvait les meubles. Ce n'était pas l'attitude de quelqu'un envisageant de résister.

Van Oben souleva la couverture du dossier qu'il avait devant lui. Sur l'une des photos on le voyait, lui, serrant la main à l'actuel Président au cours d'une rencontre privée. Il fallait le reconnaître, Biké avait été – on pouvait déjà parler de lui au passé – un bon chef de gouvernement. Après l'habituelle terreur qui avait régné comme après tout changement brutal de pouvoir, il avait repris les affaires en main, et plutôt efficacement. Il avait imaginé une politique de contact avec les Etats-Unis, mais il avait eu un tort immense qui allait lui coûter sa place : il avait laissé tomber la carte française et n'avait plus joué le jeu tricolore. Dès cet instant, et sans qu'il l'ait su, il s'était fait un ennemi plus dangereux que tous les serpents et tous les scorpions du continent : Van Oben. Moins d'un mois après la cérémonie d'investiture, Van Oben avait décroché le téléphone et demandé une entrevue plénière avec la cellule élyséenne. Il en était sorti avec les pleins pouvoirs. La mission était simple : remettre Toramba à la tête du pays.

– Vous n'avez pas de cigarettes sur vous ?

La Reine du Monde

Bornam eut l'air surpris.
– Non. Mais je ne savais pas que vous fumiez.
– Je ne fume pas. Je n'en achète jamais mais, si quelqu'un m'en offre une, je tire quelques bouffées...
– Je regrette.
Van Oben aussi regrettait. Mais l'envie était toujours là, fumée bleue de tabac blond. Avant de crever, il s'en ferait une dernière, une longue, une interminable, pour la route. Jusque-là, il continuerait à presser le pas en passant devant un bureau de tabac.
– Qu'est-ce que l'on fait ?
Bornam attendait. C'était un bon sous-fifre : il était venu chercher des ordres.
– On ne bouge pas. Vous collectez les renseignements, militaires ou non, tout ce que vous pourrez obtenir. Vous me contactez tous les jours à dix-sept heures sur la ligne codée, mais surtout vous ne bougez pas.
Bornam se leva. Autour de la pointe de son parapluie, une mare s'était formée.
– Je vais descendre à pied, dit-il, j'aime marcher dans Paris quand il pleut.
– Vous êtes un poète, dit Van Oben, le métro est à cinquante mètres.
Bornam s'inclina avec déférence et sortit.
Silhouettes noires et blanches déplacées sur le tapis vert. Il avait organisé le prochain chapitre. Il était inévitable qu'il fût sanglant, toute manœuvre

n'était possible que sur fond de haines tribales. Elles existaient, condition sine qua non. L'habileté suprême était d'intervenir trop tard. Pour cela, il pouvait compter sur le savoir-faire des fonctionnaires internationaux, grands spécialistes en obstacles de toutes sortes.

Quant à l'intervention militaire, elle l'avait toujours amusé, les Casques bleus étaient bien les carabiniers de l'Histoire... Des régiments de fossoyeurs, les croque-morts d'après les batailles.

Van Oben s'étira avec précaution. Avec les années, le corps s'endormait. Muscles, os, organes, tout s'agrégeait, formait un magma indissociable, il fallait éviter toute crispation, tout déchirement...

Il eut l'impression, assis dans ce fauteuil qu'il occupait depuis près de trente ans, de peser lourd, de devenir peu à peu un homme de pierre dont seule la tête fonctionnait, un cerveau rapide, déterminé, sur un corps de marbre.

Il ferma les yeux et récapitula depuis le début les différentes étapes de l'opération. Il n'avait commis aucune erreur, tout s'enclenchait comme prévu. Dans trois semaines, tout serait fini. Si Biké s'entêtait et résistait, il y aurait le siège de la capitale, mais lui, Van Oben, connaissait la parade à ce genre de situation : une conversation de cinq minutes, téléphonique ou non, suffirait à lui faire prendre le premier avion en partance pour l'Europe. Il y avait des chiffres que personne n'aurait aimé voir communiqués, surtout pas le maître de l'un des pays les plus pauvres au monde.

La voix de Mme Fereira retentit dans l'interphone.

– Je pars.

– A demain.

Il ne jugea pas utile de regarder sa montre. Il était six heures.

La foule du métro, l'écho des pas multiples sous la verrière d'une gare, un train de banlieue aux vitres embuées, un autobus dans le froid, la plaque jaune de la lumière d'un lampadaire, une sente et le pavillon au bout, le jardin gris et mort, elle arriverait à temps pour le journal de vingt heures où l'on ne parlerait pas de l'Afrique. Là-bas aussi, la nuit serait là, elle se serait refermée sur les cohortes vacillantes au cœur des forêts, bruissement des corps endoloris, les plaintes montaient sous les arbres, sous la lune intermittente la pâte de manioc tremblait entre les doigts usés. Qui va mourir le premier ?

Van Oben se tourna avec effort vers l'ordinateur. Il était malhabile dans son maniement, n'aimait pas s'en servir mais il avait fallu qu'il obéisse à la règle. Il composa le code de déverrouillage et la liste des résidents apparut.

Ils étaient quarante-sept. Quarante-sept familles de colons. En majorité françaises. Certaines installées depuis les années vingt. Van Oben fit défiler la liste. C'était le moment de choisir. Il avait procédé ainsi depuis qu'il dirigeait le service, une innovation qu'il avait apportée et qui avait fait ses preuves. La méthode dite « du fusible ». Le coup parfait.

C'était une question de doigté, d'appréciation et de hasard. Lorsque son index gauche enfoncerait la touche, la cible serait désignée.

Le doigt du diable.

Dans deux jours il serait en Belgique. Il y retrouverait Gerlacht.

La Flandre.

Lorsqu'il avait garé sa vieille Fiat sur le parking, Van Oben s'était dit qu'il y connaissait deux choses : les ciels déchirés, mille fois représentés sur les toiles des maîtres du XVIIe siècle, dans les salles vides et sonores des musées de province, et ce supermarché battu par les vents de la plaine, à dix kilomètres de Dixmude.

Il boutonna son manteau jusqu'au cou et, comme chaque fois, regretta de ne pas s'être acheté des bottes fourrées. Il n'avait jamais su s'équiper, il l'aurait fallu pourtant : dès qu'il quittait son placard-bureau du bois de Vincennes, il avait froid aux pieds. Ce n'était pas compliqué pourtant d'entrer chez un marchand de chaussures... Pourquoi n'y songeait-il qu'ici, pataugeant sur ce béton glacé, semé de flaques de pluie ? Mystère de l'âme humaine, aurait dit sa mère.

C'était une phrase qu'elle prononçait souvent, et particulièrement lorsqu'il n'était question ni d'âme ni de mystère. Elle avait ce don de la formule inadaptée dénotant un esprit plaisantin dont il avait toujours regretté de ne pas avoir hérité.

Il y avait encore très peu de voitures à cette heure de la journée. Il était très tôt, le magasin venait à peine d'ouvrir.

Les portes vitrées s'écartèrent automatiquement et la chaleur recouvrit instantanément ses lunettes d'une légère buée.

Il avança plus lentement, attendit qu'elle se dissipât, passa au tourniquet et s'empara d'un caddie. Les choses s'étaient améliorées depuis quelques années : les premiers ferraillaient sur le sol carrelé, ceux-là roulaient silencieusement. Progrès de la technique.

Les rangées parallèles s'étendaient à perte de vue. Produits ménagers. Produits pour animaux, des entassements multicolores, des têtes de chats, de chiens, d'oiseaux sur les emballages.

Neuf heures quatorze. Il restait une minute.

Il orienta les roues vers le rayon des boissons. C'était à l'autre bout du magasin, le coin le plus éloigné de l'entrée.

Il s'engagea dans la travée, longeant les falaises d'eau minérale et de packs de bière, et se rangea sur la droite en ralentissant sa marche.

Il croisa un employé en blouse et calot blancs.

Cela lui suggéra une vision d'hôpital, tout, de plus en plus, se mettait à ressembler à un hôpital : à force d'obéir à des soucis d'hygiène, le monde allait devenir une gigantesque clinique.

Du coin de l'œil, il perçut le rebord métallique de l'avant d'un caddie qui arrivait à sa hauteur, le doublant sur la gauche.

Il jeta un regard latéral. A l'intérieur du chariot, se trouvait une unique tablette de chocolat noisettes et lait entier.

– Vous n'aimez plus les amandes ?

Van Oben perçut un soupir.

– Il faut bien changer.

Gerlacht avait l'accent que les acteurs français prenaient à une époque pour jouer les officiers de la Wehrmacht. Van Oben s'était quelquefois demandé s'il ne le faisait pas exprès. Les deux hommes avancèrent parallèlement, à petits pas, précédés de leurs caddies.

– Vous venez de faire une connerie, dit Gerlacht.

– C'est l'autre nom que nous pouvons donner à la politique que nous menons, les uns et les autres, depuis un demi-siècle, rétorqua Van Oben. Alors soyez plus explicite.

Gerlacht était gros, il avait enfilé ce matin-là une parka matelassée et un bonnet de laine de travailleur immigré, et Van Oben jugea sa tenue ridicule. Le seul avantage qu'elle offrait était de le faire ressembler à l'inverse de ce qu'il était : un député européen.

La Reine du Monde

– Vous avez lancé l'opération à quelques jours de la réunion pour la constitution d'une force d'interposition interafricaine...

Van Oben eut un rire léger.

– Vous savez bien qu'elle n'aboutira pas. Et que la seule façon de ne rien faire est de tenir compte de tous les paramètres. Cette réunion n'en est même pas un...

Gerlacht hocha la tête.

– Les pays de l'A.C.P. sont furieux et le font savoir. Ils redoutaient l'éclatement de nouveaux foyers et vous leur en allumez un sous les fesses. De plus, cela tombe au moment où ils semblent prêts à établir avec l'Europe un système de préférence commerciale.

– Ne m'emmerdez pas avec l'Europe, Gerlacht, vous savez aussi bien que moi ce qu'elle représente en Afrique...

En effet, Biké avait commis une double erreur.

La première était habituelle : il avait unilatéralement augmenté la part réservée à son pays pour tout ce qui concernait les produits pétroliers, aussi bien bruts que raffinés. Cela se produisait régulièrement et nécessitait simplement l'ouverture de transactions. Un réajustement s'imposait alors, dépendant de la bonne volonté d'entente des parties en présence, mais dans le cas présent les choses avaient été différentes. Biké – et c'était la deuxième erreur – avait pris sa décision à la veille d'une campagne électorale française d'importance, et le parti au pouvoir voyait brusquement une source de financement se réduire au moment où elle devait couler d'abondance, et c'était inadmissible.

Van Oben avait fait intervenir des conseillers proches de Biké et demandé un report des mesures prises, mais ce dernier avait été inflexible, il avait prétendu qu'il ne pouvait admettre un retard dans l'application des mesures décidées en Conseil. Il avait déclaré que ce pays appartenait à son peuple et que pas un seul centime de l'opération ne pouvait attendre car il craignait des soulèvements.

Il les craignait, il allait en avoir...

Les deux hommes prirent un tournant à angle droit et Van Oben rafla sur un présentoir une bouteille de Bols qu'il déposa dans son chariot : dans le fond de la bouteille, une minuscule danseuse en tutu rose tournoyait au son d'une valse viennoise lorsque l'on remontait la clef. Il l'offrirait à Mme Fereira : ce serait bien la cinquième qu'il lui rapportait de ses voyages. Elle ne se donnait même plus la peine d'être surprise. Pourquoi ne l'avait-il pas baisée une vingtaine d'années auparavant ? Cela leur aurait fait une occupation après les heures de bureau, et il n'aurait pas été obligé d'aller aux putes comme il l'avait fait pendant vingt-cinq de sa vie.

— Le Comité était assez remonté contre vous, poursuivit Gerlacht. Si le moindre fait prouve de façon à peu près certaine que vous êtes derrière Toramba, ils vont livrer l'affaire aux médias, et vous voyez d'ici les titres dans tous les journaux du monde : « La France rallume la guerre ». Cela arrangerait pas mal de vos pseudo-amis.

Van Oben le savait. Tout s'enchaînait. Si la crise éclatait entre les Douze, tout pouvait être remis en question, on était à deux doigts de la monnaie unique, et l'Allemagne et d'autres pourraient en profiter pour y échapper, ou tout au moins la retarder.

– Passons par la charcuterie, dit Gerlacht, ils ont d'excellentes saucisses.

Van Oben réfléchissait. Une des roues du caddie de son voisin couinait délicatement.

– Nous en sommes à des bruits de couloir, dit-il, il suffit que l'un de nos responsables se fende d'un bel article humanitaire sur les éternels retours des génocides pour déplacer les responsabilités.

– La main qui pousse doit rester invisible, dit Gerlacht.

Van Oben le regarda empiler quatre paquets de francforts rougeâtres sous plastique.

– Vous devriez écrire un livre que vous intituleriez « Maximes et Sentences ». La main qui pousse est invisible.

– Pas assez.

Van Oben inclina la tête. Cela faisait cinq jours qu'il épluchait la presse internationale, il n'y avait pas le moindre début de suspicion concernant l'Hexagone. S'il en avait trouvé, il savait comment déclencher des torrents de protestations plus solennelles et autorisées les unes que les autres. L'appareillage tenait.

Pour l'instant.

L'Amérique devait fouiner et elle ne devait pas être la seule, mais il avait bouclé les ceintures de sécurité et bouché les voies d'eau. Quant aux enquêtes officielles, il ne les craignait pas, elles n'avaient jamais rien révélé.

– Vous avancez sur un fil, dit Gerlacht, priez pour que le vent ne se lève pas.

– Je suis un bon funambule.

Ils arrivèrent en silence dans la partie vêtements du magasin. Van Oben s'arrêta. Un mur de chaussettes s'étalait devant lui.

– Je vais peut-être en acheter.

Gerlacht haussa les épaules.

– C'est de la saloperie, dit-il, après le premier lavage elles se déforment et peluchent.

Le Français se sentit perplexe et se rappela qu'il n'avait pas pris suffisamment d'argent belge. Cela le soulagea. Il n'était décidément pas fait pour les emplettes. Il écarta le chariot et fit face à son interlocuteur. Il n'y avait personne dans la travée. Quelques ménagères passaient au loin. La musique n'était pas encore interrompue par les annonces.

– Ecoutez, Gerlacht, tout ce que vous m'avez dit, je pouvais le savoir en interrogeant officiellement un des membres de la commission française, essayez de gagner votre argent, ce que vous m'avez appris ne me paye même pas l'essence de mon déplacement.

Gerlacht toussota et prit l'air rêveur.

– L'Angleterre a envoyé trois types, dit-il, ils sont partis pour Lomé il y a quarante-huit heures.

Van Oben fronça le sourcil. Enfin du sérieux.

– Vous les connaissez ?

– Non. Mais trois licences d'exportation de piments, d'emballages métalliques et d'articles en polystyrène ont été débloquées au début de la semaine. Une triple couverture un peu trop transparente.

Les services spéciaux. Londres n'avait jamais brillé pour les résultats obtenus en matière de renseignements, mais il était temps de bouger.

– Très bien, dit Van Oben. Rien de plus ?

– Rien de plus. Ils n'ont couché dans aucun hôtel de la capitale. Comme ils n'ont certainement pas pris le risque de dormir dans leur ambassade, on peut supposer qu'ils ont pris la route aussitôt.

Un 4x4, ou peut-être un hélicoptère. Ils devaient en cet instant se trouver dans la région des combats.

– Parfait. Je propose que nous restions en contact, comme il est dit dans les romans d'espionnage.

Gerlacht sourit et montra du doigt la bouteille de liqueur.

– Je peux vous poser une question ?
– C'est votre tour.
– Vous aimez tant que ça cette saloperie ?
– C'est un cadeau.
– Pourquoi faites-vous toujours le même ?
– Je n'ai pas d'imagination.
– Il va vous en falloir.
– Ne vous inquiétez pas.

Van Oben s'éloigna, poussant le caddie.

La migraine commençait. Les prémices de la grippe. Le déroulement était toujours identique : mal de tête, les sinus se bouchaient, la gorge devenait douloureuse avec la montée de la fièvre, et il était bon pour des journées cotonneuses, bourré d'antibiotiques à chaque fois de plus en plus inefficaces. Il avait plus de deux cents kilomètres avant de rentrer.

Il paya, sortit, sa bouteille sous le bras, et regagna sa voiture.

La mer n'était pas loin.

Il avait toujours aimé, lors des premières vacances qu'il avait passées enfant sur les bords de la Manche, la regarder en s'étonnant que le spectacle en soit gratuit : il s'asseyait en haut des dunes et fixait l'horizon pendant des heures.

Il décida de remonter plein nord, un détour de moins de vingt kilomètres, une petite marche frigorifiée sur les quais d'Ostende chasserait peut-être la douleur.

La Reine du Monde

Il roula le long d'un canal, traversa des faubourgs sans couleurs et se gara près du casino.

Le front de mer était vide, la plage s'étendait jusqu'aux vagues grises.

Il se mit à marcher et pensa qu'une aventure sentimentale, dans ces lieux et autrefois, lui aurait été agréable, une femme qu'il aurait aimée longtemps auparavant... Le regret l'aurait alors rempli, alourdissant sa démarche, une femme perdue avec les années et les vents incessants. Ils se seraient promenés le long des blocs sombres de la digue, ils auraient couru sur le sable comme dans un film absurdement mélo. Ils auraient pris une bière amère dans un des bars du rivage dont les vitres mouillées déformaient le paysage, leurs corps se seraient épanouis dans la chaleur soudaine du poêle de faïence, ils seraient entrés dans un hôtel proche aux meubles cirés.

Curieux tout de même d'être obligé de se fabriquer des aventures pour tenter d'en connaître le regret. Difficile de faire saigner une cicatrice qui n'existe pas : entreprise aussi malsaine qu'enfantine. Pas d'escapades dans votre vie, Van Oben, pas d'amours, ni réussies ni manquées...

Il pensa que si ses supérieurs apprenaient ce qui traversait sa tête en cet instant, ils le vireraient sans pitié. On ne confie pas le montage d'une opération aussi alambiquée que celle qu'il avait mise au point à un bonhomme qui tente de faire surgir un visage de femme qui n'a jamais existé.

La Reine du Monde

Les rafales balayaient la promenade. L'été, les terrasses devaient débouler sur les trottoirs. Il n'y était jamais venu dans la belle saison. Il était le voyageur de l'hiver.

Trois lascars propulsés par le Foreign Office représentaient un danger réel.

Il était temps de faire jouer le coupe-feu.

Il remonta davantage le col de son manteau.

Il aurait aimé l'éviter mais il n'avait plus le choix.

Sur la mer, le ciel était d'un blanc de lait, une lumière étrange. Si le soleil existait encore, ce n'était pas dans ces parages.

Hier il avait consulté le fichier informatique et il avait choisi. Un couple, sans enfants. C'était important.

Elle était française mais d'origine autrichienne, une enfance à Vienne, des vacances à la frontière italienne près de Radlesburg, les parents avaient fui lors de l'Anschluss et obtenu la nationalité française, Marah Vidsmark. Elle aussi avait pris un coup d'Afrique en plein cœur.

Il avait vu sa photo. Elle avait quarante-quatre ans aujourd'hui. Des yeux océan l'hiver. Des boucles rebelles. Le sourire d'une femme pour qui être photographiée n'a pas d'importance.

Le cliché avait été pris quinze ans auparavant.

Lui c'était Marc Brandon.

Difficile de dire pourquoi il avait choisi de vivre là-bas.

Van Oben avait étudié le cas. L'homme n'avait jamais cherché à fonder un empire ni même à agrandir sa fortune. Son exploitation marchait et il semblait s'en satisfaire. Un dilettante d'une certaine façon, mais qui connaissait le pays, s'était fait accepter par les tribus, ce n'était pas si facile. Les guerres successives ne l'avaient pas fait fuir. Courage ou paresse ? Difficile de savoir. Huit ans auparavant, il avait refusé de devenir guide de safari attitré pour un émirat du Golfe. Un véritable pont d'or. L'argent ne le motivait donc pas. La fiche médicale portait la mention de maladies sexuelles bénignes avant sa rencontre avec Marah Vidsmark. L'homme était paludéen.

Rien de sérieux à se mettre sous la dent, Van Oben ne parvenait à dresser de lui qu'un portrait flou. Cinquante-trois ans. Il parlait deux dialectes locaux et n'était rentré en France qu'une seule et unique fois, à la mort de sa mère. Un voyage à Prague en 1994.

Ce type semblait avoir trouvé dans ce coin du monde une raison d'être. S'il était dit que chaque humain a un endroit qui l'attend, peut-être Marc Brandon avait-il découvert le sien.

Van Oben s'arrêta et s'accouda au parapet : devant lui, la masse grise des eaux, derrière les façades plates des immeubles comme un décor de brique.

Il ferma les yeux. Les assauts réguliers du vent meurtrissaient son front mais la migraine ne

La Reine du Monde

cessait pas. Quelques gouttes frappèrent l'asphalte.
Marc Brandon. Marah Vidsmark.
Il fallait régler le problème rapidement.
Plus vite ils seraient morts, mieux cela vaudrait.
Contacter Cyrian.

Sarbu

L'acier du tube ruisselait.

Il pleuvait depuis quatre jours et les trois garçons avaient creusé leur trou dans l'humus de la jungle. Les vers grouillaient autour d'eux, ils avaient coupé à la machette une sorte de meurtrière dans le feuillage, et ils attendaient le signal qui viendrait du flanc de la colline située en face d'eux, à cinq cents mètres à vol d'oiseau.

Quarante-huit heures qu'ils n'avaient rien mangé, aucun des trois n'était chasseur et ne connaissait l'art des pièges pour les singes et les tatous dont les écailles crissaient sous la couverture de feuilles mortes.

Ils se relevaient d'heure en heure, deux dormaient sous la toile cirée qu'ils avaient tendue sur trois piquets au ras du sol. Il leur fallait ramper pour passer dessous, et les poches de pluie, lorsqu'elles étaient trop lourdes, pesaient sur leurs corps. L'odeur de terre morte et de végétaux décomposés était suffocante.

Ils étaient trois Mangenes, recrutés et entraînés quatre semaines plus tôt dans les ruines de l'ancien fort français. On avait donné de l'argent à leurs familles et ils en avaient reçu eux-mêmes avec l'armement. Le sergent les avait réunis pour former les groupes de voltigeurs, et il leur avait appris à se servir du mortier. Chacun avait tiré une bombe à empennage stabilisateur. On leur avait expliqué qu'à chaque tir la somme dépensée représentait le double de ce que leurs pères avaient gagné, leur vie durant, en travaillant à l'abattage des arbres dans la forêt.

La première fois, les doigts d'Azuman, le plus jeune des deux frères, avaient glissé sur le corps de la fusée, et il l'avait fait tomber dans l'herbe. Wenga, son aîné, avait été désigné pour être chef de tir.

Le troisième était Sarbu. Il connaissait la ville et vivait de rapines, dormant sur les trottoirs et dans les arrière-cours des boutiques de Banji-Touara, le quartier des arsenaux. Il était le plus âgé et portait un tatouage qui lui recouvrait le bras droit. A dix-sept ans, il avait déjà connu des femmes, ne parlait que d'elles et ne comprenait pas le désir de ces deux paysans qu'on lui avait donnés comme compagnons d'armes de rapporter des oreilles d'hommes dans leurs cartouchières.

C'étaient des trucs ridicules, des haines d'arriérés, lui aimait écouter les cassettes des boutiques du grand bazar, et revendait des tee-shirts volés, marqués d'une tour Eiffel ou de Batman, il fumait de l'herbe forte et proposait aux touristes des filles de bordel. Il tuerait les fuyards puisque c'était son travail mais il n'en ferait pas plus que lui commandaient les chefs.

– Tu connais pas Mano Fobé ?

Wenga hochait la tête, perplexe. Il ne connaissait rien et Sarbu n'en revenait pas. Mano Fobé dansait devant des foules énormes, il y avait quatre musiciens avec lui, il chantait même en anglais. Il l'avait vu lors d'un concert du haut d'une palissade avant que la police ne charge à la matraque pour écarter les resquilleurs... Il avait eu le temps de voir l'éblouissement des projecteurs, les paillettes des costumes, la vibration des planches sous le grondement des décibels. Une splendeur.

– Vous êtes vraiment des cons, dit Sarbu. Pourquoi vous continuez à bosser dans la merde ?

Wenga travaillait dans les champs, sa mère l'y avait trimbalé lorsqu'il était enfant, attaché sur son dos, il avait toujours respiré l'odeur d'herbe et d'eau qui montait des rizières. Il se souvenait même des craquelures de la terre brûlante, lors des années de sécheresse. Il était un paysan et il n'aimait pas Sarbu, le garçon avait l'œil rapide des démons maléfiques qui embrouillent les idées dans les têtes. Il parlait de trop de choses clinquantes et inconnues. Wenga ramena ses genoux sous son menton, et le haut de son crâne rasé toucha la toile humide.

La nuit allait venir. Tout était vert, le vert sombre des camions dans les casernes.

Il fouilla dans les poches de son short kaki mais n'y trouva rien. Cela faisait longtemps qu'il avait raflé les dernières miettes de la galette de sorgho.

– Tu joues au foot ? demanda Sarbu.

– Un peu.

C'était vrai. Derrière les dernières cases du village, en bordure des champs, il y avait un terrain où les gosses tapaient tout le jour dans un ballon. Les grands les chassaient au crépuscule et plantaient deux bambous pour figurer les buts : ils jouaient alors jusqu'aux premières étoiles.

– J'ai un cousin au Cameroun, dit Sarbu, il va partir en Egypte, les entraîneurs l'ont remarqué, quand il y sera, il me fait venir et, de là, je prends le bateau.

Un menteur. Cela ne se passait jamais ainsi. Wenga le savait. Au village, tous voulaient partir mais ça n'arrivait jamais. Il fallait d'abord tuer tous les Bimekes, ils avaient volé la terre autrefois, il y avait longtemps. Ils avaient chassé les Mangenes des rives fécondes des rivières, ils avaient tué beaucoup et violé les femmes. Maintenant, c'était leur tour, à présent ils couraient dans la forêt avec la peur accrochée aux tripes.

– Tu baises des femmes ? Moi, je baise sans arrêt. Je mène la belle vie. Dès que la guerre est finie, je rentre et dépense tout avec les filles. Il y a des bars où elles sont serrées les unes contre les autres, tu ne peux pas choisir tellement il y en a...

Wenga resserra la prise de ses bras contre ses genoux. L'humidité montait de ses fesses à son ventre, elle transformait son cerveau en éponge, une masse molle et vide.

La tente ondula, Sarbu s'était rapproché, instinctivement Wenga se rétracta. Les racines pourrissantes bloquaient ses reins. La bouche de son compagnon était contre son oreille.

– Je vais chanter comme Mano Fobé, dit Sarbu, écoute, paysan...

Sarbu chanta. Un rythme rapide, inconnu et chuchoté. La main rôdait, cherchant la ceinture, elle s'écarta, revint, montant le long de la cuisse maigre.

– On va se branler, murmura Sarbu, après je te ferai comme aux femmes...

Le poing de Wenga se referma sur le manche cerclé de corde de la serpe. C'est avec elle que son père fendait le crâne des cochons.

L'acier affûté en rasoir effleura la mâchoire de Sarbu.

– Va-t'en.

Sarbu recula dans un chuintement liquide de feuilles mouillées, le bruit des serpents.

– Tu es un con, dit Sarbu, tu bandais déjà.

On ne disait pas ces choses... Les rites disparaissaient mais les anciens en parlaient sous les arbres. Il y a peu de temps encore, il aurait subi les épreuves pour pouvoir trouver une femme. Sarbu ne respectait rien, il était un démon. Si seulement il avait pu être un Bimeke, il lui aurait arraché la tête. Il ne fallait pas que son frère reste avec lui. Azuman était jeune, il se défendrait mal.

– Tu veux de l'argent ? J'en ai, je te paye pour ça.

Wenga fit glisser la ficelle qui retenait son arme dans l'ardillon de sa ceinture et, en rampant sur le ventre, sortit de l'abri. Il eut l'impression, en émergeant, d'avaler l'eau en suspension dans l'air, une poussière liquide entrait dans ses poumons.

Noir total. Le ciel était invisible. Quelque chose tomba sur son épaule nue, feuille, liane ou araignée, il l'écarta d'un revers de main et parcourut dix mètres sur la droite. Il ne distinguait rien et heurta le pied de son frère.

Il s'accroupit près de lui.

A présent, ses yeux s'habituaient. A travers la trouée, il distinguait devant lui le flanc de la colline. Le sentier était invisible mais il était là, serpentant sous les arbres.

Il devina les yeux d'Azuman tournés vers lui, des cils de fille.

– Ne parle pas à Sarbu, dit-il, il est impur.

Azuman tressaillit.

– C'est un Bimeke ?

Cela aurait pu se faire, parfois des membres de l'ethnie ennemie s'infiltraient dans les rangs des troupes, égorgeaient des hommes endormis et prenaient la fuite.

– Non. Il est impur. S'il te touche, tu m'appelles.

Le rire clair d'Azuman monta.

– Il aime les hommes ?

Il y en avait quelques-uns comme cela au village. Les pierres volaient à leur passage, on clouait à la porte de leurs cases des chèvres mortes et des têtes de serpent. Azuman se souvenait des courses éperdues, des rires, des moqueries, il était un gosse alors. A présent, il était un guerrier. Il avait quatorze ans et la mort pouvait jaillir de ses doigts.

– Les hommes et les femmes. On ne parle pas de ça.

Wenga se tut. Il se sentait mal à l'aise. Il avait protégé son frère mais il n'avait pas à discuter avec lui de choses aussi interdites.

Il heurta le métal du trépied. Il se souvenait des indications martelées par le sergent. La manivelle la plus basse était celle qui indiquait la direction, l'autre commandait la hauteur. Lorsque l'un des garçons commettait une erreur, les crânes sonnaient sous la canne de bambou.

– Tu as calculé la distance ?

Azuman hocha la tête et sourit.

– On va en tuer beaucoup d'un seul coup.

Wenga se tut. Azuman était futé. Il avait toujours su se tirer des situations difficiles. A la maison, lorsque le père posait la main sur le fouet pour les zébus, il était déjà loin, mais là c'était différent, saurait-il se servir du mortier ?

Il fallait gagner cette guerre. Lorsque Toramba aurait repris le pouvoir, tout deviendrait comme avant, la famille retrouverait les terres fertiles. Ils raseraient les installations construites par les usurpateurs et les greniers seraient à nouveau pleins.

Wenga souleva le couvercle de la caisse de métal et caressa la fusée de la bombe. C'était un explosif américain à grande puissance, un modèle pour armes de quatre-vingt-un millimètres. Ils tireraient trois fois et se replieraient sans attendre, mais peut-être n'y aurait-il pas de signal, et il leur faudrait alors rester sur place tandis que la forêt ruissellerait sur eux.

– Tu sais qui est Mano Fobé ?

Azuman leva les yeux vers son frère.

– Non. Qui c'est ?

Wenga continua à effleurer l'acier du projectile. Bientôt il éclaterait en fragments brûlants et hacherait les chairs.

– Un chanteur, dit-il, simplement un chanteur...

Marc Brandon

Je n'arrive plus à dormir.

Pourtant je devrais, après ce voyage. C'était éreintant. Je n'avais plus un seul os intact en descendant le marchepied du camion.

Marah m'attendait, elle n'a plus rien à faire au dispensaire, il est vide. Dieu veuille qu'il le reste. Elle dort. Pourquoi est-ce que j'éprouve ce soulagement lorsqu'elle dort ? Sa respiration régulière m'apaise, c'est sans doute que le sommeil est un moment volé à la haine, aux explications inutiles. Je ne vis pas dans sa tête, même si des rêves l'agitent, je n'y figure sans doute pas.

J'ai cherché des traces de la présence de Béral : une odeur dans les draps, de la cendre sur le plancher de la véranda, un rien, une façon différente qu'a une main de déplier une serviette, un détail infime mais parlant. Elle ne doit pas l'amener ici, ils doivent baiser là-bas dans les cases, j'espère qu'ils ont pris la peine de désinfecter.

Brouillard sur les pistes et impossible de capter

quelque chose à la radio. L'exode continue, ils vont passer par ici, ils y seront demain sans doute. Cela nous laisse vingt heures de sursis.

Elle a fait hisser le drapeau sur le toit. Faible précaution mais cela peut éviter des tirs de roquette si les serveurs ne sont pas saouls ou abrutis. Somba a rapatrié sa famille à l'intérieur du domaine, ils sont quatorze. Quatre hommes adultes seulement. S'il faut se battre, ce sera juste, mais nous n'en arriverons pas là.

Je ferai demain un état des vivres.

Il y a cinq ans encore, je l'aurais réveillée, il y en a dix je l'aurais baisée. C'est à cela que l'on s'aperçoit que l'on vieillit.

Pourquoi avons-nous décidé de rester en Afrique ? Pourquoi avons-nous laissé les sangsues nous pomper le sang, les déluges ramollir nos chairs, le soleil brûler nos cerveaux ? Nos âmes grouillent, Marah, de la plus noire vermine.

– Qu'est-ce que tu as ?

Je me suis redressé trop violemment. Je ruisselle, je dois puer la sueur, le malheur. Le malheur sent plus fort que tout. Je l'ai réveillée.

Elle se lève. Ses doigts tâtonnent sur la table de nuit, la lueur du photophore découpe en noir sa silhouette.

– Qu'est-ce que tu as ?

Les aiguilles forment un angle droit très précis. Trois heures du matin.

– Des images.

La Reine du Monde

– Quelles images ?
La première bouffée de la Stuyvesant m'a brûlé la bouche. Une décharge amère de goudron coulant trop chaude sur l'asphalte.
– Je vous ai vus cet après-midi.
– Qui ?
– Béral et toi.
Ses pieds chuintent sur les lattes, s'éloignent, reviennent. Une serviette mouillée surgit dans le halo jaune.
– Tu es en nage. Essuie-toi.
Je me suis senti trembler, le drap me collait aux omoplates. J'ai posé les pieds sur le sol et j'ai fait un effort pour me dresser. Le sol s'est enfoncé comme un oreiller, mais j'ai tenu l'équilibre sans point d'appui.
J'ai tendu le bras et ma main a accroché le fauteuil. Il s'est arraché violemment, tiré à l'autre bout de la pièce par un fil invisible, les quatre pieds de rotin ont fusé. Ma pommette a sonné sur le parquet et a éclaté, une blessure de boxeur. Marah m'a retourné, elle était floue, cotonneuse.
– Ne bouge pas, je vais chercher ce qu'il faut.
Une crise. Le palu. Je n'en avais pas eu depuis longtemps. Il faut des piqûres, elle va revenir avec la seringue. Le sang a commencé à pisser et m'a coulé dans l'oreille, bordel, ce n'était pas assez que la nuit regorge d'éventreurs, il fallait que cela arrive ce soir. Ça bougeait là-bas tout au

bout du monde, du côté des orteils, un frémissement. Dans quelques instants, je tremblerai à casser les murs, je m'étais pissé dessus la dernière fois. Je ne veux pas. Je ne dois pas. Je me battrai. Je casserai tout avant. A quatre pattes, j'atteindrai la porte. Il faut que je sorte d'ici, que je boive aussi, que je noie la douleur sous des tonnes d'eau. J'ai attrapé la chaise par un pied et je l'ai balancée, tout mon poids dans l'épaule. Elle a éclaté contre la cloison. Je vais tuer Béral, ce connard de minable.

Le mur a surgi au ras de mon œil voilé de rouge et il a glissé de haut en bas. Je n'ai pas eu le temps de me relever que l'aiguille a déversé tout son feu dans mes veines. Elle m'a tué, cette putain m'a tué. J'ai donné une torsion pour me retourner et mon crâne a sonné sur le plancher. Mes mains ont croché dans ses cheveux et je l'ai tirée vers moi, ma langue pesait lourd, du plomb dans la bouche.

– Je vous tuerai, tous les deux.

Je m'étais perdu autrefois dans ces boucles, dans ce parfum, sur la côte des Esclaves, le long des lagunes, sous les manguiers de nos étés... Marah, je vais m'éteindre, tout vacille, la paix va venir, j'ai eu l'impression qu'elle restait là longtemps, sa joue sur ma poitrine, il me semblait en sentir le poids mais je savais que ce n'était pas vrai, qu'elle était partie depuis longtemps, qu'elle attendait sur la véranda que cesse la nuit : elle devait guetter le

La Reine du Monde

déchirement des voiles noirs dans les courbes, juste avant le surgissement du jour, la première lueur d'argent sur les plus hautes branches de la forêt... et je savais qu'elle n'espérait ce surgissement de l'aurore que pour retrouver un autre désir, un autre appel que le mien.

Kerando

Kerando cracha dans les hautes herbes. Il n'arrivait plus à avaler une goutte de salive et une eau mousseuse envahissait sans cesse sa bouche, semblant naître de l'intérieur de ses joues, de ses gencives. Il dégagea son poignet de la sangle qui maintenait son fardeau et tâtonna à l'intérieur de sa capote.

Sa femme devait être devant lui avec son père et la gosse. Le vieux marchait bien, les muscles de ses mollets semblaient toujours prêts à se rompre, mais il avançait vite, à foulées courtes, régulières... Ils étaient partis les premiers. Passé le col des montagnes rouges, il y avait eu des tirs de grenades derrière eux. Ils avaient pressé le pas sans tourner la tête, sans quitter la route. Il ne fallait jamais s'arrêter. Kerando savait qu'il ne leur arriverait rien. Ce serait plus tard, il faudrait aller vite mais, s'il obéissait aux instructions, ils seraient sauvés, lui, la femme et la petite. Peut-être le vieux, s'il pouvait courir.

La Reine du Monde

Cela faisait quatre jours qu'ils étaient partis. Des camionnettes surmontées de haut-parleurs hurlants avaient sillonné le village, soulevant des gerbes d'eau. Ils avaient tout abandonné et les vieillards avaient ressorti les bâtons de marche, les femmes les sacs de jute et les calebasses en équilibre sur les bambous. Le chef était parti seul avec les fétiches et une chèvre. Lui avait endossé la capote du grand-père : le vieux l'avait rapportée d'une guerre lointaine et ancienne. Le bleu avait passé avec les années. Des chiffres indiquaient au col le numéro d'un régiment. Durant toute son enfance, Kerando avait entendu le récit des combats, les galeries souterraines, les rats, le froid des damnés et les charges au fusil à travers le fracas des canons. Des gaz couraient à ras de terre, le vieux en avait respiré, et lorsqu'il parlait trop longtemps sous l'auvent de la hutte, sa poitrine sifflait comme un nid de serpents, et ses yeux pleuraient de souffrance.

Kerando fuyait. Les Mangenes étaient après eux et ils savaient faire surgir les diables de l'intérieur de leurs corps. Au cours de la dernière guerre, une patrouille en avait repéré deux en lisière du village. Ils rôdaient depuis longtemps autour des cases, ils volaient les œufs des poules, bouffaient les ordures et des écorces. Lorsqu'ils avaient été pris, ils étaient si maigres que leurs yeux disparaissaient à l'intérieur de leur tête. Le sergent les avait laissés attachés toute la nuit avec des barbelés ser-

La Reine du Monde

rés, et au matin ils étaient morts lorsque les soldats avaient vidé leurs chargeurs sur eux. Deux sacs de peau ridée bougeaient sous les impacts. Kerando se souvenait de tout.

Il travaillait à la scierie de Buenzene et était le seul du pays à posséder une mobylette. C'était une vieille marque disparue, mais il l'aimait, il l'avait réparée souvent et repeinte au moins dix fois. C'était le quatorzième jour du mois dernier qu'il avait trouvé deux hommes sous le toit à claire-voie où il la garait, dans la cour de l'usine.

Il n'avait pas aimé les voir. L'un d'eux s'était assis sur la selle et attendait, les pieds sur le guidon maculant les poignées de boue. Les verres sombres de ses lunettes semblaient deux cercles d'argent poli.

Ils lui avaient demandé s'il était bien Kerando de Pessora. Celui qui fumait des cigarettes jaunes lui avait tendu une boîte de bière et ils avaient bu, accroupis dans le cambouis, tandis que l'usine se vidait. Après, ils l'avaient emmené chez Domoro, et ils avaient bu d'autres bières. Kerando avait voulu payer une tournée mais les deux autres avaient refusé, ils avaient des liasses de billets dans les poches de leurs treillis, et l'homme aux cigarettes avait au poignet une montre épaisse, ronde, pleine de cadrans, et dont le bracelet semblait en or.

Ils lui avaient demandé s'il savait que Toramba allait revenir. Il avait répondu que oui, personne ne pouvait s'aveugler et croire que la paix durerait toujours.

Ensuite, celui qui s'était assis sur la mobylette et portait un tee-shirt rouge et des dreadlocks lui avait demandé s'il savait ce que cela signifiait pour Pessora.

Kerando avait baissé la tête et n'avait pas répondu. Il le savait parfaitement. Les deux types martyrisés et fusillés au matin allaient coûter cher. Il ne resterait rien du village et il faudrait fuir. Le fumeur avait mâchouillé l'extrémité de sa cigarette et l'avait crachée entre ses pieds.

– Vous mourrez tous, dit-il, c'est la loi, c'est ainsi.

Kerando l'avait regardé, effaré, et l'autre avait poursuivi :

– Toi, tu peux t'en sortir, toi, ta femme, ta fille et ton père.

Ils s'étaient renseignés, Kerando avait eu l'impression que leur puissance était infinie, ils savaient tout sur tous, ils connaissaient sa famille. Ils étaient comme les dieux, comme les démons.

Ils étaient sortis du café. Domoro derrière son comptoir les avait suivis de l'œil, ramassant les bouteilles vides sur les bidons de gas-oil. Dehors, l'homme aux lunettes de soleil lui avait collé de l'argent dans sa poche de chemise et donné un tube court de carton et de métal. Lorsque l'on frappait à la base d'un coup sec, une fusée montait droit en l'air, et sa lumière éclatait dans la nuit.

– Tu connais le col des Hospars ?

Il le connaissait, l'endroit était dénudé, la clairière montait jusqu'à l'à-pic du versant ouest.

– Vous y arriverez de nuit. Lorsque tu y es, tu lâches la fusée et tu cours à l'abri avec ta famille, on vous donnera trois minutes, pas plus. Tu ne t'occupes de rien. Si tu n'obéis pas, on te retrouve et tu n'imagines pas ce qui se passera. Il y a des fous chez nous, de vrais fous, ils mangeront ta gosse vivante devant toi. Si tu te fais rejoindre, tu ne diras qu'un seul mot : Bacala. C'est mon nom. Ils te laisseront tranquille.

Kerando avait encore dans les oreilles le froissement des billets. Cela représentait beaucoup de troncs équarris et débités, c'était sa chance. Il n'avait jamais rien compris aux guerres tribales, à la politique, aux armées qui allaient et venaient sur les pistes, s'évitant, violant les filles à leur retour avec le bétail... Enfant, il avait couru sans comprendre derrière des camions de soldats, il applaudissait et réclamait des graines de pastèque, il avait, une fois, parcouru cinq kilomètres sur une automitrailleuse, les serveurs l'avaient saoulé au vin de palme et il avait pris une volée en rentrant dans sa case... Cela ne signifiait rien pour lui, que du malheur.

Et cette fois, le hasard allait lui permettre de profiter du conflit. Avec l'argent, il s'installerait plus loin dans le nord près d'une ville où se trouvaient des hôtels pour les Blancs, il fabriquerait des statuettes qu'il vendrait. Il savait sculpter l'ébène.

Dans la poche intérieure de la vieille étoffe militaire, il sentit rouler la fusée.

Ils approchaient.

Malgré l'obscurité, il devina devant lui la silhouette de sa femme. Sur son dos, la fillette dormait, balancée par la marche.

La cohorte des fuyards s'était étirée. Les troncs des arbres s'espaçaient, la clairière était proche : le col. La peur se lova en lui. Il cracha à nouveau une salive mousseuse. Il ne fallait pas qu'il soit malade.

Il se rapprocha de Melike. Elle avançait, courbée sous le poids de l'enfant.

– Tu as vu mon père ?

Elle s'arrêta, donna un coup de reins pour redresser le petit corps qui glissait sur son dos.

– Il est derrière.

Des ombres passaient devant eux, des formes indistinctes dont il pouvait percevoir les halètements. Un corps le frôla, celui d'un homme portant trois poules mortes, liées par les pattes.

Le vieux n'arrivait pas. Il s'était peut-être arrêté, il dormait, épuisé, roulé dans sa couverture. Il fallait retourner, le retrouver. Il ne l'aimait pas, l'avait craint toute son enfance, pendant des années ses jambes étaient restées marbrées des coups de lanière paternels. Il avait souvent dormi en lisière des champs pour éviter ses colères, mais il ne pouvait pas le laisser aux portes de la mort sans aucune chance de s'en tirer, cela ne se faisait pas.

– Attends-moi, je vais le chercher.

Elle s'accroupit sur le bas-côté au milieu de l'emmêlement des lianes. La petite gémit, des pieds nus heurtèrent ses reins mais Melike n'y prêta pas attention. Ses cuisses tremblaient et elle ramena sur son ventre le sac de mil. Il n'en restait plus que la moitié, il faudrait économiser. Le camp était loin.

Ses yeux se fermaient mais il ne fallait pas dormir. Pas encore. Elle se rappela les paroles de la berceuse que les vieilles chantaient aux enfants : « N'entre pas dans le pays des lions, tu es bien trop tendre, petite herbe, tu es bien trop tendre... »

Elle n'avait jamais su où se trouvait le pays des lions mais, cette nuit, il était partout, elle venait d'y pénétrer et elle était toujours cette herbe tendre que le vent des montagnes couchait.

La main de Kerando la réveilla. Elle avait sombré quelques minutes, quelques secondes à peine, elle eut soudain l'impression d'avoir des genoux de pierre et il dut l'aider à se remettre debout. Le bébé s'était rendormi. Le vieux était là. Au-dessus d'eux, il y eut un glapissement aigu de singe : il devait se trouver très haut, effrayé par ce déplacement nocturne d'une file d'humains.

– Vous ne me quittez pas, dit Kerando. Après le col, nous allons courir.

Les yeux étaient invisibles, il était plus facile de parler sans rencontrer de regards... Oui, il vendrait des statues, il gagnerait assez pour acheter de la viande aux étals qui cernent les quartiers de villas, il aurait une échoppe, il serait Kerando le sculpteur.

La fusée monta. Ecarlate. Une ombrelle lumineuse se détacha et le feuillage surgit, troué des têtes de rochers.

C'était le signal.

Wenga plongea et empoigna deux des jambes du trépied.

Azuman souleva la bombe et engagea l'empennage dans la bouche du mortier. Ils entendirent la course de Sarbu à travers les hautes herbes. Il s'affala près d'eux. Azuman écarta les mains, laissant filer, et tomba sur les fesses. Le corps de l'explosif glissa et l'amorce percuta la plaque de base. Il y eut un sifflement brutal et Wenga sentit les ligaments de ses épaules craquer sous l'effet du recul. La fusée monta, c'était une bombe instantanée, provoquant l'éclatement à l'impact.

Silence absolu pendant quatre secondes, le tir s'incurva, invisible.

– Ça foire, dit Sarbu.

Azuman, avec un halètement, souleva la

deuxième charge. L'embouchure était brûlante. Il introduisit la deuxième fusée. Elle était à mi-course lorsque la première éclata.

L'engin explosa à vingt mètres en dessous de la clairière, pulvérisant les branches, l'acier en fragmentation broya le sol, ricochant contre les troncs.

La lueur rouge emprisonna des silhouettes statufiées. Le sifflement du deuxième tir les propulsa à terre. Cette fois la bombe atteignit le centre de la clairière et la mort frappa. Un corps roula dans les feuilles, en entraînant un autre. Un corps monta et se retourna dans l'air avant de retomber, fracassé.

La troisième bombe tomba à trente mètres et la jungle jaillit, illuminée. La déflagration fit bouger le sol. Tous les bruits disparurent, les tympans vibraient et on entendit des cris. Sarbu tourbillonna sur lui-même et lâcha une rafale entière de vingt cartouches de 7,62 de son US M1 en direction des lueurs.

Wenga bondit, lâchant le mortier, et le frappa. Sarbu, la lèvre coupée, donna un coup de pied dans le vide.

– Tu es fou, haleta Wenga, il faut partir.

Sarbu riait sans pouvoir se retenir.

– Tu es un con de paysan, dit-il.

Azuman, les doigts brûlés, dévissait déjà le tube. Quelques secondes plus tard, les trois adolescents partirent d'un même trot, zigzaguant à travers les rochers.

Kerando plongea dans les racines, glissa le long d'une déclivité, entraînant avec lui le corps de Melike, la pente fusa et il fut stoppé par une mare emplie d'une eau épaisse. Il tâtonna, rencontra la chair brûlante. Il vit les dents de sa compagne briller. Il posa la main sur la bouche ouverte.
Tout s'était éteint.
Pourquoi ne remuait-elle plus ? Sa main tenait toujours le tissu vide qui retenait l'enfant : elle n'était plus là, elle devait être restée plus haut sur la pente, arrêtée par les lianes au cours de la chute. Il secoua la tête, essayant de chasser le silence qui avait envahi ses oreilles.
Il se baissa, la douleur de sa cheville droite enfla et il souleva le corps de sa femme. Ses doigts dérapèrent sur la peau mouillée des omoplates et s'arrêtèrent sur le métal planté dans la chair vivante. Les aspérités de la ferraille coupaient comme des rasoirs.
Bacala avait menti et l'avait piégé. Il n'avait pas donné l'ordre d'attendre pour qu'il puisse fuir.

Marah vit les lueurs avant d'entendre les coups. Il y en eut trois successifs. Un marteau géant frappait la montagne. Elle avait appris à reconnaître ce genre de bruit. C'était une attaque de mortier de 81, modèle Stokes-Brandt.

C'était là-haut, au sommet de l'une des collines, à trois kilomètres de leur plantation, en plein sur la piste, là où la sente s'élargissait avant de redescendre vers les marais : le col des Hospars.

Derrière elle, la lumière du photophore brûlait toujours, éclairant la silhouette couchée de Marc. Il n'avait pas bougé. L'effet de la piqûre. Il dormirait jusqu'à l'aube et au-delà.

Elle s'habilla rapidement. Le tissu de la chemise lui procura un bien-être rapide. Elle boucla le lourd ceinturon militaire sur son short, enfila chaussettes et pataugas, puis sortit sans refermer la porte. Il fallait secouer Somba. Il avait dû entendre les explosions mais il ne bougerait pas. D'abord le tirer du lit et ensuite démarrer la Jeep. Béral était sans doute déjà parti, il faudrait rouvrir le dispensaire s'il y avait des blessés.

Cela ne finirait jamais. Lorsqu'elle se sentirait trop épuisée pour continuer, elle quitterait le pays, elle parviendrait à décider Marc. Elle s'installerait à Vienne. Ou ailleurs, n'importe où, loin de cette terre imbibée, loin des canons et de la haine.

Livre III

III

Marah

Les premiers blessés étaient arrivés à l'aube.
Marah s'étonna du calme qui s'était installé en elle. Une corde s'était brisée, celle de l'effroi mêlé à la pitié.
Une vraie dure, à présent. Plus une panique, plus un tremblement. Une spécialiste.
Un peu d'humain mourait en elle à chaque fois.
Elle pouvait les compter, les sélectionner, les cas urgents, les sans-espoir, ceux qui pourraient attendre, ceux que l'on pouvait renvoyer puisqu'ils avaient leurs deux jambes et que Sotani n'était qu'à trente-cinq kilomètres.
Bagatelle, trente-cinq kilomètres, ça ne demandait qu'une poignée de riz, de l'eau et beaucoup de chance.
Béral était au boulot déjà, Béral et ses boys. Le Béral Boys Band : trois infirmiers formés sur le tas, il leur avait appris à faire des piqûres sur un sac de mil : « Ce sac est un cul, un cul a deux fesses, et une fesse quatre parties, le haut, le bas, la gau-

che et la droite. Tu piques en haut à droite pour la fesse droite, en haut à gauche pour la fesse gauche, sinon tu chopes un nerf et tu te fais shooter dans les couilles. Tu tiens à tes couilles ? » Les hommes riaient. Une formation éclair.

– Putain, dit Béral, ils se sont ramassé des fragments, tu vas pouvoir jouer de la pince.

Marah ne répondit pas et gagna le bâtiment central. Sur la gauche, elle vit les groupes : les femmes attendaient, pierres noires plantées dans la boue autour des cadavres qu'elles entouraient et qu'elle ne pouvait voir. Les mélopées avaient commencé, le chant des morts de la tribu.

Elle entra. Le jour pénétrait par les claires-voies, des bandes grises sur les peaux sombres. Somba pencha le jerricane translucide et versa l'alcool dans la cuvette émaillée, noyant les reflets des instruments.

Elle enfila les gants et s'approcha du premier près de la porte. Sous le choc, les chairs s'étaient ouvertes, au cœur de la rose pourpre elle cueillait les pistils de métal noir. La fémorale n'était pas touchée, il se serait déjà vidé. C'était cela le destin, une question de distance, un quart de millimètre pouvait séparer la vie de la mort. La lanière de caoutchouc claqua sur la cuisse, elle donna un quart de tour pour assurer le garrot. Pas d'anesthésie pour celui-là, quarante ans à vue de nez, il tiendrait le coup. Elle lui sourit et cligna de l'œil. Une femme toussait derrière elle, elle se pencha très près de la plaie. Les branches de la pince s'écartèrent et elle bloqua le prisme de ferraille. Elle tira vers elle sans secousse et l'éclat se dégagea : il tinta sur le plateau que tendait Somba.

– En douceur, dit-elle, tu es courageux.

L'homme n'avait pas bougé. Pas une contraction du visage. Ou c'était un dur ou il y avait autre chose. Elle posa la pointe de l'instrument juste au-dessus du genou.

– Tu sens quelque chose ?

La tête roula de gauche à droite. Un mouvement qui semblait ne jamais devoir s'arrêter.

– Tu es venu à pied ?

Il avala sa salive, une mouche se posa sur sa lèvre.

– Ils m'ont porté.

Marah fit signe à Somba et ils soulevèrent le torse de l'homme. La sueur rendait le dos livide. Au creux des reins, au ras de l'élastique relâché du short militaire, la peau violette était soulevée : un autre éclat avait pénétré de biais.

Marah se releva et essuya son front.

– Amène-le à Béral, la colonne est touchée.

Il ne remarquerait pas ou il faudrait un miracle, mais ici les miracles ne se produisaient jamais.

C'était toujours ainsi, elle repeignait les cloisons alors que la maison s'effondrait. La reine du rafistolage. La sueur ruisselait sur les corps. Elle sentit les gouttes perler à ses tempes et elle souhaita la pluie. Des mois qu'elle tombait, avoir envie d'une malédiction, ce devait être ça l'enfer.

Elle s'approcha de la vieille. Il n'y avait plus rien dans ses yeux, même plus la souffrance, la souffrance était encore la vie.

– Où as-tu mal ?

Parfois ils ne savaient pas, c'était souvent une question inutile, stupide, mais elle ne pouvait s'empêcher de la poser. La femme ne répondait pas. Marah se pencha vers elle. C'était étrange, sous les rides et la boue séchée qui recouvraient le visage, un autre surgissait, celui de la fille d'autrefois. Elle avait dû être belle, elle avait dû gambader, enfant, près des cascades, une jeune fille s'enfuyant en piaillant au retour des chasseurs... Elle garderait jusqu'à la mort sa bouche de jeunesse, les lèvres restaient ourlées, un arc gonflé et tendre. La blessée porta les mains à ses oreilles. Marah écarta les doigts squelettiques, le sang emplissait le conduit, les tympans avaient éclaté sous l'onde des explosions. Marah souleva les linges maculés, les mouches à présent tournaient, les blessés ne les chassaient pas. Cela l'avait toujours frappée, jamais elle n'avait vu l'un d'eux faire un geste, les gosses avaient parfois des essaims sur le visage, ils continuaient à jouer, à rire. Au début, elle craignait qu'ils n'en avalent.

La femme avait des ecchymoses à l'abdomen, des cicatrices anciennes aux chevilles, la peau s'était boursouflée, des souvenirs de courses dans la brousse à la saison sèche lorsque les épines des églantiers se transforment en poignards.

— Elle peut marcher. Aide-la à rejoindre les autres.

Somba aida la vieille femme à se relever.

Le jour montait, dehors les chants s'étaient faits plus sourds.

Béral surgit sur le seuil.

— Putain, file-moi un coup de main, j'ai une amputation.

Il faudrait qu'un jour elle lui demande de commencer ses phrases différemment... Elle regarda les blessés. Tous la fixaient, il y aurait du désespoir lorsqu'elle partirait, elle était le salut, l'apaisement.

— Je reviens, dit-elle, quelques minutes.

Elle sortit avec Béral dans la lumière d'étain.

— On ne s'en sortira pas, dit-elle, contacte M.S.F.

— Ils arrivent s'ils ne s'embourbent pas.

Elle se tourna vers lui. La blouse de coton vert était cartonnée de sang séché. Il sentait la bière. Il lui avait confié que, lorsque les nuits étaient blanches, il avait tendance à s'immerger dans la Kronenbourg.

— Il faut creuser des fosses, dit-il, demande à Somba de faire venir des hommes de la plantation.

Il marchait vite, enjambait les corps, zigzaguant entre les groupes. La cour se remplissait peu à peu, quand il en fut au centre il y eut un craquement sec : la barrière de l'infirmerie cédait. Béral pila. C'était la ruée. Ils arrivaient par la sente, le fleuve coulait.

– Putain, c'est pas un camp ici, dis-leur de virer, on ne veut que des blessés ou des malades, les autres dégagent.

Marah courut à travers les flaques et stoppa net l'avancée d'un groupe. L'homme devant elle était couvert d'une avalanche de calebasses, le chapeau de paille imbibé de l'eau de la forêt recouvrait son visage comme un masque rituel.

– Reprenez la piste, ici c'est le dispensaire, c'est...

La poussée la fit reculer de trois mètres. Elle ancra ses talons dans la glaise mais elle ne tiendrait pas longtemps, si tous entraient les soins s'arrêteraient, il y aurait des corps piétinés.

– Les blessés, seulement les blessés, hurla-t-elle, foutez le camp...

Le galop lourd de l'un des infirmiers derrière elle stoppa la ruée en avant. Le long bambou fouetta l'air au ras des têtes. Marah trébucha, débordée par un grand diable sur sa gauche. Elle s'accrocha à lui pour ne pas tomber. Le ronflement de l'arme creusa un vide, la foule se rétracta en demi-cercle, évitant le choc.

Marah trébucha et se cramponna à l'homme qu'elle avait empêché de passer. Mécaniquement son esprit enregistra le fait qu'il portait un manteau militaire de l'autre guerre. Comment une capote bleu horizon provenant des tranchées de

La Reine du Monde

la Marne se trouvait-elle, près d'un siècle plus tard, au cœur de l'Afrique ?

– Va-t'en, dit-elle, rejoins les autres.

Les pans s'écartèrent : sous le drap, elle vit le bébé contre sa poitrine.

Elle détacha l'enfant, la fillette était nue, des feuilles et des fragments de lianes recouvraient le corps, elle avait dû rouler dans la jungle, un ballon vivant à travers les herbes moites.

Le bambou vrombit à nouveau et éclata contre une lance brandie au-dessus des têtes. L'infirmier lâcha le tronçon qui lui restait dans les mains et fonça en taureau sur le porteur de l'arme : c'était un trapu aux jambes courtes, la lame de la longue sagaie des derviches soudanais brilla une fraction de seconde.

La détonation du mauser de Béral fracassa le tumulte.

Tous reculèrent. L'odeur de la poudre envahit les narines de Marah.

– Putain, dehors, tous dehors !

Le canon de l'automatique traça un arc de cercle. L'homme à la lance détala, déclenchant le reflux.

Marah tenait toujours la petite.

– Suis-moi.

L'homme à la capote obéit.

Elle gagna une natte restée vide entre les tentes et y déposa le corps.

– C'est ta fille ?

– Oui.

Ses doigts palpaient le corps minuscule. Pas de fracture apparente. Le ventre était souple, une coupure dans le cuir chevelu : lorsque ses doigts effleurèrent la plaie, le visage se contracta et elle se mit à pleurer.

– Elle n'a rien. Il faut lui raser la tête et la recoudre. Tu t'appelles comment ?

– Kerando, je suis de Pessora.

– Ta femme est là ?

L'homme tourna la tête vers la montagne.

– Morte. Avec mon père.

Pourquoi avait-il envie de tout raconter à cette inconnue ? Il n'aurait pas dû prendre l'argent, rien ne se serait passé s'il n'avait pas illuminé la nuit. On lui avait promis trois minutes pour s'enfuir, mais on l'avait trompé, les tireurs n'avaient pas attendu pour commencer le carnage. Sans lui, ni Melike, ni le vieux, ni les autres ne seraient morts, il ne pourrait pas continuer à vivre longtemps s'il gardait le secret.

– Tu vas m'aider à la tenir, ce n'est rien, vous pourrez repartir ce soir.

A dix heures précises, la pluie se mit à tomber et Kerando aida Marah et les autres à transporter brancards et blessés sous les auvents des tentes. C'était un fleuve continu, incessant, Béral dut faire allumer les torches et les baladeuses. Ils travaillèrent sans s'arrêter jusqu'à quatre heures de l'après-midi. Le paysage autour d'eux était invisible, les montagnes avaient disparu sous le rideau des trombes régulières.

Kerando choisit ce moment de calme pour partir. Il traversa en courant le bourbier de la cour et gagna l'une des tentes de fortune où reposait sa fille. Elle dormait. Le pansement à la tête formait un turban presque phosphorescent. Il retira sa capote, y enveloppa le petit corps qu'il abandonna, puis franchit le muret. Il n'y voyait pas à trois mètres mais il retrouva le sentier. Un brouillard d'eau noyait la végétation de la forêt. Il commença à grimper à flanc de colline et prit le chemin du village. Dans la poche du vieux pantalon usé, il sentit le papier humide des billets et eut, un instant, la tentation de les jeter. Il ne fallait pas. Il en aurait besoin, s'il arrivait à passer à travers les soldats, pour racheter une arme sur l'un des marchés d'un faubourg de Baminda. Il lui faudrait attendre la nuit car, lorsque le soleil avait disparu et que la place se remplissait des torches des marchands, il était plus difficile de reconnaître un Mangene d'un membre d'une autre tribu. Alors il commencerait la traque et elle ne cesserait que lorsqu'il déposerait sur les pierres sacrées les têtes des démons qui avaient fait de lui un assassin...

Les reins brisés, Marah se souleva. Béral près d'elle s'était assis sur un bidon de gas-oil, il alluma un cigarillo à l'odeur amère. C'était fini pour la journée.

– Je rentre, dit-elle.

Il opina du chef.

— Les camions ne sont pas venus, ils n'ont pas dû pouvoir passer, le secteur a été décrété zone de combat.

Elle chancela un peu, saoule de fatigue, et entendit les pleurs, lointains : ils provenaient de la tente la plus éloignée. Elle eut la tentation de laisser tomber. Les gosses pleuraient dans tous les pays du monde, partout sur la planète, à tous les instants. Peut-être qu'ici les plaintes étaient différentes, plus cassées, plus faibles, comme si les voix ne possédaient pas la puissance suffisante pour traduire jusqu'au bout la force du chagrin, il en restait toujours un peu, inexprimé, il transparaissait dans les regards, les silences, les postures des corps : un monde exsangue qui n'arrivait plus à clamer son malheur. L'Afrique ne serait plus un jour que cette femme brisée, immobile et muette, devant laquelle elle passait, pressée de retrouver sa douche, des vêtements secs, un verre où tinteraient des glaçons. Elle reconnut la capote bleue. Le pansement. Marah pivota sur elle-même, cherchant le père, le grand gaillard aux yeux doux qui l'avait aidée durant l'après-midi, marchant dans son ombre. Elle avait oublié son nom, peut-être ne le lui avait-il pas dit. Il était parti, abandonnant la gosse.

C'était étonnant, elle se souvint de la façon dont il la tenait serrée contre lui lorsqu'il était arrivé, de son regard quand elle avait recousu la plaie, l'anxiété faisait vibrer les doigts qui avaient frôlé les siens lorsqu'il lui avait tendu la toile stérile. Pourquoi cette fuite ? Qu'est-ce qui s'était passé ? Les liens familiaux étaient solides dans toutes les tribus. Seuls les avatars de la poursuite séparaient les proches. Parfois, lorsque l'un des membres mourait ou était tué, les autres s'installaient, prostrés, autour du corps.

Jolie fillette hurlante, des bulles se formaient au coin des lèvres entrouvertes. Un instant, Marah fut tentée de l'amener à Marc. Pourquoi n'avaient-ils jamais eu d'enfants ?

Il allait falloir la caser, la placer auprès d'une mère, d'un groupe de femmes. Seule, elle ne survivrait pas. Béral refuserait de la garder ici, il la ferait expédier par le prochain convoi dans un orphelinat, à l'autre bout du pays.

Il y eut une déchirure entre les nuages, la bande de gaze sale qui entortillait les sommets se désagrégea, laissant transparaître une lueur plus claire, et Marah sentit autour d'elle les couleurs naître une à une, s'entrouvrant comme des fleurs. Elles naissaient, maladroites encore, un monde Véronèse aux feuilles écartelées, gorgées par les déluges des derniers mois... Dans l'épaisseur proliférante des palmes et des lianes, des pétales huileux et forts crevaient l'épaisseur charnue des frondaisons. Gras équateur... La mort ici était plus incompréhensible, plus sauvage qu'ailleurs car les

hommes s'éteignaient au sein de la vie la plus exacerbée, la plus exubérante, la plus volubile...
— Je reviens demain.

Béral hocha la tête, mâchouillant son cigarillo.

Il vint vers elle. Il avait vieilli très vite ces derniers mois, même ses sourcils avaient blanchi. Il posa les mains sur ses épaules.

— Tu sais pourquoi j'adore ce boulot ?

Il le lui avait déjà dit à plusieurs reprises, mais elle ne voulut pas le priver de la joie de le répéter.

— Je hais les nègres, dit-il, ils sont cons, sales et laids, alors quand ils s'étripent entre eux, je sens une intense jubilation m'envahir.

Elle sourit.

— Tu ne devrais pas les soigner, il en mourrait plus.

Béral eut un rictus.

— Je prolonge le jeu, dit-il, sans moi le coin serait déjà nettoyé, et avec quoi je m'amuserais ?

Elle embrassa les joues broussailleuses et s'éloigna.

Somba l'attendait déjà au volant de la Jeep.

Lorsque le moteur démarra, un échassier fusa droit sur le ciel et les ailes déployées tanguèrent, immobiles, à la verticale au-dessus de sa tête. Il sembla à cet instant à Marah que les plumes sombres accrochaient une lueur rougeâtre, un fragment fugace d'un soleil lointain et blessé, la goutte ultime d'une hémorragie mortelle.

Marc

J'ai renforcé les défenses toute la journée. Cela a servi avant tout à occuper les hommes. Je n'ai pas d'armes lourdes, juste un vieux Maxim de 1908 avec refroidisseur à eau, dix-huit kilos de rouille qu'il faudra trimbaler partout en cas d'attaque. J'ai fait répartir les vivres selon l'importance des familles. J'ai évidemment le ferme espoir que tout cela ne servira à rien.

Au début de l'après-midi, je me suis rendu près de la piste. Elle était vide mais j'ai trouvé beaucoup d'empreintes de pas sur le sol. Rien d'étonnant, les colonnes de réfugiés sont toujours très distendues, ce peut être un défilé ininterrompu pendant des heures, puis tout s'arrête, il n'y a brusquement plus personne jusqu'à ce qu'un nouveau flux s'écoule.

J'allais partir lorsque deux femmes ont surgi, elles ont eu peur en me voyant et ont disparu à travers bois. Je leur ai crié de revenir mais rien n'y a fait, je ne les ai plus revues. Je n'ai pas insisté et je suis parti pour leur laisser le champ libre, elles devaient me guetter à travers les feuillages afin de reprendre la route.

La nuit s'installe d'un coup et la Jeep freine devant la véranda, projetant une giclée de boue. Marah descend. A sa démarche, je sens sa fatigue, ses cuisses raides.

– Tu vas mieux ?
– Je vais mieux.

C'est vrai. Le positif avec ces crises, c'est qu'elles disparaissent aussi vite qu'elles viennent, un seul point noir, elles sont de plus en plus nombreuses et elles finiront par avoir ma peau.

– Beaucoup de victimes ?
– Une trentaine. Trois obus quand un groupe arrivait au sommet du col. Je n'ai pas compté les blessés. Béral n'a pas chômé et moi non plus.

Béral. La situation idéale, j'ai dû voir ça dans des tas de films de guerre : le chirurgien épuisé luttant dans des conditions de fortune pour arracher les blessés à la mort et tendant son front vers son assistante : « Essuyez la sueur, elle me coule dans les yeux... » Elle obéit, leurs regards se croisent. Il n'y a pas de meilleur terreau à l'envie de baiser que le sang et la souffrance des autres quand on s'unit pour la soulager. Après, la dernière incision refermée, il la défoncera sur une paillasse de hasard, et elle gémira, fière d'être possédée par celui qui sait arracher les vivants à la

La Reine du Monde

mort, docteur miracle, technicien du corps meurtri, réparateur magnifique des chairs broyées...

— Pourquoi me regardes-tu ainsi ?

J'ai dû laisser filtrer trop de haine dans mes yeux, elle s'en est aperçue. Elle a raison d'avoir un amant, bien raison. Tu l'as mérité, Marah, les corps aussi doivent avoir leur récompense, pas que les corps d'ailleurs, je ne devrais pas t'en vouloir, de quel droit ?

Elle s'est assise sur le divan et se bat avec le lacet de l'une de ses chaussures, le cuir gonflé d'humidité s'est resserré. Pourquoi est-ce que je résiste à l'envie de l'aider et de défaire ce nœud ?

La radio officielle ne parle de rien. Biké inaugure le chantier de l'aéroport annexe, quatre nouvelles pistes qui ne verront jamais le jour et qui, de toute façon, ne serviraient à rien. Trois arrestations pour vol qualifié dans le sud du pays et la liste des sélectionnés de l'équipe nationale de football en vue de la Coupe interafricaine : c'est l'essentiel des nouvelles.

Marah est parvenue à retirer ses pataugas. Elle a du sang séché sur le pantalon. Nous nous regardons. Longtemps j'ai cru que nous ne serions jamais ennemis, que nous ne pourrions jamais le devenir même si nous l'avions voulu. Et voici le résultat.

De l'endroit où je me trouve, je peux voir briller les feux dans la cour. Les flammes brûlent sous les marmites de fonte, des cris d'enfants montent dans le soir. La paix. Pour combien de temps et pour qui ?

— J'ai failli ramener une gosse, dit-elle, la mère et le grand-père ont été tués cette nuit. Le père est parti.

— Pourquoi ne l'as-tu pas fait ?

— Une autre viendra demain, plus attendrissante, plus jolie, plus malheureuse...

— C'est comme ça que l'on fonde des orphelinats.

Elle baisse la tête, cherche les cigarettes sur la table, les trouve. Le ton de sa voix est las.

— De quand date ta dernière phrase sans aucune trace d'amertume ?

— Très exactement du jour où tu as cessé d'être drôle.

Elle marque le coup, se reprend vite.

— Je ne savais pas que mon rôle sur cette terre était de te faire rire.

— Ce n'est pas ce que je te demandais.

— Qu'est-ce que tu me demandais ?

Allez, vas-y, fonce, charcute, c'est ton style, savoir toujours tout, gratter jusqu'à l'os de l'âme pour connaître la vérité, à quoi cela peut-il servir puisque je la connais déjà.

— De n'être pas une putain.

Je l'ai laissée, dressée dans la pièce avec cette cigarette qu'elle n'avait pas encore allumée.

Dehors, les bruits se sont précisés. Le bois

mouillé crépite et l'odeur verte de la fumée est parvenue jusqu'à moi.

 Il fallait que je chasse Marah de ma tête, elle serait ma perte et j'étais le maître des lieux, j'avais créé cette exploitation, j'y avais travaillé des années, je ne me laisserais pas casser par une femme, fût-elle la seule que j'aie aimée... Tout ici dépendait de moi, jusqu'à l'horizon ces terres étaient les miennes, mon putain de royaume. Je sais que dans mes veines coule le venin du pouvoir, il s'y est glissé au cours du temps, il est là, il m'emporte, pour le pire. Elle seule pouvait m'en arracher, un mot d'elle et je quittais tout, c'est fini à présent. Lorsque tout se sera tassé, d'une façon ou d'une autre, Biké ou Toramba, elle partira, je le sais, avec Béral sans doute. Le temps viendra alors où je leur souhaiterai bonne route car je m'en foutrai.

Cyrian

L'aéroport regorgeait de soldats.

Les lumières tamisées par le brouillard ne parvenaient pas à éclairer le sol. Il avait plu et les flaques recouvraient les défoncements, là où le béton s'était effondré.

A cinquante mètres de Cyrian, sous la lumière clinique des néons, une fanfare attendait, l'uniforme des musiciens rutilait, les épaulettes dorées brillaient avec les cuivres des trompettes.

La règle était respectée : plus le pays était misérable, plus les régiments d'apparat brillaient de mille feux.

– Qu'est-ce qui se passe ?

– Le Président inaugure le nouvel aéroport.

Cyrian suivait le porteur. Les réacteurs du Boeing 727 venaient à peine d'être stoppés.

Il avait confié sa valise sans hésitation. Vingt ans de voyages dans la région lui avaient appris que celui qui donne ses bagages a des chances de les revoir car c'est la preuve qu'ils ne contiennent pas grand-chose. C'était d'ailleurs le cas. Trois chemises et deux caleçons jetés la veille dans son sac de mauvais cuir.

Le vieux l'amena jusqu'au coin des taxis. Il y eut l'habituelle palabre des chauffeurs accroupis sur le trottoir pour décider qui le conduirait.

Il se retrouva finalement à l'intérieur d'une vieille Peugeot qui sentait l'urine. Il baissa la vitre pour laisser pénétrer l'air suffocant. Un parfum de poivre rôdait en suspension..., l'Afrique, une fois de plus.

– Au Sheraton.

C'était l'unique hôtel international, le meilleur moyen de se faire repérer devait être de s'installer dans un autre.

Il y avait de loin en loin des baraques minuscules, une loupiote en éclairait l'intérieur, projetant des ombres sur les murs : sous les auvents, des bouteilles de jus d'orange, des boîtes de Coca, des mangues, des sacs d'arachides. On devinait des chantiers, des échafaudages de bambous. Un camion militaire les doubla, Cyrian entrevit le canon des armes, des dents d'émail, un pack de bière éventré, il avait déjà disparu dans la nuit.

Il était venu deux ans auparavant. L'autoroute desservant la capitale était en construction, elle avait été abandonnée au bout de trois kilomètres.

Le taxi tourna à un carrefour désert, la voie s'enfonçait à travers les troncs de palmiers de plus en plus resserrés. Les phares étaient pâles, effleurant à peine l'écorce des arbres. Il y avait des groupes éparpillés le long de la route. Des mendiants, tous ceux dont le métier était de s'accrocher aux basques des rares touristes. Il se demanda si Van Oben connaissait ce visage de l'Afrique, parfois, lorsqu'il le raccompagnait le soir à travers les salles désertes du musée, il avait l'impression que le vieil homme évoluait dans un monde enfui, celui des casques coloniaux, des palanquins portés à dos d'homme au cours des chasses au lion ou à l'éléphant, le continent tam-tam voué aux conquérants. Van Oben ralentissait le pas devant les masques, les statues, tout l'art flamboyant, biscornu et dramatique qui l'avait envoûté. Mais Cyrian n'ignorait pas qu'il savait bien autre chose, qu'il manœuvrait en maître les ficelles de ce monde et que, de son bureau étriqué en bordure du bois, il pouvait faire basculer des destins.

Le hall était vide et, dès la porte tournante franchie, il frissonna. Saloperie de climatisation. A chaque fois, il se faisait avoir. Il avait traîné des grippes effroyables de Mayoumba à Freetown, il avait terminé un séjour, en 1987, bourré de pénicilline, dans un hosto de campagne sur les rives du Niger où il crachait ses poumons.

– Max Cyrian. J'ai une chambre réservée.

La fille souriait, une veste chocolat avec cravate pistache. Jolie.

– En effet, voici votre clef. Vous avez un message.

Il prit le billet plié. Une calligraphie d'enfant.

« Café Domoro. Quartier de Buenzene. Demander Bacala. »

Cyrian se retourna et vit à travers le miroitement des vitres que le taxi n'était pas parti.

– Montez mes bagages, je reviens.

Il retrouva avec soulagement le poids de la chaleur. Il n'était pas tout à fait minuit.

– Tu connais Buenzene ?

Le chauffeur hocha la tête.

– C'est à l'autre bout de la ville, près des scieries.

– Tu m'y emmènes. Chez Domoro. Tu attendras, puis tu me ramènes à l'hôtel.

Ils traversèrent la ville.

Tout était calme. Quelques postes et des sentinelles près du quartier présidentiel. L'immeuble de la télévision s'élevait, une masse énorme, circulaire, qu'ils contournèrent.

L'animation commençait dans les faubourgs, des files de camions de légumes stationnaient près des hangars, les premières charrettes à ânes convergeaient vers les marchés.

Ils passèrent deux barrages de police sans qu'on les arrêtât. Au deuxième, Cyrian vit une poêle grésiller sur un brasero, l'homme qui cuisinait à la lueur d'une lampe à pétrole souleva le balancier de la longue branche qui barrait la route sans leur accorder un regard.

Ils roulèrent encore quelques kilomètres sur une route de plus en plus défoncée et les toits des premières scieries apparurent. Sous des murs de

La Reine du Monde

tôle ondulée, des amas de troncs d'arbres attendaient d'être débités. L'odeur de sciure pénétra à l'intérieur de la voiture.

– C'est ici.

Cyrian se pencha. Sur la façade basse, couverte de chaux, le nom avait été tracé au goudron : « Domoro ». Les deux premiers *o* avaient coulé en rigoles noires et verticales.

Il descendit et entra. Il y avait deux bancs le long des murs et des barils d'essence sur lesquels s'entassaient des bouteilles vides. Huit hommes.

Il avait cette particularité, quel que soit l'endroit où il se trouvait, de savoir exactement le nombre de personnes présentes dans la place. Un comptage instantané, instructif. Cela lui avait été précieux quelquefois.

– Bacala.

Cyrian serra la main tendue. L'homme avait gardé la coupe afro des grandes années. Pas de bijoux, les fringues étaient semblables à celles de tous les autres clients, jean avachi et tee-shirt délavé, mais celui-là avait de l'argent, cela se sentait à l'assurance, une arrogance dans le port de tête. Il devait faire de la musculation, pas un gramme de graisse, il avait roulé ses manches jusqu'aux épaules pour dégager les biceps gonflés. Au poignet, un chrono plaqué or.

– Cyrian.

– La bière est chaude, dit Bacala, mais on peut...

– Je ne bois pas.

Ils s'assirent et, avec un synchronisme de music-hall, les autres se levèrent pour s'installer à l'autre extrémité du bar. Bacala, le caïd de Buenzene.

– Il me faut une équipe, dit Cyrian.

Bacala, d'un coup de langue éclair, fit passer le cigare d'un coin à l'autre de la bouche.

– J'ai des équipes.

– Ce ne sera pas très facile. Il faut tuer.

– Combien ?

– Deux personnes.

Bacala se mit à rire. Trois de ses prémolaires étaient en or.

– Je ne vois pas où est la difficulté, dit-il.

Kerando

Azuman dévala la pente.

Les deux Bimekes détalaient à toutes jambes devant lui.

A trois cents mètres, ce serait la savane, et là, il les aurait, l'un après l'autre.

S'il attrapait ces deux-là, ça lui en ferait cinq en trois jours. Un beau score.

Il continua la course, ses poumons allaient exploser. La cartouchière glissa sur son épaule, bloquant son bras droit contre sa poitrine, il la remonta.

Ce putain de fusil était trop lourd. Wenga avait gardé celui avec la crosse en plastique, plus précis, et pourtant il en avait tué moins que lui.

Il boula dans une fondrière et s'étala. Il lâcha l'arme dont le canon s'enfonça dans la pourriture végétale.

– Merde.

Il tira sur la bretelle, ramena le Hakim sur sa

poitrine. C'était la copie égyptienne d'un flingot suédois, long et peu maniable.

Il leva la tête et vit surnager au-dessus des herbes la tête et les épaules de l'un des fugitifs.

Il se releva, arma la culasse et tira sans viser. Le recul lui percuta l'épaule, le bruit du staccato était assourdissant. A travers la fumée, il distingua l'homme qui courait toujours, de plus en plus loin devant lui.

Manqué.

Il éjecta le chargeur vide et, tout en avançant, entreprit de le remplir. Le cuivre des douilles glissait entre ses doigts. Il était un guerrier, le meilleur du village, meilleur que son frère et que tous les autres.

Il perdait du terrain mais, lorsque les arbres s'espaceraient, la chance serait pour lui.

Ses genoux pesaient de plus en plus, les forces allaient lui manquer. Il ne fallait pas.

Il serra les dents, il passa la bretelle de l'arme par-dessus sa tête et relança la poursuite. Entre les troncs, il revit l'un des Bimekes, il avait à présent cent cinquante mètres d'avance.

Sa bouche s'ouvrit pour faire entrer l'air. L'autre fuyard était invisible. Ils avaient dû se séparer pour se donner plus de chances, mais ils ne lui échapperaient pas, il portait sur son front le turban noir des milices et il était invincible. Les Bimekes étaient des chiens sans crocs, ils ne se battaient même pas.

La forêt devint plus claire. Il arrivait à la limite des arbres. Bientôt il pourrait avoir les deux cibles au bout de sa ligne de mire.

Il accéléra, écarta un réseau de branchages et escalada un arbre mort, l'écorce moisie s'enfonça sous ses semelles comme une éponge. Il chassa la sueur de ses yeux d'un revers de main et, lorsqu'il les releva, l'homme était devant lui.

Azuman ne put arrêter et fonça droit, emporté par sa vitesse.

Kerando s'effaça en matador et son buste pivota sur les hanches. Les poings crispés sur le manche du casse-tête, les bras se détendirent, catapultant la massue à la volée. La face d'Azuman éclata, une pastèque propulsée contre un mur.

Les pieds du garçon décollèrent et le corps rebondit en arrière, tiré par une corde invisible.

Sous la violence du choc, Kerando s'étala, lâchant son arme, il tâtonna autour de lui pour la retrouver. Il l'avait fabriquée vingt-quatre heures auparavant, un manche de bois lourd dont il avait cerclé l'extrémité d'une ligature de fer barbelé. Il rampa jusqu'au corps d'Azuman et, d'un coup de pied, écarta le fusil.

Le gosse bougeait encore, les doigts de la main droite semblaient chercher les cordes d'une harpe pour un arpège malhabile.

Kerando s'assit à califourchon sur le torse. Le visage avait disparu, une bouillie d'os défoncés sous l'impact. Kerando passa la main sous la chemise et sentit le collier. Il tira, brisant la cordelette : trois oreilles pendaient, enfilées. Le trophée du chasseur.

Il sortit de sa gaine la dague de commando à manche plat que le Mangene portait au ceinturon. Celui-là n'avait pas eu le temps d'apprendre les ruses de la guerre : on ne poursuit jamais ventre à terre un homme que l'on ne voit pas, on le débusque d'abord. Kerando n'était pas un militaire mais il avait, pendant des mois, traqué une famille de lions qui venaient tuer des chèvres jusque dans les ruelles du village. Son père lui avait appris les ruses des gibiers dangereux, et la différence entre l'homme et le fauve n'était pas si grande.

La lame n'était pas affûtée, le fil ne laissa aucune trace sur le gras de son pouce. Il joignit les deux mains autour du manche de fer et frappa, sectionnant la gorge. Il s'arc-bouta, bras tendus, pesant de tout son poids, cisaillant os et cartilages.

Il essuya la lame dans les herbes et commença à déshabiller le corps. Avec ce semblant d'uniforme, il aurait plus de facilités à franchir les lignes. Cela lui éviterait de trop longs détours à travers la jungle. La veille, il avait dû rester camouflé dans les branches basses d'un fromager, pris dans un essaim de chauves-souris. Un convoi bouchait la piste. Il pouvait entendre les rires des soldats. Ils avaient monté un canon sur la plate-forme d'un vieux Ford appartenant à la scierie où il était employé. Les hommes de Toramba avaient dû le voler.

Ne pas penser à la petite...

La femme blanche s'occuperait d'elle, c'était sûr, elle ne la laisserait pas mourir de faim. Ne pas laisser l'image du petit visage s'installer sous ses paupières... Il passa la bretelle du fusil à l'épaule et s'éloigna sans un regard pour le cadavre. En s'engageant sous la voûte des arbres géants, il eut l'impression qu'un parfum le rattrapait, le cernait soudain, c'était celui de Melike sur les nattes de l'été, lorsque les soirs tournaient en fête. Les étoiles s'éternisaient, il avait sous ses doigts cette chair vivante et joyeuse, rien alors ne pouvait ternir sa joie. Il était Kerando de Pessora, le menuisier, il irait demain pêcher au pied des cascades et se baignerait dans les conques de granit rose, il roulerait en mobylette à travers les villages en faisant fuir les poules et jaillir les enfants qui l'accompagneraient dans sa course et, en cet instant, il sentait sur ses reins les paumes fraîches de la femme qu'il aimait, elles accentuaient le rythme, l'avance et le recul, le don et la fuite, le jeu somptueux et tragique du plaisir exaspéré... il ne retrouverait jamais cela. D'autres femmes viendraient mais, pour toujours dans la hutte que son père avait construite autrefois, le soir aurait une senteur différente. Chaque peau avait son goût et sa chaleur, il faudrait vivre désormais avec ce vide autour de ses paumes et de son sexe : cela s'appelait le malheur.

Kerando reprit la route. Il ne saurait jamais que l'homme qu'il venait de tuer était l'un de ceux qui, deux jours plus tôt, avaient semé la mort autour de lui.

Wenga

Wenga, debout dans le 4x4, poussait les prisonniers dans la plaine : quatre femmes, un gamin et un grand escogriffe blessé. Le coup de baïonnette avait traversé le bras mais le sang coulait à peine. Sa peau était devenue grise et il avançait plus vite que les autres, par saccades.

Entre les pieds de Wenga, les pelles s'entrechoquaient à chaque cahot. Les ordres étaient stricts : creuser des fosses à l'extérieur de la piste et enterrer les morts le plus loin possible. C'était un civil qui commandait la patrouille, il portait un survêtement de sport et la crosse quadrillée d'un automatique émergeait de sa ceinture, dans le creux de ses reins. C'était lui qui tuait, il n'avait guère arrêté depuis le début de la journée, les trois autres l'appelaient Jordan, il avait entraîné une équipe de basket à Cotonou. Les autres avaient bu, les deux bouteilles de whisky embarquées le matin étaient vides.

– Stop.

La Reine du Monde

Le chauffeur freina et coupa le moteur.
Le vent.
Un sifflement régulier courbait les hautes herbes. Wenga eut une impression brutale de silence.
Les six prisonniers avançaient maintenant devant lui. Il se demanda s'ils savaient ce qui les attendait ou si un espoir rôdait encore dans leurs têtes. Mais qui pouvait savoir ce qui se passait dans le crâne d'un Bimeke ? C'était leur tour à présent. Il tenta de faire renaître la flamme qui s'allumait en lui hier, celle de la colère. Etait-il possible que la vengeance puisse mourir, elle aussi ? Elle s'amenuisait à chacun de ses coups de fusil, c'était une flammèche qu'il n'arrivait plus à raviver. Peut-être en avait-il tué assez, peut-être la soif avait-elle été étanchée... Il ne fallait pas le dire, les autres autour de lui continuaient sans trêve, il fallait aller vite car, lorsqu'ils auraient atteint Sotani, ce serait fini.
Il se sentit la tête lourde, l'alcool avait râpé sa gorge.
Le civil descendit en voltige, un sportif. Ils n'avaient pas parlé ensemble, c'était lui qui avait apporté les bouteilles.
– Prenez les couteaux, dit-il, on garde les cartouches, toi tu prends les pelles.
Les hommes laissèrent leurs fusils dans le véhicule et descendirent à leur tour. Wenga prit les deux pelles. Le sol était recouvert d'une mousse épaisse, les herbes leur arrivaient jusqu'au ventre.

Ils suivirent les prisonniers. Les femmes s'étaient serrées les unes contre les autres. La plus grande portait un boubou blanc et Wenga se demanda comment, après les pluies, les nuits et la boue, il pouvait paraître aussi lumineux, aussi immaculé.

Le civil marchait vite. Il y avait une déclivité un peu plus loin, peut-être un marécage.

Les manches des outils meurtrissaient les clavicules du garçon. Il fit encore quatre pas et eut une curieuse impression, le sol bougeait.

C'était insensible, mais quelque chose se passait. Cela semblait venir du centre de la terre, un roulement régulier comme l'ancien tambour géant que l'on trouvait aux hautes portes d'argile des villages.

Wenga s'arrêta et l'une des deux pelles glissa de son épaule.

Il se retourna : tous avaient stoppé leur marche et attendaient. Il croisa le regard de son compagnon le plus proche, il ignorait son nom, c'était un piroguier somba, il venait d'un village lacustre où il tressait des paniers pour les touristes. Il vit la peur monter comme une crue. Le bruit s'accentuait, ses chevilles vibraient à présent.

La bouche du piroguier s'ouvrit et le cri fusa :
– Rhino !

Les herbes se déchirèrent et il fut là.

Wenga hurla de terreur et ses jambes plièrent.

Une gangue de vase couvrait la bête comme une

deuxième carapace. Le corps fusa à moins d'un mètre de lui, plusieurs tonnes lancées à pleine vitesse. Il vit en éclair les plaques du mufle et la double corne dressée en croc comme un silex. Wenga pivota sur les fesses et plongea contre terre, l'odeur pestilentielle éclata comme une grenade.

 La bête fonça droit et attrapa l'un des patrouilleurs en pleine course, le tuant net, les pattes monstrueuses écrasèrent la cage thoracique comme une coquille d'œuf. Wenga se mit à ramper frénétiquement, des coups de feu claquèrent, dérisoires. Il se redressa et commença à courir vers le 4x4. Il vit les plaques du dos onduler, c'était l'un des plus gros qu'il eût jamais vus, un mâle blanc de cinq mètres, un roi de l'Afrique, rien ne lui résistait, ni les lions ni les éléphants ne s'attaquaient à lui. Ils avaient dû le surprendre dans son sommeil au creux de son territoire. Les balles s'écrasèrent sur sa peau cornée, épaisse comme une armure de pierre. L'animal inclina sa course en direction des détonations et chargea à nouveau, broyant la savane. Les yeux enragés distinguèrent l'être bondissant qui filait en zigzag.

 Wenga se rappela la leçon des chasseurs. Un rhino court toujours droit. Il se lança sur la gauche, repartit à droite, à gauche encore, le vacarme emplissait sa tête, le souffle et le galop forcené ébranlaient la terre, éclatant les tiges.

 La corne prit l'un des soldats sous l'omoplate et il resta accroché. Le monstre secoua la tête, balançant ce chiffon pour s'en débarrasser, et le corps ouvert s'écrasa contre un arbre où il resta plié. L'animal pila face à l'obstacle.

Wenga réunit ses dernières forces et, s'accrochant aux ridelles, s'affala sur le plancher métallique de la Land Rover. Près de lui, un des soldats en pleine panique armait frénétiquement son fusil d'assaut, tentant d'extraire une cartouche enrayée.

– Démarre, hurla-t-il, mais démarre bon Dieu !

La main du chauffeur dérapa sur le changement de vitesse.

– Démarre, nom de Dieu, haleta Wenga.

Les larmes coulaient des yeux affolés. Le moteur s'emballa, cala. Si le monstre suivait, il pouvait défoncer la voiture, rien ne l'arrêterait.

Ils n'étaient plus que trois.

Wenga bondit derrière le siège et braqua le canon de son Bull Pup sur la nuque rase.

– Démarre ou je te tue.

Les pneus glapirent et une odeur de brûlé envahit la voiture, les roues braquèrent, se dégageant de la terre molle, et le 4x4 partit en obus. Wenga chancela et se rétablit.

Il pensa aux prisonniers. Peut-être étaient-ils morts eux aussi, mais quelque chose lui disait que non. Tout s'était déroulé comme si le rhinocéros avait voulu les protéger, dans le Nord c'était l'un des dieux de l'Afrique, on ne le chassait pas et son effigie, taillée dans le bois, était un totem respecté. Le dieu s'était manifesté, défendant ses créatures, il avait empêché les tueurs de commettre le sacrilège sur le domaine qui était le sien. Non, ils ne sont pas morts, peut-être se perdront-ils lorsque la nuit tombera sur l'infini des savanes, il leur faudra alors craindre bien d'autres dangers, mais peut-être retrouveront-ils le chemin de Sotani et la protection des soldats aux casques bleus.

Près de lui, un guerrier pleurait, le front sur ses genoux, recroquevillé comme s'il cherchait encore à offrir la moindre prise, à n'être plus qu'une herbe parmi les herbes, un insecte perdu sur la peau de la terre.

Wenga consulta sa montre, il l'avait achetée à un gosse sur la piste, le bambin courait, les bracelets en acier lui cerclaient le bras, du poignet au coude : il était cinq heures et la nuit ne tarderait plus à tomber.

Sarbu

Durant les quatre jours qui suivirent, les rebelles convergèrent vers la ville, poussant devant eux la horde des réfugiés dans les rangs desquels ils effectuaient des coupes sombres.

Conscients du danger, la plupart des fuyards quittaient les pistes, oubliant le chemin des camps protecteurs pour s'enfoncer dans les forêts où ils tentaient d'échapper aux commandos chargés de les abattre.

Les troupes du maréchal-président Biké se battirent à Balkatra pour stopper l'avance de la colonne ennemie, et à la tombée du jour, alors qu'un jus sanglant recouvrait les collines, des canons tonnèrent.

Chaque feuille, chaque branche semblait la victime d'une hémorragie de sève rouge, tandis que les serveurs chargeaient dans la culasse des quatre Wombat des obus et des missiles téléguidés. Les engins sans recul pilonnèrent la piste et ses alentours pendant quarante-cinq minutes. Lorsque les munitions furent épuisées, l'artillerie se replia sur de nouvelles positions et attendit que de nouvelles charges soient livrées. Les premiers camions apparurent avec vingt-quatre heures de retard : ils contenaient des missiles antichars Swingfire et des Sagger russes à carburant solide. Les premiers avaient une portée de deux mille mètres, les autres de trois mille, livrés sans système de propulsion, ils se révélèrent parfaitement inutiles. Les artilleurs démontèrent alors les récupérateurs de gaz sans lesquels les tirs étaient impossibles et battirent en retraite, abandonnant leurs pièces. Au bout de quelques heures de marche, fatigués de porter les lourds appareils, ils les balancèrent dans des ravins et regagnèrent leur camp de base. Toramba fit proclamer un bulletin de victoire, il n'avait perdu que vingt-sept hommes et gagné la bataille de Balkatra.

Autour de la plantation, les fleurs éclatèrent en trois jours. La terre imbibée sécha sous un soleil neuf plein d'une jeune violence. Les couleurs envahirent la vallée et l'acier bleu du ciel se figea pour de longs mois autour de l'éblouissement circulaire de la lumière.

Un matin sur la véranda, tous découvrirent la poussière ocre que les vents chauds arrachaient à la latérite et qui recouvrirait désormais toute chose. Surgissement de l'été.

Le dispensaire fonctionnant à plein, le fleuve des réfugiés semblait ne jamais devoir se tarir. Une commission d'aide internationale atterrit sur l'aéroport de la capitale et commença à envoyer des rapports aux instances concernées. Tous ces bulletins furent jugés alarmants par les différentes agences de presse qui les répercutèrent aux journaux.

Marah et Béral constatèrent que la plupart des blessures qu'ils eurent à soigner étaient provoquées par des armes blanches : les milices avaient reçu l'ordre d'économiser les cartouches.

Le soir du vendredi, Marah regagna la plantation au volant de la Jeep. Il était tard et le ciel tournait en un violet profond, une draperie sombre que viendraient parsemer très vite les premières étoiles.

A l'une des portes du domaine, elle dut s'arrêter. Somba interdisait l'entrée à un groupe de trois hommes. Celui du milieu était couvert de sang séché.

– Ils veulent entrer, dit Somba, ce n'est pas possible.

Marah descendit de la voiture et s'approcha du groupe. Le blessé semblait mal en point, sa tête retombait sur sa poitrine et, sans l'aide des autres, il se serait sans doute écroulé.

– Il faut qu'ils aillent au dispensaire, s'entêta Somba, c'est comme ça...

Marah regarda les deux autres. Ils étaient jeunes, presque des adolescents, celui de gauche suait la peur, ses pupilles semblaient incapables de fixer le même point plus d'un quart de seconde. Elle s'aperçut alors que le troisième était une fille, cela la décida.

– Laisse-les entrer, je vais l'examiner et on les renverra s'il peut encore avancer.

Somba maugréa et baissa sa canne de bambou.

– Emmène-les au dortoir.

La bâtisse ne servait plus depuis que les guerres avaient éclaté. Marc l'avait fait construire pour accueillir les manœuvres saisonniers qu'il engageait à l'époque des moissons ou des cueillettes : c'était un long bâtiment aux murs de paille et de boue séchée.

– Je vous rejoins, dit Marah. Installez-le sur une paillasse.

Elle pénétra dans la maison, Marc ne s'y trouvait pas. Somba, qui l'avait suivie, lui apprit qu'il avait été appelé sur les rives du fleuve où l'on avait découvert une dizaine de chèvres mortes et on ignorait s'il s'agissait d'un début d'épidémie ou d'un empoisonnement : il ne rentrerait pas avant la nuit. Tandis qu'il annonçait la nouvelle, elle lui jeta un coup d'œil rapide.

– Tu fais la gueule ?

Il haussa les épaules.

– Personne ne doit entrer ici. C'est la règle.

Elle sourit. Une tête de bois. Il avait fait l'armée autrefois dans les fantassins et en était sorti avec une jambe raide et des galons de caporal. La consigne était sacrée.

La Reine du Monde

— J'y vais, dit Marah, je le rafistole et on les renvoie, tu es content ?

Il ne répondit pas. Au début, elle s'entêtait, s'acharnant à lui arracher un sourire, elle avait baissé les bras : Somba pouvait rester des semaines sans ouvrir la bouche si un événement avait heurté son sens du règlement.

Elle résista à l'envie de prendre une douche rapide qui chasserait fatigue et courbatures et empoigna la trousse de secours.

— Viens, j'aurai peut-être besoin de toi.

Ils sortirent et se dirigèrent vers le dortoir. Dans la cage qui pendait à l'un des poteaux extérieurs, le perroquet à bec rouge eut un accès de rire bref, quatre notes moqueuses.

Ils traversèrent les terrasses, l'odeur sucrée des jacarandas annonçait la nuit, un parfum chaud coulant comme un sirop des pistils surchauffés par les rayons du jour.

Les trois s'étaient installés près de la porte. Le crâne rasé de la fille luisait dans la pénombre, les dernières lueurs pourpres venaient des étroites lucarnes.

Marah s'agenouilla devant le blessé.

— Où as-tu mal ?

Il écarta la chemise de coton déchirée sur son torse. Elle ne put rien voir sous l'épaisseur de la plaque sanglante qui le recouvrait. Elle se pencha, cherchant par où le sang pouvait suinter. Si la coagulation avait eu lieu, cela ne devait pas être très grave. Une simple coupure, sans doute.

Elle ouvrit la mallette et ses doigts rencontrèrent le haut de la bouteille d'alcool. Il fallait d'abord... sa tête partit en arrière lorsque la fille, d'une torsion, lui bloqua la nuque, elle vit la lame briller dans la main du blessé et son hurlement se confondit avec le choc du poignard. Somba fonça, la canne siffla dans l'air, Sarbu para de son bras libre, le bambou lancé à la volée écrasa les muscles. Somba vit trop tard l'acier du troisième homme jaillir du lamba malgache qui recouvrait le corps. Il s'appelait Maduko et était âgé de quatorze ans, il conduisait les troupeaux de bœufs à longues cornes sur les hauts plateaux lorsque l'herbe était haute. Il avait emporté l'épée des bergers, une rapière fine dans un fourreau de bois sculpté. Le fer troua l'abdomen du serviteur, fila droit dans les viscères et souleva la peau au niveau des reins sans parvenir à la percer.

Marah s'arc-bouta pour se dégager de la prise de la fille. Les bras secs formaient un carcan de bois mort. Elle rua et gagna un demi-centimètre suffisant pour avaler un quart de bouffée d'air.

Elle sentit la douleur fuser lorsque Sarbu, sans retirer la lame, donna un quart de tour. C'est un truc qu'il avait appris dans un film de Hongkong. La lame pivota, enfoncée jusqu'à la garde sous le sternum.

Je suis morte, pensa-t-elle.

Sa main n'avait pas lâché la bouteille d'alcool. Elle la souleva et frappa de toutes ses forces l'homme qui la poignardait, elle vit l'explosion du verre incendié dans le couchant. Mon dernier soleil. Ce n'est pas vrai, cela n'existe pas, rien ne peut aller si vite. Sarbu lâcha la poignée, aveuglé par la projection du liquide. Somba tomba en avant comme un mur, achevant de s'empaler sur le glaive. Marah comprit qu'elle était perdue : rassemblant ses forces, elle lança le coude derrière elle, écrasant la poitrine plate. La Mangene relâcha la pression une fraction de seconde et Marah bondit. Comme elle passait la porte, Maduko la plaqua aux chevilles en rugbyman, Marah s'étala, rampa un demi-mètre sur les coudes et Sarbu, enjambant le corps, s'assit au creux des reins.

– Retourne-la.

Elle se débattit malgré sa blessure mais les trois la tenaient à présent. Les ongles de la fille entraient dans ses poignets. Sarbu s'assit sur elle, la masse noire du buste lui cachait le demi-soleil disparaissant derrière les collines. Elle pensa que, s'il retirait le couteau, elle mourrait très vite par hémorragie instantanée. Vienne, je ne la reverrai pas... ni Marc, mon pauvre con d'amour de Marc.

Sarbu essuya la sueur et l'alcool qui lui coulaient sur le visage, et joignit ses mains sur le manche de corne du couteau de chasseur. Il tira d'un coup sec et regarda sourdre à travers la toile de la chemise la sombre marée de la vie.

– Coupe-lui la tête, dit Maduko.

Ce furent les dernières paroles que Marah devait entendre. Lorsque ses yeux basculèrent, elle eut l'impression que le ciel devenait plus clair et plus blanc, comme autrefois lorsque la neige allait tomber, les premiers matins de décembre : elle guettait alors derrière le carreau de la fenêtre l'apparition du premier flocon sur les épaules des statues grises qui bordaient la morne lenteur des rives du fleuve.

La fille se releva la première et se mit à rire. L'alcool et le sang avec lequel Sarbu s'était barbouillé formaient une bouillie clownesque. Il y avait très peu d'années encore, alors qu'elle n'était qu'une fillette, des comédiens passaient dans le village et certains se maquillaient ainsi pour créer autour d'eux un effet de terreur, ils dansaient sur des échasses et elle fuyait avec ses compagnes à travers les huttes et les tôles des camions désaffectés.

– On n'a pas fini, dit Sarbu.

Il remit sans l'essuyer le poignard dans sa gaine et sortit deux grenades ananas US MK2, des défensives à fragmentation, celles que l'on doit n'utiliser que sous abri. Ce ne serait pas le cas, il faudrait courir vite.

Maduko fit sauter une incendiaire dans la paume de sa main, une anglaise à phosphore, et tendit les deux dernières à la fille, un modèle à forte puissance employé en 1973 contre les Israéliens.

– On y va, commanda Sarbu.

Ils se mirent à courir en file indienne vers la maison à demi cachée par les palmes. Sarbu aperçut un groupe autour des feux du soir, la fumée montait des cuisines.

Il arracha la goupille et la colla contre sa paume. Il fallait tuer l'homme aussi et, à cette heure, il se trouvait à l'intérieur, c'est ce qu'avait dit Bacala, et Bacala ne se trompait jamais. Maduko lança la première, un jet habile entre deux arbres. Sarbu vit l'engin rebondir sur les planches, frapper contre le chambranle de la porte et s'arrêter.

Quatre secondes.

Sarbu déclencha son bras en synchronisme avec la fille. Le jet de la troisième fut trop court mais toutes les autres étaient à l'intérieur.

– Foncez !

L'explosion les jeta en avant, les flammes illuminèrent la forêt, un incendie blanc qui vida le monde de ses couleurs et emplit les poumons d'un gaz brûlant. Ils se jetèrent hors de la propriété tandis que des fragments de toit et de murs montaient vers la nuit et retombaient en pluie, sciant les branches des arbres.

Sarbu et les autres détalèrent longtemps. Ils ne seraient pas poursuivis, ceux de la propriété devaient être occupés à éteindre l'incendie. L'homme était mort, c'était sûr. Aucun être humain ne pouvait résister à une telle déflagration. Tout en courant, il pouvait entendre derrière eux le crépitement de l'incendie. Son bras lui faisait mal, le vieux avait frappé de toutes ses forces avec son bâton, peut-être lui avait-il brisé un os. Ce n'était pas très grave. La femme avait été un peu longue à mourir mais, en fin de compte, tout s'était bien passé.

Van Oben

Van Oben se masturbait une fois par mois. Vers le 15.

Cela lui semblait suffisant, il arrivait même qu'il oubliât, cela s'était produit en février dernier quand il avait été occupé jour et nuit par de difficiles établissements de contrats avec les autorités togolaises. Il avait laissé passer la date et ne s'en était aperçu que le mois suivant : il en avait déduit que les choses de la chair avaient décidément cessé de le tracasser. Il n'en avait conçu ni joie ni chagrin... Après tout, que représentaient ces quelques secondes de jouissance acidulée dans une vie d'homme ? Il avait su faire sans, tout cela n'avait vraiment aucune importance.

L'eau de la baignoire était chaude. Van Oben s'étira, constata que ses pectoraux s'avachissaient considérablement et que, s'il en avait le temps, les moyens et le goût, une remise en forme s'imposerait, mais se moquer de son apparence était une force qui ne lui avait jamais fait défaut.

La Reine du Monde

Il s'empoigna le sexe sans enthousiasme et entreprit de lui donner vie. Il constata qu'il était loin du compte et ferma les yeux, essayant de faire naître sous ses paupières des images suggestives.

C'est à cet instant que le téléphone sonna.

Il en fut satisfait, ce genre d'interruption tombait à pic. Il évitait ainsi un échec probable et relativement redouté.

– J'écoute.

La voix qui retentit était proche. Il y avait un fond sonore : une gare ou un aéroport.

– Une exploitation française attaquée. La maison du propriétaire a été incendiée, sa femme tuée avec un serviteur. La nouvelle est tombée il y a trente-cinq minutes. Brandon s'en est sorti.

Gerlacht. Ce type était précieux, il n'avait jamais eu à se plaindre de ses services. Il faut dire qu'il y mettait le prix. Personne n'était aussi cher que lui.

– Les médias ?

– Trop tard pour les télés, mais les infos radio en parleront dans les émissions de nuit habituelles. Aucune station ne fera de flash spécial. La presse en fera état demain. Des quotidiens ont déjà demandé quelles mesures comptaient prendre le gouvernement et le ministère intéressé.

– Merci.

Van Oben raccrocha. Il n'aimait pas se trouver nu dans son salon. Un jour il se ferait installer un téléphone dans la salle de bains. Un jour.

La Reine du Monde

Il enfila un peignoir, résista à l'envie de cognac et s'enfouit dans le vieux divan.

La suite du scénario était aussi prévisible que celle des téléfilms du dimanche soir : le gouvernement émettrait des protestations solennelles, envisagerait des dispositions pour le retour des ressortissants français, et la prochaine conférence sur l'Afrique commencerait dans quatre jours sous les meilleurs auspices. On ne pourrait plus soupçonner Paris d'avoir fomenté le retour de Toramba... Les observateurs anglais devaient être en train de boucler leurs valises et de s'intéresser aux prochains avions pour Londres.

Van Oben eut un soupir de satisfaction. Il revit le visage de la jeune femme sur la photo, et son nom surgit : Marah Vidsmark. Un sourire. C'était étrange de se souvenir uniquement d'un sourire sans se rappeler le visage, il y avait une histoire comme ça dans un conte anglais : le chat de Chester. Elle venait de Vienne, elle y avait rencontré son mari : lui était vivant. Comment cela était-il possible ? Il avait eu envie un instant d'en demander les raisons à Gerlacht mais il avait résisté à la tentation. Cela ne se faisait pas. Moins il connaissait de renseignements sur les détails d'une opération et mieux cela valait. Ce n'était que s'il y avait enquête approfondie qu'il fallait s'en préoccuper, mais ce n'était jamais arrivé. Il n'y aurait pas de deuxième tentative. Une mort suffirait.

Il avait appris dans l'après-midi que Biké cherchait des appuis mais n'en avait pas trouvé, les nations frontalières avaient d'autres chats à fouetter. Il avait reçu des fins de non-recevoir, assorties de recommandations de porter l'affaire devant les commissions compétentes de l'O.N.U. L'homme était cuit. Dans quelques semaines au plus, Toramba aurait retrouvé sa place à la tête du pays. Inutile de reconnaître le nouveau gouvernement, il ne durerait pas mais, pendant le temps qu'il tiendrait les rênes, les rapports commerciaux retrouveraient les conditions plus avantageuses d'avant son départ. S'il changeait d'avis, il serait alors temps d'intervenir, ce qui serait fait : les moyens de pression existaient, nombreux.

Van Oben bâilla. Il faisait un métier de salaud. On pouvait, suivant l'angle, le considérer comme routinier ou palpitant, mais c'était bien un métier de salaud. Evidence garantie.

Retourner dans l'eau tiède et finir ce qu'il n'avait pas commencé, non, plus envie, sans doute n'en aurait-il plus jamais... Plus de sexe.

Bon débarras.

Il avait souvent entendu dire que c'était une chose importante, essentielle... vrai pour les cons.

Le monde tournait autour. Pas lui. Voilà tout.

Il avait baisé un continent. Chacun ses amours. Autrefois il rêvait qu'il possédait une femme imprécise, informe et sans limites, l'Afrique, il se réveillait, le sperme collait aux draps, il ne se lavait pas ces matins-là, il traversait Vincennes désert à cette heure. Il marchait dans l'enfilade des salles du musée, longeant les vitrines que le jour éclairait à peine et gagnait son bureau avec, sur le ventre, la marque de cet amour dévorant et malade... Il y avait de la folie dans tout cela, mais c'était sa fidélité et sa raison de vivre. Pourquoi le pays auquel il avait tout donné était-il celui de la mort permanente ? Cela pouvait s'appeler un manque de chance.

Il n'y retournerait plus. Le parfum s'était éventé, tout avait changé. Au cours de son dernier voyage, il avait vu des gosses à Trechville, des casquettes de joueur de base-ball sur la tête, chanter du Presley. Ce qu'il avait aimé était mort. Le vieux monde voguait vers un nouveau rivage dont il avait horreur.

Il lui restait le musée et les vieux livres, les récits des voyageurs dans un univers qu'ils avaient cru arrêté, obscurité et lumière, une exultation figée... C'était incompréhensible.

Le silence était total. Un robinet gouttait dans la salle de bains, un rythme lent scandait les secondes, tout s'écoulait.

Il était seul, fixant la vieille tapisserie qu'il avait toujours connue. Il n'y avait rien, plus rien, sinon parfois le sourire de Marah Vidsmark. Il s'effacerait, lui aussi.

Marc

J'ai pensé qu'elle aurait aimé reposer à Vienne, mais des images de froid et de neige me sont revenues, un caveau étroit au détour d'une allée, un sol gelé sans doute à cette période de l'année : les statues lourdes des cimetières, des anges éplorés aux yeux de calcaire et, au loin, le ronflement de la ville. Spécialistes de la mort, les Autrichiens, grands amateurs de tombeaux d'empereurs et d'archiducs, j'ai voulu lui éviter cette surcharge. Ici, sur la colline, les fleurs ont éclaté, et seuls les tambours du soleil fracassent le silence de la terre, quand le vent viendra de l'ouest, elle entendra le bruit du torrent.

Et puis, je veux qu'elle soit proche, voilà, c'est tout.

L'ambassade s'est déplacée, trois voitures, deux hauts responsables envoyés par Biké avec déploiement de troupes, j'ai vidé une équipe de télévision, mais ils ont filmé de loin.

Il ne reste plus qu'un petit groupe sur l'éminence, les Noirs de la propriété, ceux du dispensaire et moi. Il fait très chaud, le soleil s'est noyé dans sa propre fournaise. Tout s'est rétracté sous l'assaut des chaleurs. Je ne souffre pas, pas encore, mais je sais que cela viendra et que j'en aurai pour le restant de ma vie.

Ils ont creusé la tombe cette nuit. La terre est pourpre, la couleur des vieux théâtres de l'Europe. Le cercueil est descendu. Je n'ai pas encore compris que tu étais dedans.

Béral m'a touché l'épaule.

– Si vous ne me croyez pas aujourd'hui, vous ne me croirez jamais.

Il ruisselle dans sa veste trop épaisse. J'aurais dû le tuer.

– Allez-y, videz votre sac.

Il n'a pas dormi, depuis longtemps sans doute. Le chagrin se voit, il creuse les orbites, il le ravage. Béral a aujourd'hui son vrai visage.

– Vous vous êtes trompé, Marc, complètement.

J'attends. Il n'a pas fini. C'est maintenant que je vais savoir.

– Je ne sais pas ce qui s'est passé dans votre tête, je crois que ça vous arrangeait de le croire pour une raison que j'ignore, mais je ne couchais pas avec elle. Elle ne couchait avec personne.

Pourquoi est-ce que je le croirais puisque je suis sûr de l'inverse ? Pourquoi se croit-il obligé de balancer des mensonges ? Pour atténuer ma peine ?

— Fermez-la, Béral, je l'ai vue revenir, vous vous grimpiez pendant des après-midi, je connaissais tous ses visages, y compris ceux d'après-baise.

Il me regarde comme il doit regarder les plaies ouvertes, les fractures, tout ce qui entrave la bonne marche du monde et des corps... On ne se sent malade que dans l'œil d'un médecin, et j'en suis un en ce moment. Dans l'aveuglante lucidité, une lueur de pitié scintille, insupportable.

Ses lèvres bougent mais rien ne sort, ses mains sortent des poches, y reviennent. Il se décide enfin :

— Vous êtes un con. Un malade et un con. Je devrais m'en foutre mais je n'y arrive pas. Pour elle, pas pour vous.

Derrière nous, je sens l'attente de ceux de la plantation : ils flairent quelque chose. Cette parlote devant un cercueil... il faut partir. Béral me coupe la route.

— Ecoutez-moi pour la dernière fois. Je vous affirme que si j'avais couché avec elle, je vous le dirais, je ne vois pas pourquoi je mentirais pour vous protéger : je ne vous aime pas. Vous pouvez en baver autant que vous voudrez, vous êtes le cas typique du cinglé, tellement jaloux qu'il préfère se croire cocu, ce qui lui permet de souffrir dans cette pseudo-certitude plutôt que d'accepter le doute.

Il a pris ma droite sous la pommette. Cela faisait quinze ans que je n'avais plus boxé, mais j'avais dû garder la technique parce qu'il a dérapé dans la poussière et basculé au ras de la fosse. J'ai suivi et l'ai agrippé pour l'empêcher de tomber sur le cercueil. Un sable farineux nous recouvrait déjà, la couleur des buvards d'écolier autrefois.

Il s'est accroché à mon bras. La peau avait éclaté sur un bon centimètre au-dessous de l'œil droit. Une goutte de sueur a coulé de son front jusqu'à la racine du nez.

J'ai senti que c'était moi qui allais chavirer, une crue se ruait, arrachait les barrages, quelque chose qui rôdait depuis longtemps, une menace... J'étais devenu creux au fil des années et tout se remplissait d'un coup, noyant les rongeurs qui m'avaient envahi, j'avais vécu plein de rats et de vermine, ils m'avaient dévoré la tête et le cœur, ils fuyaient, affolés, révélant une carcasse dévastée, et je m'échouais là, sur ce rivage surchauffé dans le halo flamboyant de midi.

Je l'ai aidé à se relever, mes phalanges me faisaient mal...

Je l'ai maintenu, même lorsqu'il a été debout, et les larmes ont commencé. Je ne les sentais pas, elles venaient seules, des paroles liquides. Je ne savais pas ce qu'elles voulaient dire, peut-être ouvraient-elles la voie vers une vérité essentielle, une voie au bout de laquelle se tenait Marah.

Béral s'est épousseté et nous sommes restés longtemps silencieux. Les autres sont descendus en direction des rizières. J'ai regardé longtemps leur file disparaître à travers les arbres. Je me souviens qu'elle aimait ce tremblement des êtres et des choses dans le brasier de l'air. Marah restait parfois longtemps à regarder l'horizon, au loin, dans le silence bleu et incandescent, une silhouette surgissait, un paysan, un berger, un chasseur : le corps perdait ses formes dans le miroir mouvant que réverbérait le soleil. Nous avions eu des discussions là-dessus, elle regrettait que les peintres de la lumière n'aient jamais su saisir ces distorsions...

Nous sommes restés seuls, Béral et moi, avec les fossoyeurs.

– Qu'est-ce que vous allez faire ?

J'ai haussé les épaules. J'ai eu envie de lui dire n'importe quoi, d'aller dans le sens qu'il espérait peut-être, quelque chose dans le genre : « Je vais reconstruire la maison, continuer l'aventure, repartir de zéro... » mais il s'était passé quelque chose entre nous, quelque chose que je ne maîtrisais pas mais que je ne voulais pas détruire.

– Je vais retrouver les tueurs.

Il m'a regardé. La peau enflait autour de l'œil. Ce type était médecin, il saurait se soigner.

– Des pillards, des déserteurs bourrés d'alcool et de drogue, ils sont des centaines, vous ne les aurez jamais, et vous vous ferez descendre.

Il y avait des faits qu'il ne connaissait pas. Un des fils de Somba avait raconté : ils étaient trois, ils avaient insisté pour entrer. De plus, Marah n'avait pas été violée, ils n'avaient rien emporté, c'était une mission, ils me voulaient aussi, moi, car j'aurais dû me trouver dans la maison, les grenades m'étaient destinées. Des ordres avaient été donnés et je saurais par qui.

Il a tourné les talons et est parti, il ne restait plus que sa voiture et ma Land Rover. Je suis resté seul. Le vent a touché la cime des arbres et quelques fragments de terre sèche sont tombés sur le cercueil.

Qu'est-ce qui nous est arrivé ? Qu'est-ce qui m'est arrivé ?

Pourquoi ai-je créé l'enfer ?

Pourquoi t'ai-je fait cette sorte de vie ? Pourquoi ne m'as-tu jamais dit que je me trompais ?

Elle avait dû juger que c'était inutile et indigne peut-être... On ne se défend pas d'une faute que l'on n'a pas commise. J'ai cherché à anéantir ce que j'avais connu de plus fort et de plus grand, cet amour était trop parfait pour que je ne cherche pas à le détruire, je m'y suis appliqué avec un acharnement, un soin que je n'avais jamais exercés à une autre tâche. Peut-être était-ce devenu un jeu pervers, et elle avait jugé que je devais m'en sortir seul, sans son aide.

Dors, à présent. Tu n'auras jamais cessé de te taire durant ces derniers mois. La mort n'est qu'un nouveau silence, je t'avais condamnée à un autre, bien pire.

Ils attendent. Deux fossoyeurs de fortune,

immobiles sur cette éminence qui n'appartient plus qu'à toi. Je ferai mettre une pierre plus tard, lorsque tout sera réglé.

Les souvenirs vont venir, je les sens près de jaillir, les soirs de la terrasse, cette façon qu'avaient tes paupières de descendre sur le secret des nuits.

Voilà, ce fut notre vie. Ta mort la constitue en histoire. Hier encore, elle n'avait pas d'existence, elle n'était qu'un faisceau informe de déchirement, d'élans réprimés, d'amertume, de regards se cherchant... Il faut la mort pour que tout se structure et devienne clair. Aujourd'hui je peux nous raconter, Marah, et ces années me reviennent illuminées, elles se sont façonnées autour de toi, elles n'ont existé que par toi, et ce fut si vrai et si violent que je n'ai pu faire autrement que de te massacrer parce que tu avais pris toute la place, que tu avais été ma vie.

Il reste les collines, le soleil et les pluies à venir, la succession des jours et des saisons, l'immortalité. Autrefois c'était là la butte des lions, ils y venaient dormir, se vautrer au comble des chaleurs, et il me semble qu'il subsiste dans l'air quelque chose de leur puissance étalée, de leurs étirements, les troupeaux ne montent pas jusqu'ici, ils demeurent dans la vallée rousse et broutent l'herbe brûlée.

Je pars ce soir.

La zone des combats s'est déplacée vers l'est, je

n'aurai pas de difficultés pour remonter la piste et je rejoindrai la route à Koulimayo.

Je t'entends me supplier de ne pas y aller, j'entame l'inutile poursuite, mais tu sais combien j'ai de mal à obéir, même aux voix d'outre-tombe... Je reviendrai avec un peu de paix au creux de l'âme, juste assez pour qu'à mon retour je retrouve le sommeil sur cet endroit si plein de toi, je pourrai alors écouter ton murmure dans les herbes.

Wenga

Wenga sprinta et traversa la piste.

Les autres étaient accroupis contre un des pans de mur du hangar. Le rideau de fer pendait, à demi arraché par le souffle des bombes.

Quatre jours que durait la bataille.

Ils avaient quitté la protection des forêts pour conquérir l'aérodrome, mais les canons perdus à Balkatra n'étaient pas les seuls que possédait Biké.

Trois batteries les avaient pris pour cible dès le premier assaut, et ils s'étaient fait piéger en terrain découvert. La première vague avait été hachée par les obus à charge creuse tirés par des P.A.K. allemands aux protections blindées.

Le terrain labouré se soulevait par plaques, les cratères s'ouvraient, rendant le terrain impraticable aux avions. Le deuxième jour, ils avaient abattu un hélicoptère de combat à la roquette, mais n'avaient pas progressé d'un mètre.

En permanence, la fumée planait, lourde et chaude.

Wenga baissa la tête et son casque bascula, couvrant ses yeux, un craquement déchira le ciel uniforme et la terre se souleva à moins de cinquante mètres. Tous hurlèrent ensemble et se recroquevillèrent, tandis que les éclats percutaient le mur derrière eux, hachant la pierre.

Le sergent s'arracha de l'emmêlement des corps et vida un chargeur de trente-cinq balles, l'arme à la hanche.

– On y va, dit-il. Objectif autocar.

C'était un véhicule ratatiné sous les explosions des fusées Cobra, qui avait servi autrefois à transporter les voyageurs de l'avion aux portes de l'aéroport. Les pneus étaient crevés et la cabine pulvérisée par le souffle des bombes.

Wenga se tourna vers son chef : c'était un mercenaire danois, aux cheveux ras couleur de paille. Ils foncèrent ensemble, courbés. Les grenades tressautaient à chaque enjambée dans les deux musettes aux lanières croisées qui rebondissaient contre ses hanches. Le grésillement du talkie-walkie rendait tout dialogue inaudible. Le sergent jura et jeta l'appareil.

Wenga sentit l'urine couler le long de sa cuisse. Il n'avait pas pu se retenir. Dans la jungle, il savait se battre mais, ici, tout était différent, il était nu sur le ciment défoncé, et les dieux étaient restés là-bas, derrière lui, à la lisière du marais qu'ils avaient traversé la veille.

Le sergent se tourna vers eux.

— Il faut entrer dans les bâtiments. Si on reste on est morts.

Les traînées vertes de camouflage avaient coulé sur les visages.

— Tu viens ici.

Le soldat désigné rampa vers lui. Il portait le lance-flammes, et les réservoirs sur son dos, un modèle soviétique à mise à feu électrique.

Le Danois calcula le coup. Chaque container permettait une flamme de trois secondes sur une portée de soixante-dix mètres. Ils auraient donc neuf secondes pour se mettre à l'abri. Ils n'y arriveraient pas, mais c'était la seule solution pour quitter l'entrelacs des pistes.

Les canons se trouvaient masqués dans un angle mort du bâtiment. Il supposa qu'il y avait plusieurs chars de réserve. S'ils se mettaient à leur tour en position, il n'y aurait plus de bazooka pour les détruire. Il fallait croire au lance-flammes, à la terreur qu'il déclenchait.

— Dès que je donne l'ordre, vous courez, et toi tu crames tout.

Le serveur souleva le tube trop lourd pour lui. Il tremblait. Il avait dû se mordre la langue et l'intérieur des joues car ses gencives étaient pleines de sang.

Wenga se ramassa sur lui-même et étreignit la crosse de son Gabil. Les tôles de l'autocar sonnèrent sous une nouvelle rafale, contre son épaule il sentit le métal vibrer. Le coude du soldat lui entra dans les côtes. Il ne le connaissait pas, même les dialectes différaient. Où était son frère Azuman ? Est-ce qu'il avait pu s'en sortir sans lui ? Il n'y avait pas si longtemps, il sautait sur le dos des cochons pour des courses idiotes à travers les paillotes.

Derrière les fumées, le soleil était invisible, on voyait seulement une intensité plus forte de lumière ferrailleuse.

Il s'en sortirait une fois encore, des puissances rôdaient, elles étaient partout, dans les arbres, le sol, la pluie, les moissons, il avait fait des offrandes, pas assez, mais il avait apporté au pied des cases sacrées du riz et des poignées de sucre. Il devait y avoir des dieux ici, ils le protégeraient.

Les hommes de Biké tiraient toujours, pour rien, arrosant les pistes vides : il pouvait voir les flammes des Vickers amorties par les traînées de brume cracher sans interruption, arrachant le sol. Lorsque les bandes souples seraient vides, ils fuiraient, plus légers : cela ne pouvait pas durer toujours, dans quelques secondes tout s'arrêterait et ils pourraient s'emparer des mitrailleuses, ils seraient vainqueurs une fois de plus, comme à Balkatra !

– En avant !

L'homme au lance-flammes s'élança en catapulte et la flamme jaillit, horizontale. Wenga bondit, il était la pierre de la fronde, il courait le plus droit possible, évitant les entonnoirs. Il lui sembla que le fracas avait cessé, seul le ronflement de la bouche à feu submergeait le halètement du soldat près de lui.

Le sergent se jeta sur la gauche et continua en criant quelque chose qu'il n'entendit pas. Il sauta par-dessus un pylône abattu, plia les genoux sous le choc et reprit sa course. Il restait cent mètres. Il sentit ses poumons éclater mais parvint à accélérer. Sa semelle dérapa et, emporté par son élan, il vit trop tard la plaque métallique au ras du sol. Il pensa à un couvercle de marmite oublié, et son talon écrasa la plaque qui s'enfonça sous son poids.

– Mine !

Le sergent pila et plongea au sol. Il pouvait les voir, au ras de l'œil, elles quadrillaient le terrain. La silhouette d'un char se matérialisa lentement, il sortait du brouillard, une lenteur pesante mais dangereuse de pachyderme.

Wenga n'entendit pas l'explosion, il monta droit, un pantin de chiffon. Un foulard de sang se déploya à partir de ses jambes broyées et gifla le sol. Les dieux s'étaient arrêtés aux limites de la jungle. Il était mort avant d'être retombé.

– Ne bougez plus.

Le mercenaire comprit que c'était râpé. Il pouvait se rendre, mais ce n'était pas une chose à conseiller, il savait très bien ce qu'il avait fait, lui, des ennemis qui s'étaient livrés, il voulait s'épargner ce genre de fin. Il lui restait un demi-chargeur de Sten et, en calant la crosse avec ses pieds, il pouvait se le balancer sous le menton, peu de chances de se louper. Il pensa que le plus con de tout était qu'il n'avait pas touché sa dernière paye.

Avant qu'il n'appuie sur la détente, deux de ses hommes sautèrent encore sur des mines à ressort : il les connaissait parfaitement, il aurait pu décrire toutes leurs caractéristiques concernant les charges, le détonateur, le percuteur. Il savait que ces garçons venaient de perdre leurs couilles, mais c'était sans importance car ils n'en auraient plus besoin...

Le tank continua d'avancer et tira de toutes ses pièces, labourant davantage le terrain. Avec une minutie tranquille et opiniâtre, les chenilles broyèrent les corps, les écrasant sous de lents allers-retours comme si rien ne devait subsister du commando. Cette besogne achevée, il regagna l'antre d'un hangar et les tankistes sortirent, ruisselants. Ils allumèrent des cigarettes et burent de la limonade tiède, la température à l'intérieur du vieux Tigre était de soixante-douze degrés centigrades.

L'aéroport resta aux mains des troupes régulières pendant les quatre jours qui suivirent cette attaque, il tomba le cinquième.

Kerando

Kerando atteignit les faubourgs de la ville en suivant les berges du fleuve. Il longea des kilomètres de mangrove et dut s'arrêter toute une journée, tapi dans un emmêlement de racines. A quelques pas de lui, à demi enfouis dans les vases, dormaient les crocodiles. Il en compta douze. La partie émergée des sauriens était recouverte d'une boue que le soleil avait solidifiée, et ils ressemblaient à des statues tombées. Le plus proche de lui atteignait les quatre mètres.

Tout détour était impossible, le fouillis de la végétation était inextricable. Il fallait attendre. Les oiseaux du fleuve planaient, certains rasaient les eaux et venaient se poser sur les carapaces. Il connaissait ces bêtes, son père lui avait appris qu'elles pouvaient, sur la terre comme dans l'eau, atteindre des vitesses prodigieuses. Elles ne s'écartaient jamais des points d'eau, mais elles étaient capables d'attraper d'une seule détente des bœufs ou des gazelles venus boire.

Le soleil se couchait lorsque des frémissements parcoururent la surface. Insensiblement, une des masses inertes se mit en mouvement. Il sembla à Kerando que le long rocher dérivait, emporté par un invisible courant. Un autre suivit. Il y en avait de plus petits et un grouillement agita l'eau verte qui se troubla d'une fumée épaisse et liquide venant crever en bulles à la surface.

Une odeur de pourriture monta vers lui. Des sillages se creusèrent et il vit une paupière se lever et retomber, verticale, sur un œil membraneux. Peut-être la bête était-elle aveugle, la plus proche s'enfonça avec une angoissante lenteur et la queue dessina un S parfait, elle nagea vers le large et plongea.

De l'endroit où se trouvait Kerando, on distinguait à peine l'autre rive. Le soleil disparaissait et l'homme espéra que les sauriens avaient flairé une proie sur le côté opposé. Il en profita pour changer de position, soulageant sa jambe qui s'était engourdie. Ses doigts se desserrèrent, cela faisait des heures qu'il étreignait le manche de la baïonnette qu'il avait découverte deux jours auparavant, dans un dépôt de munitions dont il ne restait plus que des ruines. Il avait vu la lame briller sous la lune entre deux blocs de pierre et du béton armé. Il l'avait glissée contre la peau de sa cuisse et maintenue par un morceau de raphia. Il avait abandonné le fusil.

Il remit l'arme à sa place, décida d'attendre que

le jour baisse complètement et, faisant jouer ses doigts pour chasser l'ankylose, sentit ses muscles se détendre.

En s'enfonçant dans les trous d'eau, s'il se cramponnait aux filaments des broussailles, il n'aurait pas à nager : si tout allait bien, dans quelques heures il atteindrait les docks, la scierie et il retrouverait Bacala. Il le tuerait et reviendrait chercher sa fille.

Il revit le visage de la petite enfouie dans le drap de la capote. La femme l'avait soignée, il en était sûr, c'était inscrit dans ses yeux, dans ses mains rassurantes. Il la reprendrait et ils repartiraient tous deux par-delà les frontières. Il trouverait du travail, il savait tout faire, travailler le bois, réparer les machines, et tant qu'il y aurait des arbres il pourrait gagner sa vie. Lorsque la peine serait calmée et les souvenirs ternis, il prendrait une autre femme et la vie reviendrait en lui.

Les flamants passèrent. Ils volaient toujours par centaines. Dans le couchant rouge, les ailes roses étaient blanches. Ils volaient sans bruit dans un silence de plumes, c'étaient eux qui le créaient, absorbant le vacarme ténu du marigot.

Il les regarda disparaître dans la boucle de la rivière et se leva.

Devant lui, l'eau gonfla.

Une houle soudaine, une marée.

Le crocodile jaillit, une flèche diagonale de

La Reine du Monde

deux tonnes lancée, arrachée à la terre, droit sur lui.

Kerando sentit le vent des mâchoires se refermer dans un claquement de piège à léopard.

Il hurla de terreur, trempé par la gifle d'eau boueuse, l'animal retomba avec une détonation de bombe. Kerando, sans se relever, rampa sous l'entrelacs des mousses et des feuilles, creusant le sol de ses talons frénétiques.

Le reptile l'avait attendu, il avait toujours su qu'il était là. Il avait replongé, préparant le deuxième assaut. Les cercles concentriques s'inscrivirent dans les derniers rayons. Kerando se retourna d'un coup de reins et s'insinua dans le labyrinthe comme un rat dans un terrier.

Ne pas crever ainsi, broyé par la gueule de l'enfer. Il avait vu des carcasses de buffles à demi dévorées lors des passages des troupeaux. Pas ça, pas cette horreur.

Il s'acharna, gagna deux mètres, glissant sur la fange des lichens. Son pied rencontra une souche plus solide qui lui permit de prendre un élan, il se lança avec violence, boula dans une déclivité et l'intense froissement des feuilles derrière lui l'avertit de la seconde ruée du saurien. Il se roula en boule et vit l'extrémité du museau squameux au-dessus de lui. La gueule restait ouverte, un étau géant au mécanisme arrêté. Il ne bougea pas. Lentement la masse dentée se déplaça en demi-cercle, revint et recula. Kerando ne respirait plus. Contre sa joue, la terre meuble commença à s'ébouler, le poids du crocodile entraînait les mottes, il les sentit rouler de plus en plus vite. Il perçut une trouée sur la droite. Avec un peu de chance et quelques millièmes de seconde d'avance, il pouvait tenter de fuir par là. Il se rassembla, millimètre par millimètre. Il fallait se risquer avant que la nuit ne vienne, avant qu'il ne butte contre un mur végétal.

Amplifié par l'étroitesse de la cavité, il perçut un grondement. Au-dessus de lui, le museau disparut. L'animal reculait pour un troisième bond.

Il s'arc-bouta et fonça droit devant, giflé par les feuilles et les branches. Jamais il n'avait couru aussi vite. Il dérapa dans la glaise, repartit, gravit un talus à quatre pattes et se retrouva debout. Une plaine s'étendait devant lui. Les herbes atteignaient ses épaules mais n'étaient plus un obstacle. Il parcourut encore une distance qui lui sembla interminable mais ne parvint à s'arrêter que lorsque ses jambes cédèrent sous lui.

Il tomba à genoux et un sanglot le secoua, les larmes jaillirent : il était sauvé. Là-bas, au bord du fleuve, le monstre avait dû regagner ses habituelles profondeurs.

Il resta prostré quelques instants et porta la main sur sa cuisse. La baïonnette n'y était plus.

Le fleuve était derrière lui, la masse immobile brillait comme un métal rougi par un feu intérieur. Devant, il devina les premiers versants violets des contreforts montagneux. Il décida de se diriger vers eux. Il dormirait dans un abri de rocher et repartirait à l'aube lorsqu'il lui serait possible de s'orienter.

Il était seul.

Sur la paume ouverte du monde, il n'y avait plus que lui, la savane et le vent.

Marc

Tous les rendez-vous se prenaient dans la glacière du Hilton. Hommes d'affaires, conseillers politiques, membres des services spéciaux, importateurs et journalistes : c'est là qu'ils se retrouvaient chaque soir, séchant les sueurs du jour dans les fauteuils club avec des whiskys de marque bourrés de glaçons.
Tous sauf Parklay.
Quinze ans que je l'avais rencontré. Il trimbalait depuis sa jeunesse lointaine sa dégaine d'assassin dans toutes les capitales du continent, et il avait fini par s'installer ici. Non qu'il eût aimé ce pays plus particulièrement qu'un autre, mais comme il me l'avait dit au cours de notre dernière rencontre : « Tant qu'à rester, autant choisir le coin où les putes sont le moins chères. »
Il était servi.
Il était venu deux fois à la plantation. Il s'entendait bien avec Marah qu'il faisait rire par son cynisme sans illusions. Il en avait fini assez rapide-

ment avec les grands reportages, ayant compris que la réalité des politiques des Etats africains avançait toujours masquée, que toute raison avancée en cachait une multitude d'autres, le plus souvent invérifiables, et que, s'il voulait rester vivant, il lui fallait livrer le minimum d'informations et en connaître le maximum.

Il avait en apparence cessé les enquêtes mais continuait à maintenir pour son plaisir ces deux particularités : il était l'un des meilleurs spécialistes de Saint Augustin et il n'ignorait rien des rouages qui entraînaient le pays dans les cataclysmes cycliques qui étaient les siens.

La ville était calme. Je n'avais été arrêté que deux fois sur la route par des contrôles volants et je m'étais garé place de la Présidence. Trois blindés étaient en position dans l'avenue menant au Palais.

Il y avait eu des tirs le matin même en direction de l'aéroport mais tout s'était tu depuis plusieurs heures. Aux infos du soir, comme chaque jour, Biké apparaîtrait et diffuserait un bulletin de victoire, annonçant l'anéantissement des rebelles.

Le bistrot se trouvait à l'intérieur des remparts, entre des échoppes. Pas question ici de la climatisation que Parklay fuyait comme la peste, la rendant responsable de la perte de la moitié de ses poumons. L'antre était envahi par les sacs d'épices, il fallait, pour pénétrer, escalader les couffins de piments et de vanille. Passé l'obstacle, on entrait par un trou dans la muraille, éclairé par deux quinquets permanents, on se trouvait alors au cœur de la forteresse qui, autrefois, ceinturait la ville. Il en restait encore quelques pans dont celui-là en forme de grand bazar.

J'ai retrouvé la sensation habituelle, celle de l'enfance lorsque j'entrais dans une salle de cinéma et que le film était commencé, le tâtonnement du pied cherchant l'escalier, l'obscurité chaude après l'éblouissement de l'extérieur... Peu à peu les couleurs sont montées à la surface des murs, les crépis écaillés, les flammes courtes des lumignons sur les tables et les jambes brunes des filles sur le divan défoncé contre la muraille ocre.

Sheraki était au comptoir, le jeu des ombres creusait ses orbites et soulignait son profil de rapace. Il venait du nord, du désert, et s'était installé après les guerres bédouines. Lassé des trafics et des combats, il s'était arrêté là, aux portes de la cité, avait ouvert le bar, aidé à bâtir la mosquée et vidé les mafias avec un fusil à éléphants.

Il m'a salué à la musulmane et désigné un pouf damassé, face à la porte. Sur la table mauresque, l'argent des théières surnageait, étouffé par la pénombre, réveillé un instant par l'étincelle reflétée d'une flamme plus haute.

Ses lèvres ont frôlé mon oreille.

– Au fond du tombeau se trouvent les fontaines du paradis.

Il s'est éloigné. Il savait pour Marah, tout le monde savait, la presse avait craché la nouvelle. Toramba, massacreur de femmes...

Je l'espère Marah, je l'espère, qu'enfin tu as trouvé le pays des fontaines...

Parklay est arrivé et nous avons commandé des bières.

– Tu en baves ?

Il n'avait jamais été l'homme des phrases enrobées.

– C'est amorti, un peu cotonneux...

C'était vrai, une douleur rampante s'étirait parfois, dolente, mais il y aurait un réveil : elle éclaterait, me dévasterait. Cela faisait plus de huit jours déjà.

Il a hoché la tête.

– Va voir les filles, je t'indiquerai la meilleure. Ne choisis pas sans moi, neuf sur dix sont plombées au sida.

La mousse était amère. Le même goût qu'à Paris, aux terrasses du printemps. J'ai reposé le verre.

– Qui a fait ça ?

Il a regardé s'incurver les volutes de sa cigarette. Elles s'évanouissaient avant d'atteindre les voûtes que la fumée, la crasse et les mouches avaient noircies.

– Sois plus précis.

Je le connaissais bien, il fallait de la patience : s'il avait décidé de se taire, il se tairait, mais je ne le lâcherais pas facilement. J'ai commencé par ce que je croyais être le début.

– Les tueurs ont pris des risques. Ils ne sont pas venus au hasard. Les femmes qui allumaient les feux en sont témoins. Ils étaient trois, l'un d'eux était soi-disant blessé, il titubait, les deux autres le soutenaient. Somba les empêchait d'entrer, Marah est intervenue et ils l'ont tuée avec Somba qui avait suivi, il avait dû comprendre que quelque chose clochait. Lorsqu'ils ont balancé la grenade, ils couraient tous les trois : le blessé n'en était pas un. Ils n'ont pas cherché à piller, ils auraient pu, les femmes étaient terrorisées, ils sont partis en croyant m'avoir tué. A cette heure-là, je suis habituellement dans la maison.

Parklay but à son tour. Dans le mouvement qu'il a eu pour reposer son verre, j'ai senti une odeur de sueur aigre. Cela m'a fait songer qu'il portait toujours la même veste depuis que je le connaissais, et cela datait de loin. J'ai poursuivi :

– Tu es encore mieux placé que moi pour savoir que, depuis le commencement des troubles, aucun résident français n'a eu de problèmes. Cela ne s'est jamais produit. Alors pourquoi tout a-t-il changé et qui a fait le coup ?

Parklay croisa les doigts. Le jaune de la nicotine marquait l'index et le majeur de sa main droite.

– L'arrière-pays possède des réserves de pétrole supérieures à celles du Venezuela et des Emirats réunis. Tu sais depuis quand on le sait avec certitude ?

— Depuis cinq ans.

— Exact, et cinq ans, c'est le moment précis où commencent les guerres que les connards de l'Occident appellent tribales.

— Qu'est-ce que ça a à voir avec la mort de Marah ?

Il eut un rire de porte grinçante, le pire que j'aie jamais entendu.

— Tout, dit-il. Lorsqu'il y a de l'or noir, tous les coups sont permis. Ne fais pas semblant de ne pas savoir. Les nations riches soutiennent en sous-main les hommes avec qui elles peuvent négocier les contrats les plus juteux, qu'ils soient au pouvoir ou qu'ils cherchent à l'être. J'ai l'impression de donner un cours d'économie politique à des crétins de première année.

— Je suis un crétin, dis-je, continue...

— La troisième guerre mondiale est commencée depuis 1945, poursuivit Parklay, le problème c'est qu'elle se déroule par tiers monde interposé. C'est moins voyant, ça reste une histoire de négros ou de bougnoules, mais il y a un hic.

— Lequel ?

Il alluma un cigarillo au mégot du précédent.

— La main qui arme doit rester inconnue. C'est la règle. Sinon, les instances internationales montent au créneau.

Une des filles s'était détachée du lot. En contre-jour, elle ondulait vers nous. Lorsqu'elle s'accouda à la table, la lumière rasante creusa le réseau des rides. Le nylon noir écrasait les seins épais.

– Vous m'offrez un verre ?

L'accent du Sud. La soixantaine. Dans combien de bordels avait-elle roulé avant d'aboutir chez Sheraki, dans ce trou à rats ?

Parklay lui sourit aimablement.

– Non, dit-il.

Elle se releva, murmura quelques mots en dialecte et rejoignit les autres sur le divan. Parklay la suivit du regard.

– Avant elles te foutaient la vérole, maintenant elles te refilent la mort, les temps changent.

Il a semblé s'enfoncer dans ses pensées et j'ai relancé la conversation :

– Donne-moi quelque chose d'autre que des théories.

Il a fermé les yeux si longtemps que j'ai cru qu'il allait s'endormir, et il s'est décidé à parler alors que je commandais deux autres bières.

– Biké a fait une connerie, dit-il, ça remonte à six mois.

– Laquelle ?

– Un péché de gourmandise. Il est devenu cher...

J'ai commencé à entrevoir la solution mais c'était flou encore, et tout restait dans la logique, je m'en méfiais.

— La France l'a lâché.

Il a eu son rire rouillé. Ce type n'avait jamais dû être heureux une seule fois dans sa vie.

— Tu es un innocent, dit-il, on devrait t'élever une statue. Elle ne l'a pas lâché, elle est en train de lui couper les couilles.

Toramba. Il avait refait surface, équipé des troupes, réorganisé l'état-major. Il n'aurait pu y parvenir sans un appui fort.

Parklay s'est penché.

— J'ai vu débarquer les caisses de munitions de camions venant de Centrafrique, il y a eu aussi des parachutages, et des rotations d'hélicos à Kiretano.

C'était dans la zone des montagnes Bleues. Là se trouvait la plus forte concentration de Mangenes, un des fiefs de Toramba.

— Les F.M. étaient suisses, les roquettes chinoises et israéliennes, les P.M. italiens et français, un mélange idéal pour que les envois ne soient pas signés mais il y a autre chose.

— Quoi ?

— J'ai vu un mec au Hilton, il est resté quarante-huit heures. Mes pisteurs l'ont perdu très vite, ça veut dire que c'est un pro.

— Tu le connais ?

— Mal. Mais je sais son nom. Cyrian.

— Un étranger ?

— Oui mais il travaille pour Paris.

Ça se précisait.

La Reine du Monde

– T'en es sûr ?
– Ce serait trop simple, mais je bosse dans les probabilités depuis trente ans, et celle-ci est solide.
– Qu'est-ce qu'il est venu faire ?
Cette fois j'ai cru qu'il ne s'arrêterait pas de rire. Une crécelle aiguë, un staccato douloureux. Il a noyé les derniers hoquets dans son verre et essuyé la mousse sur sa lèvre.
– Te tuer, a-t-il dit.
Les rouages se mettaient en place. Tous les services secrets du monde devaient savoir qu'il était inclus dans le contrat d'aide militaire et logistique à l'un des belligérants que la personne et les biens des résidents seraient respectés. S'ils ne l'étaient pas, c'est qu'aucun accord n'existait. Pour l'opinion publique, ma mort et celle de Marah étaient la preuve que la France n'était pas impliquée dans l'affaire. Mais pourquoi moi ? Parklay a répondu avant que je ne pose la question :
– Tu possèdes le profil idéal : tu es honorablement connu, ta femme aidait au dispensaire, tu as des troupeaux, des propriétés, ton nom n'a été associé à aucun scandale, tu n'as jamais pris parti. Ils t'ont choisi sur la liste.
– Qui sont-ils ?
– Tu m'en demandes trop. Lorsqu'un nom apparaît, c'est que celui qui le porte a cessé d'être opérationnel.
Une simplicité enfantine. Cyrian débarque, contacte des tueurs qui accomplissent la moitié

La Reine du Monde

du travail, mais qui a envoyé Cyrian ? Qui m'a choisi sur la liste ?

– Trouve-le.

Parklay a posé son verre. J'ai eu l'impression que, pour la première fois depuis le début de la discussion, il s'intéressait vraiment au problème et j'ai voulu en profiter.

– J'ai de l'argent, tu as tout ton temps mais trouve-le. Tu as six mois.

Il avait appris à dissimuler son intérêt, mais la tentation était là. Cela faisait plusieurs années qu'il traînait la savate dans un canard aux ordres du pouvoir.

– Je risque ma peau.

– Je te la paye. Dans deux jours, tu peux être à Paris.

Il était devenu rêveur. Cela lui arrivait rarement.

– La vie bascule, dit-il.

Je l'ai laissé réfléchir. Sur une table voisine, une chandelle s'est mise à grésiller et s'est éteinte. L'odeur de cire fondue a commencé à se répandre. J'ai pensé qu'il ne fallait pas que je m'en aille sans avoir son accord.

– O.K., a-t-il dit, j'accepte pour deux raisons : j'aimais bien Marah et, surtout, j'adore le fric.

Je me suis levé. L'affaire était conclue.

– Tu auras le premier chèque demain. Salut.

Dehors, à l'étal des tripiers, les mouches tournaient au-dessus des viandes noires malgré le lent balancement des palmes-éventails manœuvrées par les marchands. Les charrettes encombraient plus de la moitié de la rue et les camions klaxonnaient. L'une des plates-formes avait déversé un chargement de sacs d'ignames mal arrimés sur la chaussée, et trois policiers éloignaient la foule en jouant de leurs longues matraques.

Devant une échoppe, des groupes d'hommes s'amassaient, la télé retransmettait un match de football. Qui se souciait que Toramba eût encerclé l'aéroport ?

Arrivé près de ma voiture, j'ai vu des hommes décharger des sacs de sable devant les grilles du palais et installer des affûts d'armes lourdes près des guérites de la garde d'honneur.

Aux informations, le Président ferait son discours habituel. J'étais prêt à parier qu'il était déjà parti ou s'y préparait. On ne meurt pas aux commandes du navire lorsque les coffres des banques suisses regorgent de votre fortune.

Des gosses sur le trottoir écoutaient un transistor. Mano Fobé. Malgré la voix, les tam-tams et les balafons, quelque chose dans cette musique était l'inverse de l'Afrique, un virus s'était glissé dans l'organisme, un corps extérieur et malfaisant qui, très vite, ravagerait tout.

Livre IV

Sarbu

La Land Rover conduite par un des responsables du Haut-Commissariat aux réfugiés arriva à l'aube aux portes du camp.

A quelques kilomètres derrière, le convoi de vivres suivait et, dans les quelques instants de silence précédant, au cœur des jungles, l'apparition de l'aurore, on put entendre le grondement lointain des moteurs.

Un frémissement sembla alors agiter le flanc de la colline, une houle lente parcourut la surface du sol et la masse compacte des réfugiés se désagrégea.

Le camp s'étendait à perte de vue sur deux vallées et trois collines, les tentes de fortune recouvraient les creux et les sommets. La rivière longeait le côté ouest, inlassablement les femmes et les enfants en remontaient les berges, avec cruches d'argile et jerricanes translucides à travers lesquels passait une lumière d'or. Le lavage avait lieu en aval, celui du linge et des hommes, autour de la pile d'un pont que les canons avaient détruit deux ans auparavant et dont on voyait, en saison sèche, l'arche éboulée.

Les toiles kaki des marabouts retenaient déjà la chaleur lourde du matin et Sarbu se réveilla, ruisselant de sueur. Un pied lui passa au ras de l'œil, puis un autre, une cheville cerclée des lourds anneaux des femmes bimekes. Un pleur d'enfant éclata sur sa droite. Une oreille contre la terre, il sentit monter le piétinement des milliers d'êtres s'ébrouant en même temps, encore empêtrés de songes et de sommeil.

Un nouveau jour.

Ils étaient cinquante mille et d'autres arrivaient encore, cela ne cesserait jamais.

Il s'étira, les omoplates brisées par le sol trop dur.

Il se leva, cracha et sa salive forma une bille sèche que la poussière enroba instantanément d'une pellicule couleur cannelle. Une femme le bouscula, serrant un panier tressé, d'autres la suivirent, et des fillettes piaillèrent en galopant en direction de la porte centrale. C'est là que les queues se formeraient en attendant l'heure des distributions de vivres.

Sans hâte, Sarbu descendit à contre-courant vers les berges que les piétinements avaient rendues fangeuses.

Les eaux avaient baissé. Dans quelques semaines, ce serait la saison sèche et, si les camions-citernes n'arrivaient pas, la mort viendrait pour tous. Ils cuiraient sur la poêle de la terre, brûlés par les flammes du ciel. Sarbu sauta de rocher en rocher et s'accroupit devant un trou d'eau. Il mouilla son index, frotta ses gencives, l'émail de ses dents, et chercha les autres du regard.

Sur sa droite se tenait l'albinos. La peau rosâtre du visage était parsemée de taches brunes et irrégulières. Un léopard.

Balan Foré n'était pas un léopard. Il était pire.

Il avait l'année précédente tué quarante Bimekes dans un village sur la route de Lorobanda. Quarante corps alignés dans un fossé, et il avait brisé les nuques à la machette.

Les gendarmes le recherchaient depuis mais, malgré ses cils de glace et ses yeux d'aveugle, il leur avait échappé, changeant de place toutes les nuits, traqué sans trêve, fuyant toujours... Aujourd'hui, il revenait, et sa légende allait grandir.

Sarbu s'approcha de lui en suivant les pierres du courant. L'eau fraîche caressait ses mollets. Arrivé près de l'albinos, il s'assit sur ses talons. Face à eux, sur l'autre rive, les babouins guettaient, cherchant une proie isolée, un chien, un bébé oublié sur une roche.

Ils étaient ensemble lorsqu'ils avaient été recrutés pour la mission.

Elle était simple : se mêler aux réfugiés, pénétrer dans le camp et en tuer le plus possible. Cela créerait une panique et relancerait la meute à travers les forêts où d'autres embuscades se produiraient.

– C'est pour cette nuit, dit l'albinos, préviens les autres.

Ils étaient cinq. Six au départ, mais l'un des membres du commando avait été reconnu deux jours auparavant. Il avait participé à l'incendie de paillotes dans un village konga et une survivante, une vieille femme, s'était souvenue de lui courant, une torche dans chaque main, dans la lumière ronflante des flammes hautes. Elle l'avait dénoncé aux chefs du camp. Des soldats l'avaient emmené hors de l'enceinte et personne ne l'avait revu. Cela n'avait guère d'importance, à cinq ils pouvaient faire un bon travail.

Sarbu se retourna. Les camions arrivaient et les cris montèrent. Ils avançaient doucement au milieu de la masse vivante des corps, des gosses escaladaient les marchepieds et se cramponnaient aux ridelles, tentant de monter sur les sacs de maïs et de riz. Des bâtons tournoyèrent au ras des têtes, creusant des vides immédiatement comblés.

Il eut un frémissement des narines : l'odeur des fosses d'aisances. Dans quelques heures, lorsque le soleil serait haut, elle envahirait tout l'espace. Il se dirigea vers les fils tendus de toiles déchirées qui marquaient l'endroit : les tranchées parallèles grouillaient et le vrombissement des mouches était assourdissant. Il craignait cet instant. Il s'accroupit et urina, crispant les poings sur ses genoux. La lame de la douleur lui traversa le sexe. Un rasoir incisa les muqueuses pendant tout le temps que dura la miction : ce fut lent à s'apaiser. Cela durait depuis des semaines.

Lorsque Bacala lui avait remis l'argent pour avoir tué la femme blanche, il avait baisé une des putes du bar. Il avait joui tout de suite. Furieux que les choses se passent si vite, il avait frappé la fille pour qu'elle lui rende les billets, mais elle s'était débattue, et un malabar était apparu au pied de la paillasse. Sarbu avait mis la main sur le manche de son poignard Bush Line, et avait dégainé. Le costaud avait reculé et empoigné un tabouret. Juste avant de s'enfuir, Sarbu était parvenu à rafler le fric et avait traversé le couloir, l'arme pour gros gibier pointée droit, en escrimeur. Il s'en était sorti, jubilant, il était un dur, un type semblable à ceux des films de karaté dont il avait vu les affiches bariolées sur les murs de la ville. Trois jours après, il avait pissé le pus avec la rage. Il avait pensé revenir pour tuer la fille mais, cette fois, le mac ne reculerait peut-être pas.

Il fallait attendre quelques jours, lorsqu'il aurait accompli son travail, il se soignerait et achèterait un colt Anaconda, il savait où s'en procurer, c'était facile. Avec lui, il serait invincible et il ferait sauter la tête de la vérolée et de son protecteur. Son nom grandirait dans le quartier, il achèterait des fringues comme Mano Fobé et serait un roi sur les docks, le King Sarbu.

Les vieilles avaient commencé à allumer les feux. Le tintement des bidons des corvées d'eau retentissait. Des hommes revenaient déjà avec la ration du jour dans les couffins, ceux-là avaient été les premiers servis.

Debout sur le toit d'une cabine de l'un des Ford, un Blanc filmait, caméra à l'épaule. Sarbu fit un détour pour ne pas se trouver dans le champ. Au début, il avait cherché à se montrer, à parader avec les autres, il était jeune alors, un crétin gesticulant pour gagner quelques pièces... En six mois, les choses avaient changé, il avait un métier à présent et il allait gagner plus d'argent en une nuit que tous ceux-là réunis n'en verraient jamais pendant le reste de leur vie.

Il zigzagua entre les marmites. L'eau bouillait dans certaines. Les vieilles chassaient le pullulement des gosses autour d'elles, leur jetaient des poignées de terre sèche qui sonnaient sur les omoplates et les ventres sphériques... Encore toute une journée à attendre, chaude et moisie dans le tumulte exténué des fuyards. Sur la gauche, des femmes en blouse blanche enjambaient les corps étendus, tentant de repérer les malades, elles portaient des masques sur la bouche. C'était l'une d'elles qu'il avait tuée huit jours auparavant. La lame d'inox crantée était entrée d'un coup jusqu'à la garde. Il recommencerait ce soir et, à cette idée, une joie l'envahit, une joie rouge et profonde, puissante comme la voix rauque du lion lorsqu'il charge, jeune et rapide dans la nuit de la jungle.

Près de lui, deux matrones achevaient d'entortiller un corps dans des chiffons, mais les jambes dépassaient. Elles abandonnèrent et un homme souleva le cadavre, le cassant sur son épaule. Sarbu vit la tête emmaillotée ballotter contre les reins du porteur.

Là-haut, vers l'entrée, une cohorte arrivait, une armée en haillons toujours renouvelée, toujours plus nombreuse... Tout cela allait finir pour lui, demain il serait loin, l'albinos avait expliqué qu'après le massacre ils n'auraient que trois kilomètres à parcourir et que, sur le plateau, à l'entrecroisement des pistes, une voiture les attendrait et les ramènerait. Ce serait le matin, il dormirait un peu s'il se sentait fatigué et il serait temps d'aller chercher l'Anaconda.

Il vit près de l'une des plus grandes tentes l'albinos discuter avec les trois autres. Il courut les rejoindre : Rembé riait, il s'était fait raser le crâne la veille et sa tête brillait dans le matin. Il était grand malgré ses quatorze ans. Ils avaient joué ensemble, il n'y avait pas si longtemps, derrière l'ancienne ferblanterie, à Buenzene. Cela n'existait plus : ils étaient des enfants alors, ils étaient à présent des tueurs, cela voulait dire que les dieux étaient avec eux.

Kerando

Kerando marcha pendant dix-sept heures d'affilée.

Il ne s'éloignait jamais de la piste de plus d'un kilomètre, sans jamais l'emprunter. Peu à peu, les muscles de ses jambes se raidirent. Ses deux cuisses devinrent des cordes tendues et il dut s'arrêter à trois reprises pour que les crampes s'apaisent : sous la peau, des nœuds de bois naissaient qu'il massait lentement, les yeux noyés par la douleur.

Le matin du deuxième jour, il trébucha, et ses muscles engourdis n'obéirent pas assez vite pour éviter une branche d'épineux tendue comme un arc bandé. Les crochets des dards ouvrirent sa cheville comme des sabres.

Il déchira un pan de sa chemise et serra le tissu sur la plaie. Malgré la souffrance, il s'endormit. Lorsqu'il se réveilla, sa jambe avait enflé jusqu'au genou mais le sang ne coulait plus. Il parvint à se mettre debout et à retrouver la piste, le pansement de fortune formait un bloc goudronneux. Il comprit qu'il ne pourrait jamais entrer à pied dans la ville. Il s'accroupit contre un tronc et attendit. Le soleil jouait entre les feuilles et, de l'extrémité d'une branche, il se mit à chasser les mouches que la blessure coagulée attirait. C'était le royaume des lézards à tête rouge, ils sortaient de partout, l'un d'eux grimpa le long de son bras et il sentit la fraîcheur caoutchouteuse du ventre mou sur son biceps. Un half-track passa sans s'arrêter : assis, jambes pendantes sur le blindage, un soldat le regarda, rit et épaula une carabine légère semi-automatique flambant neuve, il le visa et releva le canon sans tirer. Kerando regarda le véhicule s'éloigner et disparaître. Il somnola encore et fut réveillé par une piqûre de fourmi rouge au gros orteil. Une colonne montait vers lui et il remonta sa jambe. Son cœur battait au creux de son pied blessé, un tambour lent et régulier.

C'est à cet instant qu'il entendit des rires.

Quatre hommes en travers de la route. Ceux-là ne portaient pas de vêtements militaires. Peut-être des pillards. Dans les taches de lumière, les cuivres des cartouches brillaient aux ceintures.

La salive sécha dans sa bouche, il lui restait une chance, une seule, et elle tenait en un mot.

Les hommes se turent lorsqu'ils le virent et il entendit le déclic d'un levier d'armement.

Il leva un bras en salut amical et les regarda s'approcher.

Ils portaient des bandanas multicolores, à

La Reine du Monde

l'exception du plus petit dont le casque était recouvert d'un filet de camouflage. Le froissement des feuilles autour de son corps l'avertit de la fuite des lézards.

La mort. Ses testicules se rétractèrent, deux animaux apeurés cherchant une cache à l'intérieur de son corps.

A dix mètres, les quatre se séparèrent et l'un d'eux s'enfonça dans le sous-bois pour le contourner. Un autre s'agenouilla, braqua son MK2 et, du pouce, releva la sécurité. Les deux autres avancèrent droit sur lui et il sentit leur odeur.

Kerando sourit et baissa son bras.

– Je travaille pour Bacala, dit-il.

Le plus proche écarta les lèvres. Les dents de devant manquaient, cela lui donnait un visage de vieillard. Sous le maillot déchiré, les muscles roulaient.

– Tu as une arme ?

Ses yeux furetaient, cherchaient un éclat de métal autour du corps révélant un canon ou une culasse.

– Je l'ai perdue.

– Tu connais Bacala ?

– Je te l'ai dit.

Kerando devina l'échange des regards.

– Qu'est-ce que tu fais là ?

– J'étais au col des Hospars. J'étais le servant du mortier.

– Et les autres ?

— On a été séparés dans la fuite, je ne les ai pas retrouvés. Je me suis perdu.

— Tu es d'où ?

— Buenzene. C'est là que j'ai rencontré Bacala. Au bar Domoro.

Le quatrième était derrière lui. Il pouvait l'entendre se frayer un chemin entre les branches.

L'homme qui tenait le fusil braqué sur lui ferma l'œil gauche.

— Tu es bikene, dit-il, je le vois à tes yeux.

Kerando cracha.

— Les Bikenes ont tué mon père il y a deux ans, ils l'ont brûlé dans sa case à Kitan. J'en ai fait sauter au moins trente aux Hospars.

L'homme au casque s'assit en face de lui au milieu de la piste, il oscillait d'avant en arrière en une danse régulière, scandée par un tam-tam qu'il était seul à entendre. Il plongea la main dans sa ceinture et montra l'intérieur de sa paume. Elle contenait quatre cailloux gris. Kerando en avait vu circuler parmi les contrebandiers des faubourgs de l'est. Des diamants bruts. Ceux-là devaient venir des mines de Kovo exploitées directement par les miliciens, ou alors ces hommes étaient des passeurs ou des voleurs, tout était possible.

— Bacala m'a payé, dit-il, tu vois mes pierres, où sont les tiennes ?

— Je vais les chercher à la ville.

Derrière lui, la voix retentit.

— Comment est Bacala ?

La Reine du Monde

— Son visage est grêlé, dit Kerando, il est petit.

Il ferma les yeux, retrouvant les images. Les lumières dansaient ce soir-là : il se souvint d'un reflet brillant à hauteur du ventre.

— Il a une ceinture de métal, dit-il, une grosse boucle, un cheval au galop...

Il revoyait à présent le mustang argenté comme il s'en vendait par centaines sur les marchés.

— Une veste bariolée de para avec des poches, beaucoup de poches.

— Ce n'est pas assez, dit la voix, il y a autre chose, si tu connais Bacala, tu le sais.

Le scintillement de la nuit, les bidons de Domoro, il s'était vu, lui, deux Kerando minuscules, déformés, la tête plus grosse que le corps... Voilà, c'était ça.

— Il porte des lunettes noires, dit-il, même la nuit...

La pression se relâcha. Il avait gagné.

Kerando tendit la main pour prendre la cigarette. Le papier était huileux. Le type sans dents le prévint.

— Ta tête va grossir avec ça, il y a plein de femmes et de couleurs dedans.

Ils avaient tous fumé, il pouvait s'en rendre compte à présent. Leurs yeux bougeaient trop vite dans les orbites. Ils étaient assis autour de lui et, dans une musette, il vit briller le plastique noir des cassettes. *Rambo.* Les instructeurs leur passaient les films en boucle dans les camps, cela faisait partie de la formation militaire. Bourrés de crack et d'images de guerre hollywoodiennes, ils entraient dans les villages, abattant tout ce qui bougeait, hommes, femmes, enfants et chiens.

Kerando tira la première bouffée et la forêt tournoya. Il toussa et les rires lui apparurent, déformés et lointains. Il ne fallait pas perdre conscience, c'était essentiel.

Ils se retrouvèrent tous à l'arrière d'un camion français, immatriculé en République centrafricaine, l'engin appartenait au clan des Yakomas et était bourré de sacs de café, de caisses de produits pharmaceutiques et de pièces détachées pour vélomoteurs. Les gardes et les chauffeurs portaient l'uniforme des prétoriens et étaient armés chacun de deux Individual Weapons à lunettes de tir et cache-flammes. Il y avait une fille avec eux, assise sur une pile de chargeurs semi-circulaires. Elle portait les longues tresses serrées des paysannes des plateaux, et Kerando pensa à Melike qui se coiffait ainsi lors des danses rituelles, au cours de la saison des pluies. Elle refusa de boire avec eux de la bière d'Allemagne et ne desserra pas les dents jusqu'à l'arrivée.

Le jour était encore haut lorsque le véhicule entra dans la ville. Kerando dut se servir de ses mains pour bouger sa jambe engourdie : les chairs étaient devenues si dures qu'il se demanda s'il n'allait pas se changer en pierre, devenir sa propre statue.

Van Oben

Le Balto. A une époque, tous les bars-tabacs s'appelaient le Balto. Une marque de cigarettes dont il n'était pas sûr qu'elle n'eût pas disparu.

La règle était simple et ne souffrait pas d'exception : ne jamais appartenir à une commission, qu'elle soit d'enquête ou d'études. Quant à l'O.N.U., une absence totale de contact avec elle s'imposait.

Mais il y avait des fouineurs. Cela s'appelait aujourd'hui le journalisme d'investigation, et Van Oben savait qu'il fallait de temps en temps répondre à l'un de ses représentants. La marge était étroite : pour rester caché, il n'était pas bon de l'être totalement. Il avait appris cela aussi. Le mystère était l'une des marques du pouvoir et, pour sembler ne pas en posséder trop, il fallait parfois paraître bavard.

Cela faisait partie des mythes européens de la geste médiatique ; dans le monde des services secrets, on n'attendait des réponses que de ceux dont on savait qu'ils ne parleraient pas.

Accepter une interview était une façon de se banaliser. Van Oben avait fait sienne la maxime du philosophe : la meilleure manière de se taire est de parler, l'art étant de s'exprimer sans rien révéler, suffisamment cependant pour ouvrir de fausses pistes. Un travail de dentellière.

L'autre avait cru l'endormir à propos d'histoires de pôles d'influence dans les sous-régions de l'Afrique subsaharienne et de rôle économique monétaire et diplomatique de la France dans les différends frontaliers. Van Oben avait répondu avec la bonhomie navrée qu'il réservait à ces sujets, sa tactique était la même à chaque fois : il s'agissait de replacer les problèmes dans leur contexte historique... en fait, il fallait, pour arriver à comprendre, remonter jusqu'à l'époque précoloniale et, même dans ce cas, le champ des forces restait flou...

Van Oben, tout en alignant les phrases, se demanda si la plus grande difficulté rencontrée pendant ces exposés n'était pas de ne pas s'endormir soi-même.

L'autre l'interrompit et prit un virage brutal.

– Les Etats-Unis ont suspendu un temps les vols entre Lagos et les principales villes américaines. Pourquoi ?

Van Oben but une gorgée d'eau minérale. Il n'aimait pas l'eau minérale, elle avait quelque chose d'agressif et de glacé qui lui meurtrissait l'estomac.

– La drogue, dit-il. Les services antinarcotiques ont découvert que l'Afrique est impliquée dans le trafic comme base de transit. Dans quelle proportion, je l'ignore, le pourcentage est faible selon moi, mais vous connaissez Washington, ils s'affolent très vite, prennent des mesures spectaculaires, la plupart du temps inutiles.

– D'où provient-elle ?

Van Oben haussa les épaules.

– Je ne suis pas spécialiste, à mon avis il s'agit surtout d'héroïne venant de Birmanie, et de quelques pays du Golfe.

– Peut-on parler de cartels africains ?

– Il est impossible de l'affirmer. Personnellement, je ne le crois pas.

Un ingénu, pensa-t-il, ce type n'a jamais entendu parler des réseaux nigériens et ibos.

– Contrôlez-vous vous-mêmes ce phénomène dans les zones où vous êtes présents ?

– Je ne suis présent nulle part, dit Van Oben, la France limite les dégâts en cas de troubles et protège ses résidents. Comme vous le savez, hélas, nous n'y arrivons pas toujours.

Darmelin, le journaliste, sourit et décida de jouer plus en force.

– Toramba ou Biké ?

Van Oben jeta un œil vers la rue. La pluie et pas d'imperméable, une incapacité organique à prévoir les phénomènes de précipitations. Cela avait toujours été ainsi, même lorsque le plafond des nuages était au plus bas, l'air humide et le vent de l'ouest, quelque chose lui disait qu'il ne pleuvrait pas : il se trompait toujours mais aimait le côté héroïque de ce refus des probabilités climatiques. C'était le seul domaine où s'exerçait son optimisme...

Il se pencha au-dessus de la table et se concentra sur la plaquette de liège circulaire posée sous son verre.

– Je n'ai pas de préférence. La politique de la France est plus simple : nous sommes en coopération avec les régimes qui offrent le plus de garanties démocratiques. Certes, il y a des disparités, le Mali n'obtient aujourd'hui que 48 francs d'aide par habitant, alors que le Gabon en reçoit 632, ce sont là des raisons essentiellement économiques, mais notre diplomatie, malgré des ajustements de surface, obéit à un précepte rigoureux : le pouvoir africain n'est reconnu par notre gouvernement que s'il est fondé sur des élections libres et équitables, avec non-interdiction des partis d'opposition. C'est un bien long discours pour dire que nous n'avons aucune raison d'abandonner Biké.

– Vous ne l'aidez pas beaucoup sur le terrain.

– Le partenariat militaire avec le président Biké a été défini par traité dans le cadre du reformatage des bases opérationnelles dû à la professionnalisation de l'armée française. Le caractère non interventionniste de notre présence y est stipulé. Nous ne pouvons l'outrepasser.

— Ce qui veut dire que vous laissez faire ?

— La Grande-Bretagne, les Etats-Unis et nous-mêmes étudions la formation de bataillons africains pour le maintien de la paix. L'urgence est du ressort de l'O.N.U., c'est son rôle et pas le nôtre. Nos compatriotes comprendraient mal que nous engagions nos soldats dans une guerre dont la raison échappe à plus de quatre-vingt-cinq pour cent des Français, sondage IPSOS à l'appui.

— Vous faites partie des quinze pour cent restants ?

Van Oben mima l'amusement que lui causait la remarque.

— Je devrais, dit-il, mais je n'en suis pas sûr.

De l'autre côté du boulevard, Parklay essuya l'objectif de son Olympus miniaturisé.

Il développerait les photos ce soir et comparerait avec les autres. Sur les épreuves de groupes prises sur les marches des édifices publics, Van Oben était toujours au troisième ou au quatrième rang, un presque anonyme. Son nom n'avait pas été prononcé, ni à Dakar, ni à Bamako, ni à Kisangani... Il n'apparaissait pas non plus dans les journaux, ou rarement : un consultant. Il avait retrouvé sa trace dans des archives où il était allé pêcher un article sur les manœuvres militaires conjointes du Mali et de la Mauritanie dont il aurait favorisé les négociations auprès des ministres des Armées en 1985. Il avait également déniché un entrefilet dans *Courrier international* où il déclarait que la criminalisation des élites au pouvoir en Afrique, si elle était préoccupante, n'était pas irréversible. Des broutilles.

Trois jours qu'il le suivait. Van Oben menait une vie de métronome : le bureau, la maison, le bureau, il n'en sortait pas. Durant le trajet à travers le bois de Vincennes, il ralentissait le pas comme pour profiter de l'air plus frais et plus pur qui circulait en bordure du lac Daumesnil.

Peut-être une fausse piste, puis les informations s'étaient recoupées : deux fois le nom de Van Oben avait été prononcé. Une fois par une ex-dactylo de l'ancien sous-secrétaire d'Etat aux Affaires africaines, et l'autre par un proche de la cellule élyséenne, ancien rédacteur en chef d'une revue sénégalaise avec lequel il avait effectué son service militaire. Parklay se sentit satisfait de lui-même : malgré des décennies sous l'équateur, il avait gardé des relations. Son pote Darmelin lui avait permis, avec cette interview, de jouer le paparazzi.

Il avait encore quelqu'un à contacter : ce serait, peut-être, le témoignage déterminant. Ce ne serait pas facile mais il avait surmonté d'autres difficultés, il s'attellerait à la tâche dès demain. Il connaissait même son nom : Françoise Fereira, la secrétaire.

Marc

Garambe était depuis toujours le quartier résidentiel, celui des ambassades, des grands propriétaires et dignitaires. La colline montait par des terrasses sur lesquelles des villas s'étaient construites. Au cours des années, elles étaient devenues de plus en plus luxueuses, et le style avait changé avec les nouveaux matériaux. Du palais faux mauresque où Lyautey avait dormi à l'impressionnant « château Amaryllis », presque un siècle s'était écoulé...

Passé les grilles électroniques, l'allée grimpe jusqu'aux premières marches qui mènent aux bassins. Deux hommes m'ont accueilli : sans rien de gardes du corps. Complets identiques de tweed anglais, cravates club. Ils sourient, élancés et élégants. L'eau coule dans des vasques de marbre et nous arrivons à une esplanade ombragée.

L'architecte a visiblement obéi au principe qui veut qu'un édifice doit se fondre le plus possible dans le paysage. Construire un mur a dû être pour lui une véritable souffrance. D'immenses baies coulissantes en verre blindé ouvrent sur des jardins intérieurs aux palmes géantes. Après la jungle des portiques, l'espace se déploie autour d'un bar de cristal et d'acier dépoli. Divans d'un blanc de neige.

Zoran se lève dès mon arrivée, mes accompagnateurs s'écartent aussitôt et disparaissent. Nous sommes seuls. Il fait frais.

Je l'ai rencontré deux fois, la première il y a cinq ans au cours d'un congrès d'exportateurs, la deuxième dans un cocktail au Commissariat français, ma dernière sortie mondaine : Marah avait resserré ma cravate dans les escaliers.

Nous nous serrons la main. Il a été l'un des premiers à m'envoyer ses condoléances.

– Votre lettre m'a touché. Je vous en remercie.

Pourquoi est-ce que je dis des choses pareilles ? Difficile de se débarrasser du savoir-vivre.

Une gandoura de soie blanche, un unique diamant au petit doigt, Zoran n'en rajoute pas dans l'apparence. Il n'a pas besoin de ça. Sa famille, à ce qu'il dit, est arrivée au XIXe siècle par la côte de Zanzibar, des marchands swahilis. Sa mère est libanaise. C'est un métis.

– Nous nous connaissons mal et je le regrette, d'autant que j'ai besoin de vous. Asseyons-nous.

Aucune trace d'accent. Il a dirigé quelque temps le Centre de civilisation burundaise, une magnifique couverture. Il a possédé une flotte de quatorze cargos et il n'existe rien de ce qui peut se vendre ou s'acheter qui ne se soit trouvé, un jour ou l'autre, dans ses cales et ses entrepôts.

– Parlons de la situation, dit-il, les nouvelles qui viennent de me parvenir ne sont pas encourageantes. Vous savez que je ne penche pas plus pour le gouvernement en place que pour les rebelles, je suis en politique un libéral, et je m'en tiens là, mais le sang coule et le pays souffre. Aimez-vous le champagne le matin ?

– Je prendrai un café.

Zoran se lève, passe derrière le bar.

– Italien ?

– Italien.

Il manœuvre un percolateur nickelé, encastré dans un pilier de verre.

– Je vous le fais moi-même. J'ai vécu trop longtemps à Gênes pour confier ce soin à mon barman. Un café peut être une chose ignoble – ce que je veux vous éviter – ou merveilleuse : ce que je n'ai pas la prétention de réussir.

Il évolue avec une élégance certaine. Trente-cinq ans à tout casser. Des muscles longs. La voix de Marah contre mon épaule : « Un beau mec. » Oui, un beau mec.

A côté de la tasse, il a posé une flûte tulipe et un magnum.

– Castellane, dit-il. C'est la marque idéale le matin, Dom Pérignon pour le soir. Il en est des champagnes comme des parfums.

Les bulles d'or montent dans le verre.

Il me regarde.

– Le quatrième régiment dirigé par le général Sabimana vient de déserter. Certains des officiers ont rejoint Toramba mais ils ne participeront pas aux combats et resteront dans les casernes. Vous le saviez ?

– Je n'ai pas vos moyens de renseignement.

Il néglige ma remarque et revient s'asseoir en face de moi. Son café est excellent.

– Comment le trouvez-vous ?

– Infect.

Il rit, avale deux gorgées et croise les jambes.

– Je vous aime bien, Marc, vraiment.

Je n'en doute pas. Si, un jour, il décidait de me tuer, il le ferait en prenant son temps, mais je suis certain qu'en ce moment il m'aime bien.

– Vous savez ce que disent d'ordinaire les hommes d'affaires ?

– « Je ne suis pas un homme d'affaires. »

– Exactement. Je vous éviterai donc ces fausses innocences. Vendez-moi votre propriété. Votre prix sera le mien.

Il me surprend. Qu'il vende de l'ivoire, des AK47, du carburant et de la malachite, je le sais, mais je ne le vois pas propriétaire d'une plantation. Quel but poursuit-il ?

– Vous avez tout votre temps pour me donner une réponse, mais sachez une chose : les études les plus fines indiquent que ce pays va connaître bien des soubresauts avant de trouver une paix

La Reine du Monde

qui, d'ailleurs, ne sera jamais définitive. Les estimations prévoient quinze ans de troubles. Presque une génération. Il faudra une rationalisation des flux migratoires pour parvenir à un regroupement des ethnies, ce qui suppose de nouvelles frontières, un remboursement des dettes assurant l'indépendance économique, je ne parle même pas de l'évolution des mentalités qui ne pourra être obtenue que par une éducation généralisée... Je n'ai pas à vous faire un cours, vous connaissez le problème aussi bien que moi mais...

Je l'ai interrompu. Il ne devait pas en avoir l'habitude.

– Avez-vous d'autres terres en vue que les miennes ?

– Je veux les vallées.

Les choses deviennent intéressantes. Cela doit représenter une surface égale à un peu moins que le quart du territoire français. Ce n'est pas le sous-sol qui l'attire, les gisements pétrolifères sont ailleurs et il n'y a eu aucune prospection détectant un quelconque minerai. De plus, il n'a pas une tête à vouloir sauvegarder les troupeaux d'impalas qui peuplent la brousse.

– Au point où nous en sommes, dis-je, je propose que nous nous disions tout.

Il acquiesça.

– Avant tout, pouvez-vous, même si c'est un peu tôt, me dire si ma proposition vous paraît mériter réflexion ou si vous la rejetez de prime abord ?

– Je ne la rejette pas.

C'est vrai. Peut-être ai-je suffisamment vécu dans la contrée. Peut-être ai-je besoin de m'éloigner de ce monde. Et puis, si je refuse d'emblée, la conversation s'arrêtera et les ennuis commenceront. Or je veux les éviter et je veux savoir.

– J'en suis heureux. Vous ne voulez vraiment pas de champagne ? Tant pis. Au cas où nous ferions affaire, il va sans dire que je serais heureux de vous avoir près de moi en tant que conseiller. Vous connaissez le métier et je n'ai aucune compétence pour l'agriculture ni pour l'élevage. Vous avez fait vos preuves dans ces domaines.

Qu'est-ce qu'il mijote ?

– Vous n'êtes pas une souris et je ne suis pas un chat, autant que nous en venions au fait. Je vais implanter dans cette région une nouvelle culture.

Je ne dors pas depuis la mort de Marah. Je ne bois pas assez pour cela et j'ai parfois l'impression que mon cerveau balbutie mais pas suffisamment pour ne pas trouver la solution :

– Le pavot.

Il se lève et va se resservir. Dans la lumière, le diamant jette une étincelle bleue à son auriculaire.

– Nous allons cesser d'être une des plaques tournantes dans ce commerce pour devenir un pays producteur. Des essais ont déjà eu lieu près de Malimbé, quelques hectares ont été ensemencés, et les experts sont formels : les conditions climatiques et pédologiques permettent des récoltes de qualité et des quantités abondantes. Nous n'exporterons pas les produits bruts mais développerons une industrie de transformation. Les sites réservés aux industries chimiques sont déjà choisis et, pour des raisons de sécurité, ils ne représenteront même pas le dixième des terres cultivables.

– Une concurrence à l'Amérique latine.

– Pas une concurrence, une élimination.

Cher Zoran. On ne peut pas lui reprocher de ne pas voir grand.

– Permettez-moi une question personnelle. Vous êtes déjà l'un des hommes les plus riches de ce pays : pourquoi ces risques ?

Pour la première fois, la réponse ne jaillit pas. Durant quelques fractions de seconde, il y a une lueur de rêve dans ses yeux, peut-être un rêve triste.

– Cette maison possède vingt-deux chambres, des splendeurs. Aucune n'a jamais servi. J'en veux le double. Elles ne serviront pas davantage. Je suis un imbécile.

J'ai terminé le café. Il était vraiment très bon.

– Il y a des raisons plus stupides, dis-je.

Il lui a suffi d'écarter les bras pour marquer la fin de l'entretien : se lever avant eût été incorrect.

– Le monde court après l'argent, conclut-il, la différence que j'ai avec cette évidence, c'est que je ne cours qu'après énormément d'argent. C'est un jeu dont on ne se lasse pas, même si on peut y laisser sa peau. Abdallah va vous raccompagner.

Nous nous sommes serré la main.

– Je vous fais parvenir un projet de contrat. La somme sera en blanc, vous la fixerez et je l'accepterai. Après la prestation de serment de notre nouveau Président, je donnerai ici même une réception en très petit comité, il sera là et j'aimerais que vous y soyez également. Nous parlerons de l'avenir du pays et boirons une cuvée spéciale pour fêter, je l'espère, notre accord.

Il savait aussi sourire avec les yeux mais je pouvais y lire qu'en cas de refus, ma vie ne tiendrait même pas à un fil. Les veufs sont dépressifs et beaucoup ne supportent pas le chagrin. Mon suicide n'étonnerait personne...

– A bientôt, Marc. Oubliez mon café.

En haut des degrés qui descendaient à travers les jardins, mes deux souriants accompagnateurs m'attendaient : lequel était Abdallah ? Nous descendîmes ensemble, longeant les pièces d'eau. Un vautour qui buvait à l'une d'elles s'envola. La ville s'étendait à mes pieds et, au-delà des toits, le fleuve immobile et boueux, son épaisseur terreuse figée sous le soleil.

Cette crapule m'offrait une solution : quitter cette fournaise, le sang, les combats, les souvenirs... Seul et riche, je pouvais durant le reste de ma vie errer sur la peau du monde, m'installer, repartir : c'était une tentation.

La Reine du Monde

A la maison, je suis allé droit au téléphone. Je n'avais pas de message de Parklay, une semaine qu'il était parti. C'était long.

Je me suis assis sur les marches de la véranda, les piliers portaient encore les traces des flammes et des éclats de grenade. Des poules picoraient des cailloux dans la cour que deux gosses ont traversée en se poursuivant. J'avais dû offrir à leur naissance des barriques de vin de palme mais j'ignorais leurs prénoms. Peut-être deux petits-enfants de Somba. Devant l'une des cases, une femme balayait la poussière avec des morceaux de branches mortes. Je n'avais jamais très bien compris pourquoi elles faisaient toutes cela.

J'ai fermé les yeux et je me suis vite endormi comme cela ne m'était pas arrivé depuis longtemps. Lorsque je les ai rouverts, deux des bergers franchissaient la porte : l'un d'eux avait pris une des carabines pour le gros gibier. On avait vu un léopard rôder autour des troupeaux : ils ne le ramèneraient pas, ils me raconteraient qu'ils l'avaient pisté, qu'ils avaient relevé des traces et qu'il ne leur échapperait pas...

Il y a eu un rire proche, un chien a aboyé et j'ai vu Marah revenir du dispensaire. Elle avait sa jupe longue de coupe militaire et ses sandales étaient rouges de terre. Elle a fourragé dans ses boucles, m'a souri et, pour la première fois depuis l'enterrement, je me suis mis à pleurer.

Raynart

Bacala replia la carte d'état-major.

Le village près duquel ils allaient se trouver dans moins d'une heure était le plus proche du carrefour des deux routes.

Il avait été aisé de faire comprendre aux militaires commandant la deuxième armée en rébellion que tenir cette position, c'était tenir le pays. Un alibi stratégique de première main.

Lui connaissait la véritable raison qui devrait entraîner le nettoyage systématique des cases : les habitants étaient des Aranis aux fortes traditions, ils avaient bâti des totems dans la brousse et ne sortaient jamais du périmètre où reposaient les ancêtres. Ils n'accepteraient pas de quitter les champs qui s'étendaient de la route aux premiers versants des pentes volcaniques du mont Radova. Or Zoran voulait les terres : il fallait que ces paysans disparaissent. Avec les sept hommes qui l'accompagnaient, cela suffirait amplement.

Des tirs sporadiques de mitraillettes lourdes Fiat-

Revelli se faisaient entendre. Les derniers défenseurs de Biké tenaient la position en feux croisés, et des Sokorski survolaient la route, lâchant des mines à retardement le long des fossés.

Il se tourna vers ses miliciens. Ils avaient été recrutés la veille par son lieutenant et portaient l'uniforme des soldats de l'Armée populaire de libération. L'armement individuel était lourd et, avant d'abandonner la camionnette blindée sur le bas-côté, il leur commanda de laisser sur place les fusils d'assaut et un F.M. hongrois à trépied qu'il jugea trop encombrant. Les hommes partiraient uniquement avec des armes de poing, trente cartouches chacun et des poignards de commando. Lui garda un Ingram II à sélecteur de feu et une pelle pliante.

Bacala, avant de s'engager plein nord à travers les fourrés, ne leur fit pas un long discours.

– Vous avez été payés. La dernière partie de votre solde vous attend, mission accomplie. Je vérifierai si chacun l'accomplit avec efficacité. Dans le cas où l'un d'entre vous ne se donnerait pas à son travail, je m'opposerais à ce qu'il reçoive son deuxième versement. Dans une heure, nous serons sur place. Je rappelle la consigne : vous les tuez tous.

Il tourna les talons et s'engagea dans l'emmêlement des ronces et des branches. Il n'avait pas parcouru cinquante mètres que la chance lui sourit : le terrain avait été aplani par une harde de koudous. Les grands cerfs avaient tracé un passage où deux hommes pouvaient aller de front. Bacala remarqua des traces de sabots et des excréments, la traînée devait mener à un point d'eau, peut-être à un affluent de la rivière. Cela n'avait pas d'importance, en cette saison de l'année tous les passages se feraient à gué. Les hommes marchaient en silence. Quand la forêt de baobabs s'espaça, leurs yeux devinrent invisibles sous l'ombre portée des chapeaux de brousse.

Passé un étang dont la traversée ne mouilla même pas leurs chevilles, ils aperçurent les premières cultures. Les champs réguliers formaient un damier. Tout au bout se dressait un silo de pierre sèche où les paysans emmagasinaient le sorgho avant de l'emporter sur les marchés.

– Ne marchez pas à travers les plantations, commanda Bacala, suivez les sentiers.

Les silhouettes de deux garçonnets apparurent. Ils restaient sous la protection des arbres, ils demeurèrent un moment immobiles et détalèrent vers le village.

Un reflet de soleil éblouit Bacala malgré l'écran fumé des lunettes, et il en vit la raison : un pare-brise en haut du vallonnement. Il reconnut la calandre d'un camion.

Il sentit le flottement de la patrouille derrière lui.
– Déployez-vous.

En réalité, cela ne servirait pas à grand-chose : avec une unique rafale de Vickers, ses hommes et lui seraient cuits. Les miliciens s'écartèrent les uns des autres et s'accroupirent dans les pousses trop basses pour les protéger.

Bacala vit un homme passer devant le capot et soupira de soulagement. Il était accompagné des deux gamins et portait la coiffure et le battle-dress de la MINUAR, la force militaire des Nations unies. Des crapauds bleus, il suffisait de lever le pied pour les écraser.

– Avancez. Il n'y a pas de danger.

Raynart avait été promu au grade de sergent-chef quinze jours auparavant et il regarda monter les miliciens.

Pour la troisième fois il se trouvait dans un cas semblable, et il n'aimait pas cela. Pas du tout. Les deux gosses jacassaient autour de lui et il leur demanda de se taire. Il tourna les talons et, d'un trot lourd, prit la direction du centre du village. Sous l'arbre à palabres, Godard chassait les cochons noirs en lançant mollement des cailloux qui ne les atteignaient jamais. Le terrain montait et il s'essoufflait. Il abusait du ragoût de chèvre ces temps derniers. La sauce épicée et grasse lui collait des kilos sur les hanches et il se promit de faire attention : la permission approchait. Dans trois mois il serait chez lui, à Gand, et sa fille aînée se foutrait de lui. Il avait toujours eu tendance à l'embonpoint, son père était ainsi. Encore six mois d'Afrique et il serait un petit gros, si ce n'était déjà fait.

– Appelle le Q.G.

Godard ne bougea pas. Raynart jalousa les abdominaux quadrillés du Bruxellois.

– Grouille-toi, on a de la visite.

Tout alla très vite. Quatre femmes sortirent de l'une des cases les plus proches, l'une d'elles se mit à courir vers l'école. Contre son oreille droite, la plaque d'ébonite était désagréablement tiède. La chaleur lui sembla avoir franchi plusieurs degrés d'un coup.

La voix passait avec difficulté à travers le grésillement.

Il dut sortir un papier de sa poche de poitrine pour retrouver les codes indiquant son unité et la position occupée. Il s'aperçut que sa voix tremblait.

– Huit miliciens montent dans ma direction.

– Quelle unité ?

– Je n'ai pas vu le numéro des écussons, les uniformes sont ceux de l'A.P.L.

Il y eut un silence. Cela ne signifiait rien, n'importe quel gang pouvait se procurer des tenues, gilets pare-balles compris.

Il se retourna. Derrière lui se tenaient trois Aranis. Le chef était parmi eux. Il ne les avait pas entendus venir. Ils avaient baragouiné avec lui la veille au soir et il avait, en leur honneur, ouvert une caisse de bières danoises. Ils avaient fini la dernière bouteille avant le lever du jour.

La voix vibra dans l'appareil :

– Vous quittez le village et vous prenez position

à cinq cents mètres. On vous envoie des observateurs.

Raynart savait qu'ils n'arriveraient pas à temps. Les yeux du plus âgé des gosses étaient dans les siens. C'était un marrant, celui-là, chaque soir il faisait le clown devant les autres jusqu'à ce que ses oncles viennent le chercher à coups de lanières en peau de buffle qui ne l'atteignaient jamais.

– Ils vont photographier des cadavres.

– L'ordre est de vous replier.

L'étroite bande de cuir qui sertissait le béret de Raynart lui irritait le front. La migraine pointait.

– A vos ordres.

En 1994, le vice-coordinateur de l'unité d'urgence de l'O.N.U. avait conclu, avec la commission d'experts établie par la résolution 935 du Conseil de sécurité, à un chiffre de cinq cent mille morts. Une trentaine de plus ne se verraient pas beaucoup. Raynart cracha dans la poussière. Les tueurs seraient là dans quelques minutes. Il se tourna vers le chef du village dont les tempes grisaillaient : le crâne gardait la cicatrice d'un coup de baïonnette, la peau avait bourgeonné, cette fois, il n'aurait sans doute pas la même chance.

– Foutez le camp. Je vais discuter avec eux.

Je suis un gros plein de soupe, pensa-t-il, mais je ne quitterai pas ce pays de merde sans déglinguer un de ces assassins.

Ses hommes accouraient vers lui.

– Rejoignez les voitures et faites tourner les

moteurs. Une balle dans le canon mais personne ne tire sans mon ordre.

Il resta planté au milieu de la place et contempla son ombre courte. Personne ne ressemblait aussi peu que lui à Gary Cooper. Il remonta son pantalon, ferma le dernier bouton de sa vareuse et joignit les mains derrière son dos. Un instit dans une cour d'école, se dit-il, au moins aussi impressionnant, et devant moi les barbares.

Bacala apparut au bout de l'allée que dessinaient les huttes. Les barrettes brillaient aux épaulettes. Il était seul. Les autres devaient avancer sur les côtés pour bloquer les fuyards.

Ils se saluèrent militairement.

Bacala sourit. Ses yeux étaient invisibles derrière les lunettes-miroirs. Malgré la sueur qui maculait le col, la chemise avait conservé ses plis de repassage. Seule licence à la réglementation de la tenue, la boucle de ceinture était en plomb bariolé et Raynart pensa que si les Indiens en avaient réellement fabriqué de semblables, Custer avait eu bigrement raison de les exterminer.

Bacala exhiba une feuille pliée en quatre.

– Mon ordre de mission, dit-il, je dois procéder à la contrainte par corps d'une liste de personnes suspectées d'avoir participé, en juillet 1995, à la tuerie de Sangaré et qui se trouvent actuellement dans ce village.

Raynart paria qu'aucun nom n'était écrit sur le papier, mais il n'avait ni la possibilité de vérifier ni celle de s'opposer à ce qui allait avoir lieu. Restait à espérer que la plupart des habitants avaient eu le temps de s'enfuir en direction des montagnes.

Trois coups de feu retentirent. Du 11 millimètres.

Les deux hommes se retournèrent ensemble. Le Noir déboulait en diagonale. Une foulée large, les genoux montaient haut, il était nu comme un ver.

Sa tête explosa alors qu'il se trouvait en extension et, emporté par l'élan, il franchit encore trois mètres bien qu'il fût déjà mort.

– Un fuyard est un coupable, dit Bacala, nous savons reconnaître les innocents.

Sur la gauche, les moteurs des camions s'étaient déjà mis en marche. Raynart devina l'escouade attendant le départ sous le feuillage.

– Je reviendrai, dit Raynart, sans doute avant la fin du jour. Je remettrai mon rapport.

Bacala accentua son sourire.

– Vous retrouverez tout en état, seuls les éléments subversifs auront disparu.

Je devrais tuer ce fumier sur-le-champ, pensa le sergent-chef. Il va tous les embarquer et les égorger dans la brousse à quelques kilomètres d'ici. Les fosses sont peut-être déjà creusées.

Il tourna les talons et rejoignit ses hommes.

– On démarre.

Il lut le soulagement dans leurs yeux et grimpa dans la cabine du premier véhicule. Ses fesses

La Reine du Monde

n'avaient pas effleuré le siège que le chauffeur passait la vitesse. Derrière lui, les autres suivaient.

Raynart eut l'impression que la poussière qu'ils soulevaient formait un rideau ocre qui allait cacher les gestes meurtriers, les assassins pourraient opérer derrière le voile, le village était à eux.

Le chauffeur jura. Mensh, un Flamand.

Au centre du chemin, un des tueurs se dressait, main levée.

Ces salauds n'allaient pas non plus exiger une inspection des véhicules.

– On a quatre gosses sous la bâche, souffla Mensh.

Les paupières de Raynart battirent. Il souhaita que le rigolo soit parmi eux, qu'il fasse rire les paysans sur le pas des cases jusqu'à la fin des temps. Le rire de l'Afrique.

– On ne s'arrête pas, dit Raynart.

L'homme ne bougeait pas. Immobile dans le nuage de poussière lourde qui rendait ses pieds invisibles, Raynart le vit grossir à travers le pare-brise. Les essuie-glaces tartinaient sur les vitres une boue pourpre.

– Je vais l'écraser, haleta Mensh.

– On ne s'arrête pas.

Mensh vit la bouche s'ouvrir au ras du capot : il aurait pu en compter les caries.

Malgré lui, sa semelle décolla de l'accélérateur, cherchant le frein.

– Ne ralentis pas, hurla Raynart.

L'homme agrippa la calandre, s'arc-bouta des talons, tentant d'arrêter le véhicule, et glissa d'un bon mètre en arrière.

Mensh passa la seconde et embraya. Le soldat se jeta sur le côté, évitant la roue avant de dix centimètres. Son poing sonna sur le métal de la portière et il disparut dans la fumée.

Les larmes noyaient les yeux de Raynart. Il eut du mal à desserrer les doigts de la crosse quadrillée du colt-commander qu'il avait à moitié sorti du holster.

Le convoi parcourut dix kilomètres avant de s'arrêter. Raynart descendit, contourna le Dodge et souleva la toile de tente qui recouvrait le plancher. Il y avait trois fillettes et un garçon. Le clown n'y était pas.

Il distribua des rations à chacun et les gosses disparurent dans la brousse. La plus âgée des filles n'avait pas dix ans.

Raynart regagna la cabine et demanda une cigarette au chauffeur.

– Vous ne fumez pas, dit Mensh.

Il lui tendit une Gauloise sans filtre, et le sergent avala une gorgée bleue qui lui arracha la gorge.

– C'est bon pour les bronches, dit-il.

Ils regagnèrent le village à la tombée de la nuit : il était vide.

Raynart fit ranger les véhicules et se rendit directement à l'école. La porte avait été enfoncée et il entra dans la salle. Le chiffon pour la craie était suspendu au tableau qui avait été essuyé. Dans le coin droit, au pied de l'un des petits bancs, il y avait une pile de livres ouverts. Il s'approcha et en prit un. C'étaient des abécédaires : à chaque lettre correspondait un animal, le S était un serpent, dans le bas de la page l'élève avait écrit « serpent » une vingtaine de fois au stylo-bille. L'encre devait manquer car les derniers étaient à peine visibles, une grosse écriture appliquée. Il manquait toutes les barres des *t*.

Raynart reposa le livre sur la pile, glissa avec difficulté entre le pupitre et le siège, et son cerveau s'emplit du silence du lieu. Il pouvait voir dans les derniers rayons de la lucarne la terre battue de la cour : il s'y dessinait des empreintes de pieds d'enfants.

Il alluma la deuxième cigarette de sa vie. A travers la fumée, il se vit marcher dans les rues de Gand, un petit Noir rigolo lui tenait la main avec la grâce infinie de ceux pour qui la vie commence.

Marc

Je revois les nuits claires de Kitan...
Elles ne se confondent pas, il n'est pas vrai que les souvenirs se brouillent : elles étincellent en pluie d'argent, nous étions rois.

J'aurai réussi cela tout de même, rois de nos corps et de ce pays : cela a duré quelques années. Des rites s'étaient installés : le premier verre sous l'auvent de la véranda, l'osier du rocking-chair craquait, tintements de glaçons, on devinait les collines devant nous, l'Afrique s'ouvrait, si large, et le temps se pétrifiait.

Nous faisions l'amour plus lentement, elle avait une formule pour cela, c'était la baise Kitan, une si grande, une si intolérable douceur. En ces temps-là, les étoiles étaient proches.

Il y aura eu cet amour dans ma vie, c'est à cela que je dois me cramponner, c'est mon port d'attache, mon douloureux rocher.

Je distingue à peine les aiguilles lumineuses. Presque quatre heures. Je ne dormirai pas.

Parklay a téléphoné tout à l'heure. Il tient une piste mais il faut vérifier encore, recouper les indices. Ici, les personnels des ambassades ont été évacués par la route tout l'après-midi, les pistes d'envol sont impraticables. Les pillages ont commencé. Ce sont les dernières nouvelles.

J'ai placé des sentinelles pour signaler les rôdeurs mais cette nuit ressemble à une halte sans que j'en comprenne vraiment la raison, comme si cette obscurité était plus forte que les hommes et imposait une sérénité écrasante et hypnotique.

Pas un mouvement, tout s'est arrêté, il n'y a en cet instant que Marah et moi de vivants.

Cela va durer jusqu'à l'aurore, pour le moment les dieux multiples qui hantent les savanes ont triomphé, ils ont imposé cette halte, ils sont les maîtres des lieux.

La vieille Tanga a sorti les pierres sacrées et elle a révélé leur avenir aux filles de la plantation. J'ai entendu leurs rires tout l'après-midi. Elle avait prédit trois enfants à Marah, deux filles et un garçon. Le sang coule, les chemins des plaines et les sentiers des montagnes se couvrent de fuyards affamés, les massacres se multiplient et Tanga ne lit dans la poussière que des destins composés de mariages, d'amours, de réconciliations et d'enfants... Elle vit ici depuis toujours : le frottement de ses mains a poli les cailloux dont elle se sert et qui roulent, insensibles à la mort et au malheur.

La Reine du Monde

Je n'ai encore rien décidé à propos de la proposition de Zoran. Cela n'a pas grande importance.

Une voiture.

De l'endroit où je me trouve, je vois la silhouette d'un garde découpée dans la lueur des phares. La Ford du dispensaire. Béral.

Qu'est-ce qu'il veut à cette heure-ci ?

Je descends à sa rencontre. Il coupe le contact et vient vers moi. Il perd ses cheveux.

– Je me faisais chier et j'ai pensé que vous ne dormiez pas. En plus, je n'ai ni whisky ni cigarettes.

– Entrez.

J'ai allumé deux photophores supplémentaires. La pièce est en chantier, le toit manque et des murs ont été remplacés par des toiles de tente tendues sur des piquets, une odeur de suie règne encore, les décombres déblayés ont été entassés derrière.

Nous nous sommes assis sur les marches. Je n'avais jamais remarqué à quel point ses pommettes étaient saillantes.

– Quatre morts en six heures, dit-il, je vais battre mes records d'il y a deux ans. Vous savez la nouvelle ?

– Laquelle ?

– Ariana Verdine est partie.

Elle était la déléguée des Droits de l'homme à l'O.N.U. Cent cinquante observateurs, dix procureurs, vingt avocats et neuf juristes étaient prévus. Elle était arrivée seule, sans budget, sans personnel, sans véhicule. Elle baragouinait un dialecte et devait avoir recours à des interprètes à la solde de Biké qui traduisaient ce qu'ils voulaient.

– Elle en a eu marre et a démissionné. Je la comprends. Vous partez aussi ?

– Je ne sais pas encore.

Il hoche la tête, boit une rasade, tousse. Une liasse de billets vient de tomber de sa poche.

– Vous perdez votre argent.

Il ramasse les billets, les remet en place.

– Vous savez pourquoi je garde toujours ça sur moi ? Si je tombe sur une équipe de tueurs, je le leur donnerai. Ils me tueront quand même mais ils ne me couperont les couilles qu'après. Ça vaut le coup de faire des économies.

Je connais l'histoire. Les prisonniers paient à leur bourreau la balle qui les tuera, sinon ils seront achevés à la machette et ça peut prendre longtemps : le pays de la mort payante.

– Je n'ai pas de conseil à vous donner, mais tirez-vous. L'extermination a commencé et les vainqueurs vont dérouiller aussi. Il y a des cas de typhus dans l'ouest de la province, quatre cent mille réfugiés en viennent et déboulent sur nos terres. Vous avez du fric, allez siroter votre cocktail à Tahiti !

– J'ai une piste, dis-je, je vais savoir qui l'a tuée.

Il a eu un soubresaut.

— Je vous ai traité de con au cimetière et je crois que je vais devoir recommencer. Laissez tomber la vengeance. Le diable mène la danse et vous n'arrêterez pas la musique.

Pour la première fois depuis longtemps, l'envie de sourire m'est venue.

— Et vous, qu'est-ce que vous tentez de faire chaque jour ?

Béral a fini son verre d'un trait et je lui en ai versé instantanément un autre.

— Analgésiques et anesthésiques sont les deux mamelles de l'Apocalypse. Lorsque la pharmacie sera vide, j'irai planter des choux dans le Loir-et-Cher, ma terre natale, plus exactement j'irai soigner les varices des retraités et me spécialiserai dans les touchers de prostate, cela me remontera le moral... Pour ne rien vous cacher, j'en ai marre des cadavres, ils commencent à m'horripiler. Ces Noirs ne sont pas foutus de se maintenir en vie, et j'en conçois une animosité de plus en plus grande envers eux...

Il est lancé, à croire qu'il n'a pas parlé depuis une semaine et qu'il évacue le trop-plein.

— Vous savez si elle couchait avec des types ? Un jour elle m'a parlé d'un infirmier...

Béral a continué comme s'il n'avait pas entendu ma question :

— Vous n'avez jamais remarqué ? Les morts sont terriblement encombrants, ils pèsent lourd, deviennent durs, donc peu maniables, et se met-

tent à puer presque tout de suite, comme ce n'est pas suffisant ils attirent les mouches, les vers, toutes sortes de saloperies grouillantes. Pour parachever le tableau, lorsque vous vous en êtes débarrassé, ils reviennent toutes les nuits à l'intérieur de votre tête et c'est encore pire. Je les déteste...
Il n'y a pas eu d'infirmier, c'est une connerie qu'elle a dû vous balancer un jour où elle en avait plein les bottes de vous voir vivre sans elle.

J'ai rempli son verre à nouveau. A ce train-là, je vais être obligé de le raccompagner.

– Vous étiez amoureux d'elle ?

Il a étouffé un hoquet.

– Je suis un homme de catégories : un plume ne boxe pas avec un lourd, ou alors il prend une raclée. Je suis un poids moyen. Marah voyageait dans la classe supérieure, je l'ai su dès la première seconde, pas question de m'aligner dans la course. Quelconque et énervé, j'ai l'impression de puer de la gueule et la certitude de posséder une redoutable absence de charme. En plus, et en confidence, je baise comme un tamanoir. De toute évidence, cette femme vivait avec vous une histoire d'amour qui la remplissait des talons à la racine des cheveux, nous sommes donc devenus collègues et le sommes restés. Notre histoire est une non-histoire et je ne le regrette pas.

Il était venu se saouler. Marah m'avait raconté qu'il était spécialiste de la cuite brutale mais, quand les premières lueurs du jour dévoilaient la file des malades écroulés contre le mur du dispensaire, il était là, efficace et tendu.

Marah, viens encore me raconter tes journées. Je t'écouterai dorénavant, je saurai te faire comprendre que ta présence était dans ma vie comme le vent dans ces collines...

– J'ai découvert un truc, Marc : contrairement aux conneries qu'on a pu écrire, un monde qui n'a pas de sens est aussi vivable qu'un autre. Des hordes se déplacent, des montagnes aux plaines, s'arrêtent, repartent, s'étripent, meurent, je soigne et j'enterre, je ne sais pas pourquoi, plus personne ne sait, et tout continue, il n'y a pas d'Histoire, ni début, ni milieu, ni fin...

Il continuera à parler jusqu'à l'aube et je ne l'interromprai pas. Il se persuadera au fil des mots qu'il n'existe aucune explication au chaos dans lequel est plongé ce peuple. Ce n'est pas vrai, les raisons sont précises, ramifiées et multiples, la plupart m'échappent, je le sais, mais un instinct m'avertit... Une alliance étroite entre le pouvoir et le crime s'établit. Un monde se lève, celui des démons. Le mal s'incarne, la pitié fuit... Les Etats ont basculé, l'Europe est restée fixée sur l'époque où elle subissait l'emprise de ses grands prédateurs et elle ne s'est pas aperçue que d'autres naissaient, ailleurs, au-delà des mers... Allons, j'ai trop bu moi aussi, et avec l'alcool, on croit toujours aux romantiques vertus des désespoirs cosmiques, c'est le syndrome de Shakespeare, toute nuée est suspecte et présage les ultimes cataclysmes, alors que ce que nous vivons n'est après tout qu'une sale histoire de gangsters. La fin du monde n'est pas pour demain, les âmes des assassinés ne sonneront pas les trompettes du Jugement dernier, et aucun cavalier ne surgira du fond des temps pour tirer le rideau sur cette scène trop sanglante. Les morts continueront à pourrir dans les charniers de hasard, et les banquiers de Genève et de Hongkong rafleront la mise, rien de bien exceptionnel, telle est la norme.

Il est cinq heures et voici le jour.

Je ne me suis même pas aperçu que Béral était parti. La bagarre l'attend, celle de la douleur, des plaies ouvertes qu'il tentera d'apaiser ou de refermer.

Moi je continuerai à vivre pour la venger.

Amindi

Les chenilles de l'AMX brisaient l'asphalte trop fragile au fur et à mesure de leur avancée. La tourelle pivota sur la droite et les deux canons de trente millimètres crachèrent ensemble. Un des obus percuta le béton de la façade de l'ancien Parlement et un nuage de poussière grise masqua la moitié droite de l'avenue.

Sarbu se recroquevilla derrière un pan de muraille et tenta de repérer les snipers réfugiés derrière les vitres cassées des fenêtres. Le drapeau blanc avait été hissé mais cela ne signifiait rien. Le char tirait toujours.

C'était la fin. La radio avait annoncé que Biké s'était enfui la veille, et la plupart de ses généraux l'avaient suivi. Les troupes de Toramba grouillaient dans la ville et ne faisaient pas de quartier.

Il perçut le bruit des cisailles derrière lui et se retourna : deux des hommes de sa compagnie découpaient le rideau de fer du magasin. Les mains moites du caporal glissaient sur les poignées de l'outil. Il avait fumé sans arrêt depuis le début de l'attaque, et ses yeux semblaient avoir rouillé dans les orbites.

– Putain, dit-il, ça dérape. Amenez le Dragon.

Un des hommes déplia le tube télescopique du bazooka, c'était une arme à coup unique, jetée après usage. Il y en avait partout sur les trottoirs et dans les caniveaux, les roues des camions en avaient écrasé certains en roulant dessus.

– Ecartez-vous.

Sarbu se boucha les oreilles. Le missile glissa dans le tube et la fusée fila dans l'air, percutant la tôle ondulée qui s'envola d'un coup, arrachant les points d'ancrage.

Sans attendre que la fumée se dissipât, tous foncèrent dans le magasin.

L'obscurité surprit Sarbu. Dehors, les canons des chars tonnaient toujours. Dans quelques minutes, ils auraient atteint la place du Gouvernement.

Sarbu trébucha sur du verre brisé. D'un coup d'œil, il inspecta les vitrines, elles étaient vides. Des hommes couraient dehors, il se retourna et vit passer un fantassin, un sac de plastique bourré sur l'épaule. Le caporal jura et ressortit dans la lumière grise, entraînant ses hommes.

Sarbu s'attarda : il n'y avait rien dans la pièce.

Il se mit à pisser au centre du magasin, le bruit du jet d'urine étouffé par la moquette.

La fumée se dissipait et il vit une sorte de carré plus clair sur le sol, dans le fond près du mur.

Il s'approcha, s'agenouilla et passa son doigt sur les bords du revêtement.

Une trappe.

Il avait écouté pas mal de récits dans les bars qui longeaient le fleuve. Il se racontait que, durant les dernières émeutes, certains avaient fait fortune au cours de pillages dans les quartiers centraux. La plupart n'avaient pas procédé au hasard. Ils avaient repéré des boutiques juteuses et, en quelques secondes, avaient volé de quoi mener la grande vie jusqu'à la fin de leurs jours. Sarbu avait imaginé la course de ces gens portant des valises de billets, des sacs de diamants... Bien sûr, il y avait des pillards pleins de kif sortant des boutiques avec trois bananes et deux packs de bière, mais ceux-là étaient des amateurs. Peut-être en cet instant la chance venait-elle de basculer pour lui.

Dehors, le vacarme était assourdissant, le caporal se mit à courir derrière le char et les autres le suivirent. Il devina un groupe derrière les grilles : il bloqua la crosse de son P.M. et arrosa en quart de cercle. Il buta contre un cadavre au milieu de la route et entrevit l'éclair du métal au poignet droit du mort, il fit glisser le bracelet-montre, un chronomètre à cadrans multiples qu'il mit à son bras, puis il se barbouilla du sang qui recouvrait sa main droite. Au cours des fêtes d'initiation des adolescents promus aux rites de passage, il en était ainsi, ils deviendraient alors des chasseurs et des guerriers. Lui-même était donc désormais immortel et invincible.

A l'une des fenêtres, un des hommes de la garde personnelle de Biké vit surgir le char dans sa lunette de visée. Il lui restait un missile, un Cobra 2000 de dix kilos bourré de carburant solide. A moins de trente mètres, le blindage ne résisterait pas. Il écrasa le bouton de détente et le recul le propulsa contre la cloison.

Le tank se souleva et explosa en l'air, les deux cents litres de kérosène du réservoir s'enflammèrent et les cinq tonnes de métal tournoyèrent en torche. Arrachés de leurs attaches, les deux cent trente kilos de l'un des canons partirent en fronde, le jeune caporal les prit de plein fouet et croula dans la poussière.

Le choc secoua Sarbu dans le magasin et le projeta contre le battant de la trappe qu'il venait d'ouvrir. Le souffle chaud lui brûla les poumons et il plongea, tête en avant, dans l'obscurité des escaliers qui s'ouvraient dans le sol. Il amortit sa chute en protégeant sa tête de ses avant-bras et se releva aussitôt. La pénombre régnait dans la cave mais la lueur tombant de l'ouverture lui permit de voir les caisses entassées les unes sur les autres.

A présent, les bruits de la bataille lui parvenaient plus assourdis. Il glissa la lame de son poignard sous un des couvercles de carton et coupa le scotch qui le maintenait fermé. Il distingua des

La Reine du Monde

cubes sombres, des fils électriques et reconnut des chaînes haute-fidélité. Il en avait vu dans des bars et sur le marché aux voleurs, la nuit, derrière la gare routière.

Il fallait réfléchir vite et ne pas commettre d'erreur. S'il réussissait son coup, il serait riche. Plus question pour lui de racketter les putes isolées qui rôdaient sur le chantier abandonné de l'autoroute et qu'aucun mac ne protégeait. Il pourrait s'acheter des fringues avec marque américaine, une ceinture comme Bacala et fumer tout le kif qu'il voudrait.

Il fallait remonter, camoufler l'ouverture par laquelle il était entré pour éviter la visite des gangs de voleurs qui avaient déjà dû envahir les quartiers. Il reviendrait avec une camionnette pendant la nuit, une charrette s'il ne pouvait faire autrement, pour charger le butin. L'ennui, c'est qu'il lui faudrait un complice. Il devrait en trouver un facilement. Il lui proposerait de partager la prise mais, lorsqu'il l'aurait entreposée dans une cachette sûre, il le tuerait, c'est ainsi que tout fonctionnait, la vie était simple : tout garder pour soi, toujours. Alors commençait le bonheur.

Quelque chose luisait entre les piles des caisses, un reflet de plexiglas. Il s'approcha et reconnut des C.D. en vrac. Ils avaient glissé de l'emballage éventré.

Par l'une des baies du Hilton, les quatre officiers généraux de l'armée de Biké pouvaient voir la vague des unités de Toramba progresser à travers les jardins de la Préfecture. Une unique mitrailleuse tirait sur eux, elle tenait la position depuis plus de quatre heures et elle serait bientôt à court de munitions.

Le colonel commandant la place déboucla son ceinturon et, d'un coup de reins, se débarrassa de son pantalon de combat. Il portait déjà, à la place de sa veste de treillis, une chemise bariolée jaune et bleu de type hawaiien. Il enfila un short trop large et trop long qu'il roula sur ses hanches et lança ses papiers dans l'évier avec les autres qui flambaient.

Ses hommes l'avaient imité ou précédé : depuis une semaine, aucun n'avait fait un pas sans emporter des vêtements civils.

Le lieutenant Amindi eut un geste vers les tireurs et serveurs de la Vickers.

– Qu'est-ce qu'on fait ?

Le colonel haussa les épaules. Il se regarda dans la glace et constata avec satisfaction que sa barbe de huit jours lui donnait une allure peu militaire.

– S'ils se rendent, ils seront tués, autant qu'ils finissent les cartouches. Messieurs, nous nous séparons. Dans moins d'une heure les combats vont cesser et la foule va déferler dans les rues, vous vous y mêlerez, le reste est une question de

La Reine du Monde

chance et d'habileté, je sais que vous possédez l'une et je vous souhaite d'avoir l'autre.

Amindi le regarda tendre la main. Il avait déjà l'air d'un des marchands du souk qui passent leur vie assis en tailleur sur les sacs de grain, en prisant du tabac rouge. Il n'y avait qu'un problème : sa photo avait paru, à plusieurs reprises, au milieu des autres membres de l'état-major, et surtout il n'avait pas su résister aux sirènes de la notoriété : il avait participé l'année dernière à une émission de télévision sur l'Ecole militaire des cadets dont il était l'un des responsables. Si quelqu'un avait particulièrement besoin de chance, c'était lui.

Amindi resta le dernier et acheva d'enfiler le jogging qu'il portait le jour où il était entré dans l'armée.

Il avait cru en Biké.

Toramba était l'homme du crime et des magouilles. Biké avait tenté de durcir les rapports avec les pseudo-protecteurs européens, cela l'avait entraîné à la remise en cause de nombreux contrats économiques, il avait dû renégocier les conditions d'exploitation des gisements. Il avait tenté de lutter contre la corruption, de rétablir les équilibres budgétaires, de refondre les régimes fiscaux, de résorber les réseaux et marchés parallèles. Rien n'avait marché, surtout pas la lutte qu'il avait essayé de mener contre le trafic de fausse monnaie et la falsification des cartes de crédit.

Etrange personnage que l'ex-Président. Amindi

ne s'était jamais fait d'illusions, l'homme s'était constitué une gigantesque fortune personnelle, essentiellement due à un détournement de l'aide aux pays tiers-mondistes, mais l'argent volé venait d'ailleurs. Il avait géré à son profit les financements extérieurs mais son honnêteté avait été scrupuleuse lorsque la source de la richesse naissait du pays même.

Amindi s'était battu pour un demi-voleur, et il ne regrettait rien.

Il laça une vieille paire de baskets démodées et glissa un chief's Special dans son étui de cheville, un Smith and Wesson à canon court et poignée de combat Round Butt.

Il sortit dans le couloir désert. Les ascenseurs ne fonctionnaient plus et il emprunta l'escalier réservé au personnel de service. Les cuisines étaient vides. L'eau coulait d'un robinet dans l'un des bacs à vaisselle et, sans qu'il pût expliquer pourquoi, il le ferma.

Il se glissa à l'extérieur par une porte entrebâillée. Les jardins s'ouvraient devant lui : les flamboyants étaient écarlates sur l'azur violent. De l'autre côté du bâtiment, la mitrailleuse tirait toujours.

Il avait passé deux ans à Paris, il avait été un étudiant studieux, il s'était tapé des traités d'économie et avait admis que tout pouvait s'expliquer, les tyrans, la famine, la misère chiffrée à 94 dollars américains par habitant de produit national brut, mais, dans un recoin de son esprit, stagnait la vieille idée de la malédiction. La terre des savanes, des jungles et des grands lacs était la victime depuis des siècles d'un sort impitoyable sous lequel elle s'écrasait lentement... Mais il y avait une différence entre lui et ses aïeux dont il honorait la mémoire : il savait que cette malédiction pouvait être levée, et qu'ici comme ailleurs les démons étaient de chair et d'os.

Il planait une odeur de caoutchouc brûlé. Il escalada le mur d'enceinte de l'hôtel et vit au milieu de la rue des pneus en train de flamber. A l'extrémité, à l'opposé de la place du Gouvernement, il devina des groupes courant le long des façades : les pillards étaient en action.

Il décida de se mêler à eux : rester seul était le plus sûr moyen de se faire descendre. Il se laissa retomber et se mit à courir.

Il croisa deux bérets verts de Toramba en tenue camouflée et lunettes de soleil, chacun d'eux accroché à la poignée d'une caisse de munitions. Ils ne firent pas attention à lui, le bras portant la charge étiré par le poids. Il continua d'avancer et, comme il tournait l'angle, le battement des rotors d'un hélicoptère se fit entendre. Il leva les yeux et le vit : l'appareil rasait les toits, suivant l'enfilade de l'avenue. Sur sa gauche s'ouvrait un magasin dont la porte et le rideau de fer avaient été pulvérisés par un missile. Il entra et ne vit rien, ébloui par le soleil. Il laissa ses yeux s'accoutumer à la pénombre du lieu. Les deux rangées de vitrines qui garnissaient les murs étaient vides. Malgré le fracas de l'appareil au-dessus de lui, il perçut un frôlement près du sol et vit le corps d'un homme sortir de la trappe. Il se jeta à terre, arrachant le revolver de sa cheville. Sarbu tira le premier mais, tenu d'une seule main, l'AK47 lui échappa, doué soudain d'une vie propre. Amindi, à bras tendu, tira les cinq blindées de son barillet. Les deux premières brisèrent la même clavicule, la troisième arracha la mâchoire, les deux dernières forèrent le crâne incliné dans la chute. Le visage du garçon s'écrasa sur le plancher, le buste bloqué dans l'étroit passage.

Amindi rampa jusqu'à lui. Si l'homme avait tenu le fusil à deux mains, il aurait été vainqueur du duel, mais il n'avait pas voulu lâcher ce qu'il tenait dans l'autre main.

Il desserra les doigts cramponnés à un carré de plastique : c'était un C.D. Sur le couvercle, des lettres recouvraient en diagonale le visage d'un costaud en dreadlocks, un chanteur : Mano Fobé.

Van Oben

Dimanche.
Le téléphone a sonné très tôt. Van Oben a quitté son vieux porte-plume à l'extrémité mâchouillée et la Présidence lui a annoncé ce qu'il savait déjà : Toramba était revenu, la prestation de serment aurait lieu mercredi. Triomphe sur toute la ligne, mais pas de félicitations : il n'en avait jamais eu et il n'en aurait jamais. La règle du jeu.
Du coup, il a ouvert une boîte de foie gras achetée la veille au supermarché, très farineux : au prix où il l'avait payé, cela n'avait rien d'étonnant. Vers dix heures, il avait presque décidé de descendre jusqu'à la boucherie de l'avenue de Saint-Mandé acheter un bifteck, mais la flemme l'avait retenu. Pas de douche. Il n'avait pas envie de s'habiller. Une journée pyjama, comme il y en avait eu tant dans sa vie.
Il s'était installé sur la table de la cuisine et avait sorti cahier et encre. L'encre violette de toujours, la même marque que celle avec laquelle il avait

appris à écrire. Cela faisait quatre ans qu'il avait entrepris un essai sur le thème de l'apparent isolement du continent africain. La thèse était simple : pour le non-initié, tout ce qui se situait au sud du Sahara était un monde quasi fermé, sans communication véritable avec le reste de l'univers. Or rien n'était plus faux, aucune nation n'était davantage reliée au reste du monde que la myriade d'Etats situés entre Cancer et Capricorne. Il s'était tissé, avec ou sans l'accord des gouvernements et, la plupart du temps, avec des approbations occultes, toute une toile complexe de relations politiques, économiques et financières informelles. Des compagnies aériennes multiples, des transports terrestres incessants acheminaient des marchandises vers Dubaï, Hongkong, l'Europe, plus particulièrement l'Italie, mais aussi l'Amérique du Nord, l'électronique n'y échappait pas. Qui pouvait savoir que des compagnies sénégalaises contrôlaient le commerce des ordinateurs jusqu'à New York et Séoul ?

Van Oben trempa la plume Sergent-Major dans l'encrier de verre et écrivit ce qui devait clore son avant-dernier chapitre : « L'Afrique a sauté son passage à l'Histoire. Elle a fait l'économie d'un maillon de la chaîne du temps. Directement, elle est passée du monde immobile et répétitif des saisons à celui, exacerbé, du crime. Si l'on définit l'Histoire comme l'équilibre fragile et maintenu par d'incessantes luttes entre le Bien et le Mal, ce continent échappe à cet affrontement, il a basculé, ivre d'une apparente et factice liberté, entre les bras des plus forts. Nul plus que l'Africain ne croit en la vertu de l'exemple. Marx l'a répété : l'idéologie dominante est celle de la classe dominante, il en découle que le modèle offert aux générations à venir est celui des assassins. »

Par la fenêtre, à travers les rideaux de la cuisine, il pouvait voir le sommet des arbres du bois de Vincennes tout proche.

Il posa sa plume et ferma les yeux. Deux images se superposèrent : celle des fresques du musée qui avaient décidé de sa vie et celle du listing reçu quelques jours auparavant en provenance des services diplomatiques de différents pays concernant les visas délivrés le mois dernier. Parmi les voyageurs chinois, siciliens, libanais, russes, ukrainiens et israéliens en déplacement pour affaires, quatre cent cinquante-trois étaient des trafiquants notoires et membres d'organisations fichées par Interpol. Il y avait aussi des notables africains qui s'étaient envolés vers de nouveaux marchés concernant les stupéfiants, les diamants, les minéraux et les filières d'immigration clandestine.

Il soupira. Il lui restait beaucoup de travail sur la planche, il lui fallait démontrer que lorsque le lien de dépendance entre un pays colonisé et son colonisateur se brise, que les forces révolutionnaires responsables de la rupture n'ont pas de culture démocratique, il en résulte une gangstérisation des sphères du pouvoir, une fusion du judiciaire, du politique et de l'économique, et un effacement du parlementaire instauré pour la galerie. Et qui disait gangstérisation disait lutte des gangs, facilitée et exacerbée par les conflits traditionnels des ethnies.

Quelques jours auparavant, alors qu'il s'apprêtait à quitter le bureau, Mme Fereira avait apporté une pile de messages qu'elle venait de décoder. Les chiffres étaient ceux qu'il prévoyait : nombre de victimes au cours des combats, celui des réfugiés dans les camps de transit, disparitions, découverte de deux charniers en bordure des routes... la routine.

Il avait levé les yeux vers elle. Toujours ce tailleur qui ne lui allait pas. Elle avait pris du poids avec les années qui avaient filé. Il avait posé la question sans réfléchir, peut-être parce qu'il avait ce jour-là besoin de bavarder avec elle, parce que la soirée était douce et Paris vide, les vacances avaient commencé.

– Pourquoi est-ce que je fais cela, Françoise ?

Elle l'avait regardé, étonnée.

– Mais... pour la France, monsieur Van Oben.

Il avait ri devant le ton d'évidence qu'elle avait pris. Il se demanda si elle y croyait encore, si lui-même y croyait encore. Au début, oui, il avait été ce bon petit soldat de l'ombre, tentant de colmater les brèches, réparant les liens brisés ou distendus. Ils se distendaient de plus en plus d'ailleurs, la raison en était simple : elle s'appelait l'Amérique. Longtemps absents de l'horizon africain, les Etats-Unis arrivaient en force, l'Europe se refermait, préoccupée d'elle-même, les anciens empires colonisateurs laissaient tomber. L'aide par les Etats était supplantée peu à peu par l'investissement privé. Le résultat était le même, toujours à sens unique : le profit est toujours du côté de celui qui avance l'argent. Van Oben avait parfois l'impression d'être le dernier rempart contre l'implantation des grands trusts d'outre-Atlantique. Françoise Fereira avait raison d'une certaine façon, il se battait pour la France, contre Clinton, au fond, la vieille tentation n'était pas morte, celle qui avait poussé les pionniers de la fin du XIXe siècle à s'implanter sous l'équateur était bien semblable à celle d'aujourd'hui : retirer un avantage, si bénin soit-il, des liens établis... L'héritage, il était un conservateur jusqu'au tréfonds de l'âme...

Mme Fereira avait quitté la pièce et il se demanda si elle n'avait pas été offusquée par sa question. Quelques minutes après, elle était revenue.

– J'ai oublié de vous en parler : avant-hier j'ai été abordée par un homme. Il s'est présenté comme journaliste. Il a prétendu que mon nom lui avait été donné par le ministère de la Culture, département des Musées nationaux.

– Vous êtes documentaliste, spécialisée en arts

africains et océaniens, rien d'étonnant à cela. Je suis sûr que vous vous en êtes bien tirée.

Un fouinard, il y en avait de plus en plus.

– J'ai vérifié au ministère.

– Et alors ?

– Ils lui ont en effet donné mon nom.

– Vous voyez...

La rassurer d'abord. Elle était solide, jamais il ne l'avait vue affolée, mais on ne savait jamais.

– Pour qui travaillait-il ?

– En free-lance pour Radio France internationale et des radios africaines, il m'a montré des revues universitaires dont il était le rédacteur en chef.

– Il a utilisé un magnétophone ?

– Je ne crois pas.

C'était difficile d'en être sûr, la miniaturisation avait fait d'immenses progrès en quinze ans.

– Mon nom a été cité ?

– Une seule fois. Par lui.

– Il vous a dit le sien ?

– Parklay. Benjamin Parklay.

Depuis, ce nom lui trottait dans la tête. Il avait passé un coup de fil aux services de sécurité par prudence, il n'avait rien appris de particulier, un journaliste comme tant d'autres, établi outre-mer depuis plus de trente ans, un personnage comme il en traînait dans les romans postcoloniaux : on l'imaginait imbibé de whisky, égrenant dans les bars des grands hôtels des sentences métaphysiconostalgiques sur la décomposition des empires et les conséquences du dépaysement prolongé sur la condition humaine, sans doute, Parklay ne correspondait pas au mythe, personne n'y correspondait plus.

Il rangea son matériel dans le placard au-dessus de l'évier et, comme à chaque fois, se dit qu'un jour il achèterait un bureau. Il pouvait aménager une pièce à l'étage, installer des étagères pour les bouquins, un fauteuil pour y traînasser. Plus tard. A la retraite, s'il y parvenait...

Aujourd'hui, grâce à lui, grâce aux nouveaux hommes qu'il avait installés aux commandes, des fortunes se constitueraient ou se consolideraient, sa paye ne changerait pas, un salaire fixe mensuel de 13 343,58 francs. Pas une augmentation en cinq ans, pas un bakchich, il s'en foutait.

Il y avait un jeu auquel il aimait se livrer : repérer dans la liste des nouveaux ministres, diplomates ou chefs militaires, celui qui, dans un délai plus ou moins calculable, tenterait sa chance et se lancerait dans l'aventure d'un coup d'Etat. Autrefois, le nouveau prétendant au poste suprême sortait de l'opposition, qu'il fût en prison ou en exil, et s'appuyait sur le mécontentement populaire : aujourd'hui, il n'y en avait pas. Biké avait définitivement baissé les bras, et aucune personnalité ne surnageait, les Mandela étaient rares, les marxistes avaient disparu, il n'y aurait plus de Lumumba.

Van Oben examina la liste des compagnons de Toramba. Il possédait une fiche sur chacun d'eux : les trois quarts n'étaient que des seconds couteaux, ceux que les psychologues appelaient des chiens de berger, ils ne tenteraient rien par eux-mêmes et leur charisme était insuffisant pour qu'ils puissent devenir des leaders. Il en isola cependant trois, et plus particulièrement l'un d'eux. Il s'était toujours tenu à l'écart des massacres et avait suivi une formation militaire stricte. Il avait dirigé une O.N.G. interne au pays et en avait été le coordinateur. Cela signifiait en clair qu'il avait créé un réseau d'espionnage qui devait couvrir le pays à la manière d'une toile d'araignée. Il avait une formation d'ingénieur informaticien et il appartenait à l'ethnie dominante.

Van Oben sourit et paria avec lui-même : dans moins de cinq ans, cet homme, Samuel Ezindo, remplacerait Toramba. On pouvait déjà miser sur lui, il en parlerait à la cellule présidentielle. On lui laisserait le temps de s'exercer à sa tâche de ministre de l'Information ou de l'Intérieur, puis d'en tirer quelque expérience, l'homme n'avait pas quarante ans... Dans dix-huit mois, il serait temps de le contacter.

Allons, il faisait décidément trop beau, il fallait sortir un peu. Il passerait par le bois, longerait le lac Daumesnil, il pénétrerait dans l'île par les ponts et regarderait les barques, les canards et les amoureux, il devait bien en rester quelques-uns.

Toramba-Raynart

Les Dodge croulaient sous l'avalanche des soldats, les hommes se cramponnaient aux ridelles.
Depuis une heure, ils sillonnaient les avenues de la capitale, tirant des rafales jusqu'à épuisement des stocks des chargeurs.
La victoire.
La foule s'était massée dès le matin place de la Libération. Toramba était arrivé sur le coup de midi en voiture blindée et s'était enfermé dans le palais. Le bruit avait couru qu'il apparaîtrait au balcon et ferait une proclamation à quatorze heures, on avait pu voir les hommes des unités spéciales installer des haut-parleurs. Les caméras de quatre agences internationales de télévision avaient pris position à l'intérieur des jardins de l'édifice présidentiel. Très tôt le matin, une explosion avait secoué la ville. Les derniers partisans de Biké avaient fait sauter un dépôt de munitions, détruisant une partie du bidonville tout proche : il y avait eu dix-sept morts.

La veille, Raynart avait reçu les derniers ordres de la bouche même de son capitaine. L'opération Améthyste était terminée. Il fallait se tenir prêt à être évacué par la route, l'aérodrome était pour longtemps impraticable.

Il avait failli demander en quoi avait consisté l'opération Améthyste, mais il s'était tu. Ils s'étaient trimbalés d'un village à l'autre, avaient regardé passer des files de réfugiés et escorté deux semaines auparavant trois camions de lait en poudre qui s'étaient évaporés entre deux contrôles routiers.

Les ordres étaient de ne pas entrer dans la capitale et d'attendre les camions de la MINUAR. Ils auraient un millier de kilomètres à parcourir par la route, les trois quarts carrossables, et ils embarqueraient sur un terrain d'aviation militaire aujourd'hui désaffecté, proche de la frontière du nord. Certains détachements resteraient en protection à la porte des camps, leur présence dissuaderait toute attaque venant d'éléments incontrôlés.

C'est ainsi que Raynart avait repris position en bordure de route, près du village qu'il avait dû livrer aux hommes de Bacala.

Il avait demandé quand aurait lieu le départ, le capitaine avait haussé les épaules.

– Pas avant vingt-quatre heures.

Raynart réfléchit : ce laps de temps lui serait suffisant pour savoir ce qu'il voulait savoir. La patrouille qui avait vidé les cases n'avait pas dû aller très loin. Ils étaient à pied et n'étaient pas

La Reine du Monde

hommes à perdre leur temps à escorter les villageois prisonniers jusqu'au sentier de montagne qui menait au camp le plus proche...

Raynart fouilla dans son sac et en tira une paire de jumelles avec mesure infrarouge des distances et boussole électronique intégrée. Il s'en était servi en Sierra Leone et n'ignorait pas qu'à mille mètres il pouvait, avec cet appareil, voir un puceron sur une brindille.

Il vérifia l'heure : il était près de midi. Il confia le commandement au caporal le plus ancien et partit d'un pas de promeneur. Le soleil était au zénith et il marchait sur son ombre. Malgré la chaleur, il boucla les sangles de son gilet pare-balles. La fournaise était telle qu'il se demanda au bout de quelques pas si les hautes herbes, jaunes et cassantes, à travers lesquelles il avançait, n'allaient pas s'enflammer d'un coup. Tout grillait. Il était la seule personne vivante dans la lumière survoltée, il se tenait au cœur du pays de la vie impossible.

Zoran s'étira, relut les dernières lignes et rectifia la ponctuation.

Le bureau présidentiel grouillait d'officiers à barrettes. Pas l'idéal pour la concentration nécessaire à l'élaboration d'un discours destiné à ouvrir une nouvelle ère de paix, de justice et d'abondance dans cette contrée mais il savait ce qui plaisait aux foules. Il n'avait même pas eu besoin de se reporter aux proclamations antérieures, il était particulièrement satisfait du début : « Je suis à cette heure un général victorieux. Un général victorieux qui ne demande qu'à être le Président d'une nation paisible. Une nation qui traitera dorénavant avec justice et équité l'homme des rizières et le plus haut des fonctionnaires. J'en fais ici, en ce jour historique, le serment solennel, une ère nouvelle s'ouvre, nous allons ensemble la bâtir. »

Zoran marqua au Stabilo les mots sur lesquels l'orateur devait insister, il pouvait apercevoir entre les têtes le crâne rasé de Toramba, le téléphone collé à l'oreille. Un curieux mélange d'odeurs planait dans l'enfilade des pièces, celle de la cordite mêlée aux after-shaves des officiers et des futurs hauts dignitaires qui s'affairaient sous les hauts plafonds.

Le discours ne devait pas durer plus de dix minutes. Avec les interruptions d'applaudissements, cela atteindrait la demi-heure, ce qui serait suffisant pour que les journalistes présents à la cérémonie puissent parler d'« enthousiasme indescriptible ». Il lui faudrait aussi visionner les cassettes rendant compte de l'événement au journal du soir et superviser le commentaire. La journée n'était pas terminée, loin de là.

Raynart eut l'impression d'une lame d'acier brûlante appliquée sur la nuque. Il remonta le col de sa chemise pour se protéger. Cela faisait près d'une heure qu'il marchait. Il estima la distance parcourue à trois kilomètres. Il avançait lentement, entravé par la violence de la chaleur, le ciel avait la couleur de la flamme du gaz et il traversait des ondes brûlantes. L'air sous les rayons du soleil résistait par vagues fluctuantes comme celles d'une mer invisible. Il avait quitté la zone des hautes herbes et le sol était devenu plus rocailleux.

Ce qu'il faisait n'avait pas de sens et il en avait pleinement conscience : les tueurs avaient dû abattre les prisonniers alors qu'ils se trouvaient encore dans la savane. Personne ne pouvait les découvrir, les tiges en s'inclinant recouvraient les corps, seules les hyènes avaient pu découvrir la trace, les chacals avaient suivi, emportant les restes.

Une ligne d'arbres courts serpentait, révélant le fil d'une rivière dont il ne put distinguer le miroitement. Il régla les jumelles à l'aide de la molette crantée, et les feuillages jaillirent. Il abaissa l'appareil avec lenteur : malgré le soin qu'il prit à déplacer lentement les lentilles, le paysage défila en un travelling échevelé, des blocs érodés surgirent entre les troncs et il comprit pourquoi l'eau était invisible, les arbres s'alignaient le long d'un ravin, une faille courait à la surface de la plaine, une coupure dans une main ouverte.

Il mobilisa les oculaires et, le système antireflet le protégeant des réverbérations, il put distinguer sous les frondaisons une agitation soudaine.

La Reine du Monde

Il s'agenouilla et scruta pendant une longue minute : en une fraction de seconde il entrevit le frisson goudronneux d'une aile huilée.

Les rapaces. Ils grouillaient le long de la faille.

Il rangea les jumelles dans l'étui et prit la direction où se tenaient les charognards.

« Nous connaissons nos ennemis, pouvant les identifier nous pouvons les combattre, ils s'appellent crise de l'économie, fragmentation du pouvoir, détournement des biens, faiblesse et pourrissement de l'autorité centrale, cela, j'en fais le serment devant vous, je le supprimerai. Ensemble, nous réinstaurerons un Etat fort pour servir un pays fort. »

Toramba se tut et écouta monter vers lui la houle profonde de la rumeur, la vague grandissait puis s'éloignait. La foule s'était amassée depuis des heures et emplissait l'esplanade. Sur la gauche, après la rotonde centrale, les tambours avaient commencé à battre et les danses suivraient, elles dureraient toute la nuit en l'honneur de son retour.

Il savait qu'il reviendrait, il l'avait toujours su, même aux heures les plus sombres de l'exil. Il laissa s'apaiser la vague des cris. Avant de reprendre le fil du discours, il se demanda si ceux qui l'applaudissaient aujourd'hui étaient les mêmes que ceux qui avaient hurlé leur enthousiasme à Biké, deux ans auparavant. C'était possible, quelle importance cela pouvait-il avoir ? Le peuple n'aimait que les vainqueurs, et aujourd'hui c'était lui.

« La violence et la ruse ont vécu leur dernier jour, nous déclarons la guerre au crime ! »

Il leva les bras et de nouveau la rumeur enfla, elle lui sembla venir de l'horizon, grossir de mètre en mètre pour éclater au bas de l'estrade où il se tenait, il eut la sensation d'une digue rompue, d'une masse sonore se précipitant sur lui pour le submerger sous l'écume de sa tempête.

Raynart se glissa entre les rochers et vit le premier corps accroché à la paroi opposée à celle où il se trouvait. C'était celui d'une femme, les soldats l'avaient projetée avec une telle violence qu'elle semblait s'être encastrée cinquante mètres plus bas, elle pendait, la tête en bas, retenue à une anfractuosité par son genou plié. La faille était étroite à cet endroit, et l'envergure des vautours trop grande pour qu'ils puissent l'atteindre. Le visage semblait intact.

Il s'approcha le plus possible du bord, évitant les éboulis pour que son regard puisse plonger jusqu'au fond du canyon, mais un surplomb l'en empêcha. Il allait devoir descendre. La muraille semblait former un pan vertical mais il devait être possible, en se cramponnant aux racines et aux aspérités, de parvenir jusqu'au fond.

La Reine du Monde

Les danseurs avaient envahi la place et Toramba dut attendre que les hélicoptères se soient éloignés pour reprendre son discours. Un court instant, dans le fracas des rotors, les pales avaient brassé l'air juste au-dessus de lui, quatre anges d'acier venus saluer son couronnement. Il avait dû retenir d'une main les feuillets de son discours, et, de l'autre, son béret où brillaient les étoiles d'or.

« Nous devons aujourd'hui avoir une pensée pour ceux d'entre nous qui ont donné leur vie en un combat juste et loyal. Leur sacrifice devra inspirer notre démarche envers nos ennemis d'hier qui sera un juste équilibre entre la fermeté et le pardon... »

L'estrade derrière l'orateur était envahie de gradés encore en tenue de combat. Derrière les carrures massives de deux colonels de régiments de parachutistes, les lunettes éclatantes de Bacala scintillèrent quelques secondes dans le soleil de l'après-midi.

Les corps étaient éparpillés sur les blocs au fond du ravin. Raynart buta dans une pelle pliante de tranchée dont le manche était brisé, il y avait des traces sombres sur le fer. Il se demanda si la plupart avaient été tués avant d'être jetés dans le vide. Il sortit l'Olympus de sa poche et ses doigts effleurèrent le dispositif de protection. Il enclencha la pellicule.

A quoi cela servirait-il ? Une vingtaine de corps démantibulés, écrasés sur les pierres d'un torrent, cela n'intéresserait personne, des radios avaient déjà parlé de cinq cent dix mille morts, le mot « génocide » courait sur les pages des magazines... Raynart les avait tous connus, ces masses éclatées avaient été des femmes rieuses penchées sur les marmites du soir, elles sentaient les yeux des hommes sur elles et il leur en venait des fous rires...

Il enjamba un cadavre et rangea son appareil. La sueur coulait en nappes sur son front. Il ne voyait pas le gosse, il était agile, rapide, il avait peut-être pu fuir. Il fallait qu'il sache s'il avait pu échapper au massacre, il le fallait. Mon Dieu, faites que je ne le retrouve pas.

« Libres et indépendants, nous deviendrons un exemple pour l'Afrique et pour le monde. La main que nous tendons n'est pas celle d'un mendiant, elle est celle, loyale, d'un ami... »

Déjà les visages étaient rongés de vermine. Dès les premières pluies, les corps dériveraient, resteraient un temps collés aux berges avant d'être emportés par les rapides. Ils descendraient les cascades, plongeraient dans les gouffres.

Raynart plaqua un foulard sur son nez pour se protéger de la puanteur. Vingt-sept, ils étaient vingt-sept, le clown n'y était pas. Ils ne l'avaient pas eu, trop malin pour ces bouchers.

« ... gouvernement de conciliation nationale, de réunification..., le chemin est tracé, nous le suivrons. »

Raynart s'assit sur les pierres brûlantes. Il était parvenu au coude du ravin : il inspecta une dernière fois du regard les anfractuosités des à-pics pour vérifier si aucun corps n'était resté suspendu. Non, il en était sûr à présent, le gosse s'était carapaté. Sans qu'il pût comprendre pourquoi, ses larmes débordèrent...

Toramba leva les bras tandis que le bruit des tam-tams couvrait celui de la foule. Un civil le masqua un instant, débranchant les micros. Il réapparut et sourit pour la première fois aux caméras.

Ils ne l'avaient pas eu, bordel, pas lui, ils ne l'auraient jamais car le môme était le vent, le rire, le soleil, la poussière et la savane, il était le lionceau, l'aigle et le guerrier : il était l'Afrique.

Marc

Trois familles seulement sont revenues à Kitan. J'y suis passé ce matin et un des villageois m'a expliqué qu'ils ne pourraient sûrement pas rester : l'eau des puits a été empoisonnée, on a jeté dedans des corps de suppliciés. Il ne sait pas ce que sont devenus la plupart des habitants, peut-être se trouvent-ils encore dans les camps, peut-être ont-ils été tués par les gendarmes, il y a aussi la faim et l'épuisement. Il pense également que les bandes qui terrorisent la région sont de faux déserteurs contre lesquels Toramba fait semblant de se mettre en colère. Ce sont en fait des unités régulières chargées de compléter l'extermination des Mangenes. Lorsque tous seront morts ou auront fui, les terres seront libres et le gouvernement les vendra au plus offrant. Je n'ai pas cherché à rassurer le villageois. Pourquoi l'aurais-je fait ? Il y a certainement une part de vérité dans ses paroles, il faut qu'il suive son instinct et il lui commande de partir... Dans quelques jours, malgré la paix revenue, Kitan sera un village mort, il ne sera pas le seul. Il n'y aura pas de récoltes cette année, le marché est vide comme les ruelles qui l'entourent, seule une vieille s'est accroupie, poussée par l'habitude, sous son parapluie planté dans le sable : devant elle, une bassine de piments rouges desséchés, du cacao pulvérulent et deux poules attachées par les pattes. Comment a-t-elle fait pour survivre ? Sait-elle que personne ne viendra plus ?

Il y a quelques mois, les troupeaux de bœufs à longues cornes descendaient des pâturages et envahissaient la place, débordant dans la plaine, les bâtons des bouviers émergeaient seuls de la poussière soulevée, les meuglements ininterrompus recouvraient les aboiements des chiens : c'était le grand rassemblement de la province.

J'ai tenté de dresser la liste des absents. Aidé par les rescapés, je suis arrivé à deux cent quatorze personnes. J'essaierai de savoir ce qu'elles sont devenues, je n'ignore pas que ce sera difficile, les autorités d'accueil des principaux camps sont débordées et ne se soucient pas de relever les identités des populations.

Bazinga est mort. Le vieux prince imbibé d'alcool de riz a pété les boulons : un soir, avant que le soleil ne se couche, il est redescendu des collines où le groupe de fuyards s'était terré. Il s'est planté au milieu de la route par laquelle montaient les camions de transport des troupes. Que s'est-il passé dans la vieille tête perdue ? Le souvenir des bravoures anciennes ou l'envie d'en finir plus vite ? Il a brandi la courte sagaie des chasseurs de lions et a couru du trot saccadé des ivrognes vers le mufle d'une automitrailleuse, la pointe de fer s'est cassée sur la plaque de blindage et il s'est fait écraser tandis que retentissaient les rires des soldats.

Je remonte vers la Jeep que j'ai laissée derrière les premières huttes.

Il y a un homme près de la portière. L'ombre du turban me cache son visage. Le jean est déchiré, les pieds sont nus. Il s'avance et le passé bondit : le passé est comme une lionne affamée, une chasseresse aux portées innombrables qu'elle doit nourrir absolument...

Amindi.

La finesse des poignets. La mémoire découpe le corps, elle opère en chirurgien, détachant un détail de l'ensemble : cela m'avait toujours frappé chez lui, ses attaches fragiles, sous la peau sombre le jeu des muscles et des cartilages dessine une harmonie délicate mais huilée, parfaite. Bizarrement se dégageait de cette apparente délicatesse une force tendue, celle de l'acier et des félins.

– Marah est morte.

– Je l'ai appris.

Nous nous regardons comme doivent se regarder tous ceux qui ne s'attendaient pas à se revoir. Il était officier dans l'armée de Biké. Nous avions eu une conversation rapide le jour de son engagement, il m'en avait expliqué les raisons en quelques mots, j'avais tenté de le faire changer d'avis : il savait aussi bien que moi que le Président avait accéléré les procédures de privatisation et créé des factions qu'il avait dressées les unes contre les autres, toutes les directions des entreprises publiques avaient été placées entre les mains des proches du pouvoir... le fameux premier cercle.

J'entends encore sa voix : « Toramba est pire. Nous n'avons plus la latitude de choisir entre le Bien et le Mal, mais entre le mal et le moindre mal. »

Je ne l'avais pas convaincu. Je n'avais pas insisté, c'était peine perdue.

– Je peux rester chez toi quelque temps ?
– Bien sûr.

Sept ans avaient passé depuis notre première rencontre. J'avais cette année-là emmené Marah au-delà des grands lacs, nous étions arrivés dans les terres ocre, le territoire des Tambermas, le pays des maçons. Les villes ressemblaient à des citadelles, des remparts ceinturaient les fermes. Au couchant, les murs s'incendiaient, les collines pierreuses se dressaient et la plus haute était couronnée d'une forteresse de pierre et de boue rouge que les soleils avaient cuite et recuite, son ombre s'étendait sur la plaine. Des cavaliers baribas étaient apparus et l'or incrusté dans le cuir des selles scintillait dans la pourpre des derniers rayons. Amindi s'était approché et nous avions bu du thé amer. Il avait parlé de Paris qu'il connaissait si bien que je l'avais soupçonné d'avoir passé plus de temps en flâneries de bords de Seine que sur les bancs de l'université. Il avait protesté et le lendemain il nous guidait à travers le pays somba jusqu'à l'ancien royaume d'Oya où les statues étaient de bronze et d'ivoire. Un voyage de trois jours.

Le soir de notre retour, nous nous étions retrouvés, Marah et moi, au pied de la forteresse, et nous y étions montés.

Le château des Rois noirs.

C'est le lendemain matin qu'Amindi nous avait conté la légende de cette forteresse. Marah avait allumé la première cigarette du matin, la fumée bleue dans le ciel déjà clair, les boys chargeaient la voiture.

– L'histoire a eu lieu au temps des premiers royaumes haoussas. Une des princesses tomba amoureuse de l'un des jeunes guerriers qui gardaient le palais. Cela déplut au roi qui les fit enfermer tout en haut de cette citadelle. Il interdit à quiconque de leur apporter à manger, cela équivalait pour eux à mourir de faim. Au premier matin de leur enfermement, le jeune homme grimpa sur le rempart le plus élevé, visa de son arc le premier oiseau qu'il vit et le transperça de sa flèche.

Le sang coula si abondamment qu'il teinta de

rouge la colline et les murailles. Quant à l'oiseau, son plumage devint blanc à jamais. C'est à dater de ce jour que les colombes furent blanches et que cet endroit s'appela « la forteresse de la Colombe ».

Marah avait souri.

– Une belle histoire, presque trop belle.

Amindi avait hoché la tête.

– Vous avez raison. C'est mon grand-père qui l'a inventée pour épater les missionnaires et leur soutirer un peu d'argent. Les légendes africaines n'obéissent pas à une telle rigueur. Le vieux était un malin, sans être sorti de la brousse il avait compris le fonctionnement des mentalités occidentales. Les trois quarts des récits mythiques qu'ont rapportés les ethnologues ont été fabriqués pour eux spécialement : pas plus roublards que les griots...

Dans les années qui suivirent, Amindi était venu plusieurs fois dans le domaine, il préparait une thèse d'économie comparée des différents continents et un mémoire sur la forêt sacrée et le culte d'Oshun, mais le monde dans lequel il se trouvait bougeait trop vite pour s'enfermer dans le savoir et l'érudition. Plus tard il y reviendrait, lorsque les choses se seraient apaisées.

– Tu es recherché ?

– Je suis sur leur liste.

– Monte.

Je suis heureux qu'il soit là, je sais pourquoi : nous parlerons d'elle. C'était inévitable, ce que nous avions vécu ensemble allait au fil des souvenirs devenir des jours heureux. Le temps se diviserait, il y aurait deux époques : celle avec Marah et celle sans Marah. Les soirées à venir se peupleraient de son visage, la nostalgie monterait comme une eau tiède, une mère caressante et dispensatrice de douleurs. Amindi l'étudiant, le guide souriant des fêtes disparues.

La Jeep danse sur le sentier défoncé, nous roulons à l'ombre et la sueur sèche sur ma peau.

– Tu gardes le domaine ?

La route tourne et descend, je passe la troisième.

– Zoran m'a proposé de le racheter.

Il a un rire court avant de dire :

– Ce type a un but précis dans la vie, faire de ce pays le premier producteur de marijuana, le premier importateur et exportateur de cocaïne et d'héro. Il a tout pour réussir, la terre et les hommes, un savoir-faire commercial ancestral et un réservoir de délinquance à peu près inépuisable. S'il sait structurer et bâtir le tout, il sera un super-Escobar. Si ce monde va mal il finira sur une montagne d'or, s'il va bien il prendra trois balles dans la tête. Tu dois vendre.

Je savais tout cela. Il a ajouté :

– Tu sais parfaitement que, si tu refuses, il te tuera.

Je le sais mais il me reste un peu de temps pour donner ma réponse, pour l'instant le problème est de cacher Amindi. Il y a trop de monde dans l'exploitation, il est à la merci d'une indiscrétion, d'un mouchard, les têtes des ex-officiers ont été mises à prix. Je peux pendant quelques jours le faire passer pour mon nouveau chauffeur, je n'ai pas encore remplacé Somba, mais il faudra rapidement trouver autre chose.

Le téléphone a sonné quand j'ai mis le pied sur la véranda. La voix était proche.

– Parklay.
– Tu es rentré ?
– Il y a deux jours.

L'appareil grésille. Est-ce le signe que je suis sur écoute ?

– Alors ?
– J'ai trouvé.

Marah. Elle avait une préférence pour ce fauteuil, elle s'y effondrait le soir lorsqu'elle rentrait d'une tournée en brousse. Elle avait toujours le même geste : la pointe de sa ranger gauche appuyant sur le talon de la droite pour l'extraire, la cigarette après, tandis qu'elle se massait les orteils, le menton sur les genoux.

– On peut se voir demain ?
– Dix-huit heures. Même endroit.
– Dix-huit heures.

Je vais savoir qui nous a désignés, qui a donné l'ordre.

Amindi lit quelque chose dans mes yeux car son visage change. Que voit-il ?

Kerando

Kerando n'avait jamais souffert de la solitude et ne comprenait pas pourquoi la plupart la craignaient tant. Depuis qu'il avait rejoint le monde de la rue, il se rendait compte combien ceux qui l'entouraient tentaient d'y échapper. Ils se regroupaient dans le hall à demi éboulé de l'ancien cinéma et jacassaient à longueur d'après-midi. Lui se tenait à l'écart, ne participant jamais aux discussions.

Il s'installait toujours à la même place. Les murs portaient la marque des rafales d'armes lourdes, une affiche déchirée pendait, un film égyptien : on y voyait une femme danser en cheveux rouges et bracelets d'or.

Sans qu'il ait pu en connaître la raison, le monde s'était inversé, il dormait le jour et rôdait la nuit, toujours dans les mêmes lieux, autour de la scierie et près du bar de Domoro. Les lumières s'éteignaient tard, le monde semblait devenu nocturne. A travers le feuillage de la rue, il pouvait voir entrer des filles, des soldats, des traîne-misère quémandaient une obole. Depuis qu'il observait l'endroit, il avait appris à repérer les trafiquants de drogue, les macs, les agents de la police secrète.

Il se tenait à l'angle du carrefour, le dos contre le tronc blanchi à la chaux d'un manguier. Au centre, la guérite se dressait, toujours vide : aucun agent de la circulation n'y venait plus.

Kerando ne quittait pas le bar des yeux. Assis sur un carton d'emballage, il guettait Bacala. Jamais il ne l'avait vu entrer dans le café où, pour son malheur, il l'avait rencontré.

Le jour où le nouveau Président avait prononcé son discours, il se trouvait très loin de l'estrade mais il l'avait vu. Il portait un uniforme d'officier et paradait avec ceux qui entouraient Toramba. Il avait joué des coudes pour sortir de la foule qui l'enserrait, et il s'était échappé en direction des faubourgs où il avait marché longtemps.

Jamais il ne l'aurait. C'était impossible. Bacala devait à présent dormir à la caserne ou dans l'une des villas des hauteurs de la ville réservées aux dignitaires. Toutes étaient gardées. Il restait une chance, celle qu'un soir il descende retrouver la bière et les putes de Domoro.

Il s'était donné quinze jours. Passé ce laps de temps, il abandonnerait, partirait retrouver sa fille, voir si la femme blanche avait tenu parole. Il franchirait avec elle une frontière, et ils s'installeraient tous deux au bord d'un fleuve, les années s'écouleraient et il oublierait la trahison et la vengeance. Lorsque le bébé était né, il avait été déçu car il voulait un garçon. Il avait peu regardé la petite fille, il pouvait compter sur les doigts de la main les fois où il avait joué avec elle, où il l'avait fait sauter sur ses genoux. Il n'avait jamais autant pensé à elle que depuis l'instant où il l'avait quittée, il conservait encore la chaleur moite du petit corps mouillé lorsqu'il l'avait enveloppée dans la capote. Il rattraperait le temps perdu, il trouverait une femme qui serait une bonne mère pour elle, ou bien ils vivraient seuls tous les deux, cela n'arrivait pas autrefois mais le monde avait changé, il était devenu fou et tout s'était disloqué... Les oncles, les armées de tantes, toute la famille avait volé en éclats, il restait seul à présent et n'en souffrait pas.

Il avait vendu des graines de pastèques salées quelques jours, avait travaillé dans un garage de mobylettes mais avait dû en partir assez vite pour une question de papiers, il avait rejoint la horde des sans-logis qui avaient envahi la ville et dormaient sur les trottoirs, traqués par la police. Il était une poussière dans la poussière, un grain de sable dans le sable, protégé par cette multitude dont il faisait partie mais dans laquelle il ne se fondait pas.

Il entrouvrit les paupières. Sur le verre brisé de la caisse du cinéma, on voyait encore le tarif des places.

La Reine du Monde

Il se leva et pénétra à l'intérieur de la salle. L'écran pendait, décroché aux trois quarts. Par rangées entières, les sièges avaient été volés après les combats. La nuit, l'endroit était fréquenté par les junkies, et les filles venaient y faire des passes. Kerando s'était réfugié plusieurs fois à l'unique balcon, il avait dormi derrière l'un des piliers dans l'incessant va-et-vient des dealers et de leurs clients. La salle était un navire vide, un bateau de ciment armé où ne venaient s'embarquer que des voyageurs immobiles au sommeil hébété. Il la traversa et sortit par l'issue de secours placée sous la scène. La cour était étroite et encombrée de carcasses de camionnettes éventrées. Il ne restait que la ferraille, même le rembourrage des accoudoirs avait disparu, la plupart portaient encore des traces d'incendie.

L'assaut de la lumière lui fit cligner des paupières. Sa jambe était douloureuse, il lui en resterait une cicatrice boursouflée et un léger boitillement, mais il avait échappé à la gangrène. Un des hommes qui l'avaient ramené en camion l'avait soigné en bourrant la plaie de sulfamides. Il leur avait faussé compagnie dès la première nuit.

Des rats couraient dans les caniveaux. Ils formaient un grouillement aux reflets veloutés, presque soyeux, où passait la lueur rosâtre des queues plus longues que les corps. Il les avait observés au cours des après-midi surchauffés derrière les entrepôts, il lui semblait parfois garder en permanence dans les oreilles le son aigre de leurs trilles ténus, ils s'aventuraient parfois très près de lui et il ne les chassait pas. Pourquoi l'aurait-il fait ? Il était devenu un rat lui aussi, un rôdeur gris errant dans les bas quartiers et cherchant sa pitance.

En suivant le mince liséré d'ombres que découpaient les auvents il s'écarta du centre de la ville. L'activité reprenait, près du grand marché la plupart des échoppes étaient ouvertes, les bruits de marteaux des chaudronniers retentissaient sous les piliers de la halle et les femmes avaient repris la pose parmi les sacs d'épices et les étals. Le parfum aigre des tomates pourrissantes recouvrait celui, plus fade, des viandes aux reflets de bronze. Les ânes avaient recommencé à brouter les cartons sur les monceaux d'ordures. Des sorciers confectionnaient des pansements d'herbes pour les furoncles et les écorchures. Sur un anthrax au creux de la nuque, il vit un chaman écraser des corolles fragiles de fleurs inconnues, et Kerando sentit se créer le mélange étrange de la souffrance et du parfum sucré. En contrebas du chantier abandonné de l'autoroute, les baraques pullulaient à nouveau, il avait fallu un peu moins d'une semaine pour que le remblai se peuple de l'emmêlement vertigineux des tôles, des parpaings de récupération, des cageots, des couvertures où s'entassait toute la population venue de l'intérieur du pays chercher refuge dans la capitale. Les fumées de maigres feux montaient, droites entre les cailloux, et Kerando pensa que, lorsque les premières pluies viendraient, l'argile glisserait le long de la pente, et tout serait submergé en une nuit, les baraques s'effondreraient sur les tentes et la fuite continuerait, toujours recommencée. Les cloisons ondulaient dans l'air chaud, au crépuscule arrivaient les nuages de maringouins que la fumée âcre des bouses ne parvenait pas à chasser.

Il croisa des mendiants et longea les rails de l'ancien tramway. Un chien le suivait depuis le bidonville, il se baissa, ramassa un caillou qui sonna contre les côtes de l'animal. La fourrure pelait par plaques et la chair grisâtre du poitrail eut un reflet rapide, maladivement obscène. La bête jappa et, dans les branches basses d'un frangipanier, les perroquets s'envolèrent.

Il approchait des docks. Sur sa gauche, dans le miroitement de la lumière, il pouvait apercevoir les ibis perchés sur les pilotis et les pirogues envasées. Il avait parcouru près de cinq kilomètres à travers la ville. C'est ici qu'il travaillait autrefois, ici où l'on était venu le chercher pour lancer la fusée qui, au cours de ses cauchemars, lui semblait avoir été le signal de la guerre, elle avait monté droit dans le ciel et tout avait éclaté, l'enfer était une porte qu'il avait lui-même entrouverte.

Kerando pouvait déjà voir le mur de pisé du bar. Lorsque le soleil aurait disparu derrière les toits des fabriques de cotonnades et des ballots de

La Reine du Monde

raphia, il s'installerait une fois de plus devant la porte et attendrait celui qui lui avait tué son père et sa femme, Melike, dont le visage s'effaçait si vite qu'il lui semblait la sentir mourir en lui une deuxième fois.

Zoran

– Ils font bien l'Europe, faisons l'Afrique !

Zoran se mit à rire. Ce petit rondouillard était décidément un joyeux drille. Un moment il avait craint d'avoir affaire à une délégation de wonderboys en costume ferreux et agenda électronique, et il avait vu arriver Moussah Zimberi, chemise abricot, cravate parme à motifs ananas, sourire permanent, la soixantaine chauve, l'estomac débordant et une bonté sans limites dans le regard.

Zoran savait qu'il y avait eu une époque pas si lointaine où tous les plus grands responsables policiers non gangrenés du Mozambique, de l'Angola, de la Zambie, et surtout de l'Afrique du Sud, auraient donné dix ans de leur vie pour loger une balle dans la tête avenante de ce joyeux grand-père. Il avait su coordonner les réseaux de contrebande et avait été, avec l'appui de ministres de la Défense, le maître du trafic d'or et de diamants. On estimait que, chaque année où Zimberi était en activité, la quantité d'or volé dans les mines sud-africaines s'élevait à trois cent trente millions de dollars américains. Il avait travaillé en confiance de nombreuses années avec la De Beers et commercé avec les plus grandes places financières de l'univers.

Zoran leva son verre de champagne.

– A l'Afrique que nous allons bâtir !

Zimberi accentua son sourire, prit sa flûte, la plaça soigneusement devant lui et ajouta dans le liquide pétillant une pincée de sucre en poudre.

– Excusez-moi, dit-il, je sais que cela doit faire frémir le véritable amateur que vous êtes, mais je n'aime le vin que très doux. Un goût de fille.

– En parlant de fille, dit Zoran, j'ai sélectionné pour vous quelques admiratrices, si vous en exprimez le désir, elles se feront une joie d'exaucer tous vos caprices.

Zimberi observa les paillettes blanches se fondre dans l'or du liquide.

– Une croyance bien ancrée tend à faire croire que la sexualité s'affaiblit avec l'âge, c'est faux. Je suis de plus en plus un grand amoureux.

– Voulez-vous les voir avant de...

D'un geste du bras, Zimberi l'interrompit.

– La plus craintive, dit-il, c'est celle-là que je veux. Malgré nos traditions, les femmes s'émancipent, je surprends parfois dans l'œil de certaines comme une impertinence, un défi, je ne le supporte pas. J'aime traquer dans leurs yeux la crainte de ce qui peut survenir. Avez-vous réfléchi au fait qu'une chambre close peut être un lieu d'épouvante ? Bien des éléments s'y rassemblent pour que naissent les terreurs : le lit, la nudité, le duo, l'impossibilité de fuir... Avez-vous une peureuse pour moi ?

Zoran hocha affirmativement la tête. En fait, il n'en savait rien. A chaque arrivée d'un invité, il faisait venir trois des tapineuses habituelles qui hantaient les bars des hôtels internationaux, il leur demandait d'arriver en jupes plus sages, de ne pas annoncer leurs tarifs d'entrée et, surtout, d'attendre cinq bonnes minutes avant de fourrer leurs mains dans les braguettes, tout le reste était du savoir-faire et elles n'en manquaient pas.

– Nos associés s'occuperont des détails, dit Zimberi, sommes-nous en identité de vues sur le but et les principes du rapprochement de nos activités ?

– Je pense que nous pouvons aller jusqu'à parler d'accord.

Ils échangèrent leurs dossiers. Chacun d'eux représentait quatre feuillets 21x27 écrits à la main. Les tractations duraient depuis quatre mois mais elles avaient abouti. Les deux hommes seraient liés comme les doigts de la main. Tout producteur devait avoir un distributeur jusqu'à ce qu'il en devienne un lui-même. Jusque-là, le petit bonhomme était utile. Plus tard, il lui faudrait le tuer. Zimberi devait d'ailleurs le savoir et il deviendrait dangereux dès que leurs affaires auraient atteint un certain taux de prospérité. Mais, pour l'instant, l'homme était plus que nécessaire, il connaissait les marchés, les taux et, surtout, les ingénieurs. En choisissant les techniciens, il aurait la haute main sur la fabrication des produits, en quantité et en qualité.

Zimberi termina son verre et se lécha les lèvres. La trace du dépôt de sucre laissait sur la paroi une traînée blanchâtre.

– Superbe villa, assura-t-il, je vous fais tous mes compliments : vous avez vu grand.

Zoran ne releva pas, de l'index il désigna la chemise bleue contenant les feuilles manuscrites.

– J'aimerais que vos experts soient attentifs en particulier au problème des amphétamines, cocaïne et héroïne sur le marché de l'Afrique de l'Ouest. Si nos prévisions se révèlent exactes, il vous sera bientôt plus rentable de vous alimenter chez nous plutôt qu'aux Indes, où les filières acheminant le mandrax passent par le Mozambique, la Namibie et le Zimbabwe, ce qui vous occasionne des frais supplémentaires et des risques multiples.

– J'attirerai leur attention sur cet aspect, cela ne me paraît pas poser de difficultés. Nous aurons à noter quelques déceptions du côté de nos amis de New Delhi mais, que voulez-vous, c'est la loi du marché.

Zoran prit une nouvelle cigarette. Il avait réduit la consommation, il n'en était plus qu'à quarante par jour.

Un mot l'avait arrêté dans la dernière remarque de son hôte, celui de « déception ». Il n'existait pas de fournisseurs déçus, il n'y avait que des concurrents morts. La drogue était une guerre et elle éclaterait très vite, car ce qu'il était en train de mettre en place était le fondement d'un empire. Une belle ambition, mais les hommes sans ambition étaient des hommes sans avenir.

Une stratégie de monopole : tels étaient les maîtres mots qui dirigeaient tous ses actes depuis plus d'un an. L'échelle de l'organisation était celle du continent, il avait beaucoup réfléchi, beaucoup étudié, et il avait conclu que rien n'était possible si l'on s'arrêtait aux frontières. Mais, aujourd'hui, débutait le couronnement : la drogue était le produit roi. Il dégageait une impression de pureté radicale, ce serait l'or du XXIe siècle. Il y avait eu les ruées du début du XXe dans les Rocheuses, le Klondike, la Californie. Aujourd'hui, la fièvre s'installait ici, au cœur du continent noir, et il en serait le maître.

– Nous devrons tomber d'accord sur le problème des forces de sécurité, dit Zimberi, nos vues diffèrent sur ce sujet.

– Permettez-moi de vous exposer mon projet.

Zoran tendit un organigramme qu'il avait fait exécuter deux jours auparavant par trois de ses hommes. Il savait que la discussion serait longue et qu'elle avait démarré sur un point important mais secondaire.

L'essentiel n'était pas là. Ce qu'il fallait définir, c'était une politique générale qui reposât sur un principe simple. Tous les chiffres le démontraient : l'usage de la drogue était associé de façon extrêmement étroite à l'activité guerrière. Cela datait des conflits remontant à plus de trente ans : révoltes congolaises, guerres du Biafra, du Liberia, de Sierra Leone, de Somalie.

La prolifération était également liée à l'urbanisation. Le terrain sur lequel allait s'édifier son empire avait deux pôles essentiels : la guerre et la ville. Il fallait répandre l'une et l'autre, tout le reste était de l'ordre du détail.

La discussion dura trois heures et les deux hommes ne s'arrêtèrent que lorsque le compromis auquel ils étaient parvenus leur parut acceptable.

Ils sortirent alors et descendirent les terrasses.

– Vous êtes né où, Zimberi ?

– Un village de l'Ouenné.

Zoran eut un petit rire.

– Je ne suis jamais retourné chez moi, dit-il, et, je dois l'avouer, je n'y retournerai jamais car j'en ai horreur : j'y fus très malheureux.

– Allons manger, dit Zoran, j'ai le meilleur cuisinier du continent.

– Dieu nous protège, soupira Zimberi, amenez-moi plutôt vos putes.

Zoran se mit à rire. Décidément, il aimait bien le petit homme. Dommage qu'un jour prochain il soit obligé de le tuer.

Van Oben

A vingt-trois heures, il avait sélectionné une chaîne câblée qu'il ne regardait jamais et avait suivi le débat que le sous-secrétaire d'Etat aux Affaires africaines lui avait signalé : quatre types dans des fauteuils, un peu sociologues, un peu historiens, un peu économistes, rien de très défini mais tous spécialistes de l'Afrique noire. Dès les premières secondes, il ressentit un sérieux sentiment d'ennui. C'était exactement le genre de débat susceptible de l'endormir en quelques minutes. Chacun des intervenants semblait posséder une certitude inébranlable, l'un d'entre eux en particulier tint à insister sur le fait que, malgré la situation préoccupante, tout se terminerait bien car il restait persuadé que l'optimisme fondamental et constitutif du tempérament africain contribuerait à aider le peuple à résister et à triompher de l'adversité.

– Tu devrais écrire des comédies musicales, maugréa Van Oben.

Nouveau cela : il avait tendance à parler tout seul, cela l'avait surpris mais il s'y faisait... Mauvais signe.

« Une des tragédies de cette fin de siècle est que des hommes tuent aujourd'hui au nom de la race ou de Dieu. »

– Il est con ou il le fait exprès ? murmura Van Oben.

Les conflits ethniques et religieux n'étaient qu'un prétexte secondaire fourni aux exécutants, une sorte de justification incantatoire à l'usage des tueurs salariés. A croire que tous ces braves gens devant les caméras n'avaient pas encore compris les ressorts véritables des événements. Bien sûr que les assassins traçaient dans le sang le nom d'Allah ou celui d'un chef religieux animiste, on n'allait pas leur faire écrire sur les murs le nombre de milliards de dollars qui allaient changer de mains en cas de victoire, c'était une question de pudeur, donc de manipulation.

Il baissa le son et les regarda. Il suffisait de les observer pour comprendre que l'on ne pouvait pas les croire, que leur métier consistait à transformer de vaseuses hypothèses en brillantes certitudes. C'était cela la télévision, tous ceux qui se trouvaient, un jour ou l'autre, devant une caméra obéissaient consciemment ou non à une règle d'or : ne jamais avouer que l'on ne savait pas, que l'on pouvait se tromper. Parmi les participants, il y avait un faux hirsute. Van Oben pensa qu'il avait dû longuement étudier le négligé de la cravate et l'emmêlement soigné des mèches ; ça n'était pas si facile d'avoir l'air de ne pas se soucier de son apparence, celui-là avait dû y consacrer pas mal de temps. Un néolibéral, persuadé que la privatisation et la libéralisation financière servaient de barrage aux pillages qu'avaient occasionnés les nationalisations. La vérité était évidemment inverse, ce type disait revenir du Cameroun où il avait effectué un voyage d'études, et Van Oben gloussa :

– Tu n'as pas dû quitter le bar de l'aéroport, mon petit bonhomme...

Il se demanda si ce brave homme savait qu'il existait des minoteries à Douala et s'il avait entendu parler de la Sodecoton. Des guignols.

Il acheva la lecture du journal : résumé de l'avant-dernière journée du Tour. Pas de changement dans le classement des dix premiers ni dans celui des équipes. Van Oben avait une tendresse pour le vélo, il en avait longtemps désiré un et avait fini par réaliser son rêve trop tard, il devait avoir dix-sept ans. Il avait appris seul en se tenant aux murs d'une rue étroite derrière chez lui, pédalant sur le trottoir. Ensuite il avait roulé sur le chemin de halage, le long de la voie ferrée, il attendait le soir pour que personne ne le voie : toujours cette fameuse peur de s'afficher. Cela venait de loin, il n'avait jamais eu à apprendre à passer inaperçu puisque personne ne l'avait jamais remarqué. Un espion-né...

Il zappa : des reportages dans les cités, des images de caïmans crevant la surface de lentilles d'eau, un jongleur dans le rond lumineux d'un cirque invisible, un générique de film noir et blanc, le rugissement du lion de la Metro Goldwin, du basket américain, ce monde n'arrêtait donc jamais.

Il éteignit et se promit de louer une cassette de film pornographique. Il y avait un magasin sur l'avenue Daumesnil mais il ne pensait jamais à s'y rendre. En fait, il trouvait ce genre de productions parfaitement ennuyeuses mais espérait, grâce à elles, retrouver l'envie perdue.

Il avait laissé les fenêtres ouvertes sur le jardin étroit et la nuit bleue. Il pouvait voir, du fond de la pièce où il se tenait, les reflets brillants des lames courtes des fusains : mille petits canifs étroits.

Saint-Mandé, fin de dimanche. Il allait pleuvoir.

Il se leva et s'accouda à la fenêtre du vieux pavillon. Rien n'avait changé, la tapisserie aux fleurs stylisées était celle qui existait déjà lorsque sa mère s'était installée là en 1934. Dans le noir, il distinguait la masse du Bois et le grondement lointain du périphérique. D'ici, l'hiver, lorsque les arbres étaient dénudés, il pouvait apercevoir le toit du musée.

La Reine du Monde

Il y avait quelqu'un devant la maison.

Une densité plus profonde de l'ombre contre la grille : entre les interstices du feuillage, la lumière de la rue ne passait plus.

Personne d'ordinaire ne stationnait en ces lieux, ils étaient les moins fréquentés qui soient, la ruelle formait un coude et il connaissait tous les occupants des villas voisines, il y en avait trois et les propriétaires n'avaient pas changé depuis au moins trois décennies, il pouvait dire leurs noms. Quelquefois, en charentaises et pipe d'écume, M. Vernot accomplissait le tour du pâté de maisons, c'était la preuve que les beaux jours étaient revenus, mais sa promenade n'avait jamais lieu si tard, et, surtout, il ne se serait pas arrêté ainsi...

Van Oben recula dans la pièce et jugea que, de l'endroit où il se tenait, il était invisible. Pas d'arme dans la maison. Il n'en avait jamais voulu. Au moment de l'affaire des phosphates du Togo, un des responsables de la sécurité lui avait proposé une autorisation de port d'armes pour armes de poing de quatrième catégorie. Il avait refusé. Il possédait un numéro de téléphone pour appeler en cas de danger. Il ne s'en était jamais servi et se demanda où il avait bien pu le noter.

La silhouette ne bougeait pas. Il n'y avait pas de quoi s'alarmer. Pas encore. Le métier était en fait beaucoup plus calme qu'on ne le croyait : après tout, ses bases se trouvaient loin du terrain d'action et il ne s'était fait tirer dessus qu'une seule fois, à Munich, par une femme sans doute payée par un proche de Bokassa. Il avait d'ailleurs perdu une semaine à la faire sortir de prison et à la retourner, elle était devenue l'un de ses meilleurs agents en Guinée.

Il soupira et décida de sortir.

Le mieux était de savoir ce que l'homme lui voulait. Ce qui l'ennuyait, c'est qu'il devait remettre ses chaussures de ville et il ressentait, en fin de journée, une paresse insurmontable à l'idée de ce geste... Il allait se décider à garder ses chaussons d'intérieur lorsque la silhouette se déplaça derrière la haie, apparut à la porte et leva le bras droit.

Au même instant, la sonnette retentit.

Livre V

Van Oben

Quelques secondes, Van Oben se demanda s'il n'allait pas laisser la chaînette de sécurité et simplement entrebâiller la porte, mais la précaution était ridicule, elle ne servait à rien. Si ce type était venu pour l'abattre, il s'y serait pris autrement et il serait sans doute déjà mort. Il appuya sur le bouton déclencheur et la porte de la grille s'ouvrit. Lorsqu'il monta les quatre marches qui menaient à la porte du pavillon, Van Oben put mieux voir son visiteur, la lumière du lampadaire de la rue découpa sa silhouette et balaya le visage quelques fractions de seconde. Un Blanc, grand, la cinquantaine, il le connaissait.
Où l'avait-il vu ?
Alors que l'inconnu levait la main droite pour frapper à la porte, il ouvrit et ils se trouvèrent face à face.
Van Oben s'effaça et, au même instant, le reconnut. Des photos dans la presse du soir.
– Entrez.

La Reine du Monde

Marc Brandon. Sa femme avait été tuée. Le couple désigné par le doigt du diable.

L'un suivant l'autre, ils pénétrèrent dans le salon et Van Oben éclaira la suspension. Il avait même laissé les napperons à la mort de sa mère, la gondole lumineuse trônait toujours sur la vieille télé et, dans la bibliothèque sous verre, on pouvait contempler une collection de poupées en costumes folkloriques. Il se souvenait de la façon dont elle se les procurait, c'était une marque de yaourts ou de biscottes, il n'avait plus souvenance des détails : elle collectionnait les vignettes présentes dans les paquets, au bout d'un certain nombre elle avait droit à l'une des figurines. Il les avait trouvées laides, même enfant il les détestait, il y avait dans cette façon de les obtenir quelque chose d'obstiné, de médiocre qui l'horripilait. Même aujourd'hui, il n'arrivait pas à juger attendrissant l'acharnement que la vieille dame avait mis à les collectionner.

– Je sais qui vous êtes.

Marc hocha la tête.

– Cela va simplifier les choses.

– Asseyez-vous.

Sans le quitter des yeux, Marc obéit. Il faisait erreur ou alors ce monde était fou. Quel rapport pouvait-il exister entre ce petit vieux déplumé et binoclard et la mort de Marah ?

– Nous allons boire, dit Van Oben, parfois il

traîne dans les fonds de verre comme un relent de vérité auquel il ne faut jamais croire.

– La théorie des possibles, dit Marc, je voudrais que vous me l'expliquiez.

– Qui vous en a parlé ?

– Expliquez-la-moi, je voudrais l'apprendre de votre bouche.

Van Oben versa le restant de whisky le plus équitablement possible entre les deux verres.

– Lorsqu'un gouvernement soutient en sous-main un homme ou un mouvement politique en dehors de sa sphère d'intervention nationale, il crée un incident ou un accident qui semble indiquer qu'il est la première victime de cet homme ou de ce mouvement, ce qui, aux yeux des différentes opinions publiques, tend à prouver qu'il se tient hors du coup.

Il vida son verre d'un trait et poursuivit .

– Vous avez été le fusible de l'opération Toramba que nous avons soutenue.

Marc prit le verre et le fit tourner entre ses doigts.

– Qui a choisi ?

– Moi.

– Pourquoi nous ?

Van Oben haussa les épaules.

– Difficile à expliquer, le hasard a sa part... Un couple installé a de quoi émouvoir les médias, vous étiez là depuis longtemps, votre femme était infirmière, on joue donc sur la corde : « Ces gens-là ne respectent rien. » L'âge aussi : suffisamment élevé pour supposer que vous aviez fait votre trou, et assez jeune tout de même pour penser que vous aviez encore un avenir

Marc but.

Un bon whisky.

C'était étrange, l'alcool déployait une sérénité, la paix intérieure ne devait être qu'une sensation d'estomac.

– Vous savez comment elle est morte ?

– J'ai eu des rapports à ce sujet, dit Van Oben, je pense qu'en discourir ne serait agréable ni pour vous ni pour moi. D'une façon générale, les détails sont toujours navrants.

– Vous avez dû être déçu de voir que la moitié seulement de la mission avait été remplie.

Van Oben eut un sourire restreint.

– Si l'on me disait qu'à partir d'aujourd'hui tous les ordres que je pourrais donner seraient exécutés à cinquante pour cent, je signerais des deux mains. Vous avez une cigarette ?

– Non.

Le vieux monsieur eut une grimace.

– Cela m'embête beaucoup, je me suis toujours promis que je sentirais encore une fois l'odeur du tabac avant de mourir.

– Vous pensez que je vais vous tuer ?

– Je le pense, oui.

Marc le regarda. Ce n'était pas du courage, il avait simplement l'air de s'en foutre. Aucun désespoir en lui, seulement une fatigue, peut-être passagère.

– Un siècle finit, dit Van Oben, je ne me sens pas suffisamment en forme pour en entamer un autre, trop de choses ont changé, elles sont allées de plus en plus vite, et je ne tiens plus le rythme.

Il termina son verre, souleva la bouteille pour le remplir à nouveau : elle était vide.

– Décidément, dit-il, le sort s'acharne.

Il y eut un miaulement dans le jardin, le chat devait se trouver juste sous la fenêtre.

– Ernest, dit Van Oben, c'est son heure, il ne passe jamais sans prévenir.

Il soupira.

– Mon histoire ne vous passionnera pas, dit Van Oben, mais je peux vous la raconter car elle tient en peu de mots. Je suppose qu'il est légitime pour vous de savoir qui vous allez expédier dans l'autre monde.

Marc se vit dans le reflet de la fenêtre ouverte. Il se trouva vieilli. Son image était imprécise mais il y avait comme une défaite nouvelle sur son visage, une usure qui ne s'y tenait pas quelques jours auparavant.

– Je vais vous descendre parce que j'ai fait une vie d'enfer à ma femme, dit-il, c'est comme ça. Si elle était morte alors que nous vivions en belle harmonie, je vous en voudrais moins... Tout cela est parfaitement injuste, mais, vous comme moi, nous savons que la justice ne règne pas en ce monde.

Van Oben caressa le velours du vieux fauteuil dans lequel il s'enfonçait.

– Je suis tombé amoureux d'un continent qui n'existait déjà plus au moment où j'ai commencé à en rêver, dit-il, on ne fait pas mieux dans le ratage. Je voulais découvrir des mondes cachés et je sauvegarde des intérêts dont personne ne profite, sinon quelques grandes compagnies dont les représentants dégagent une tristesse infinie. C'est une politique de fous furieux, conjuguant à la fois l'incompétence et l'entêtement. L'Afrique flambe et mon rôle est d'attiser la flamme de façon à récupérer quelques pépites dans les cendres chaudes. Je ne vous assénerai pas un cours de diplomatie mais tout cela vient d'une idée qui traîne depuis des siècles dans la tête des politiques à qui on doit l'apprendre dans les grandes écoles : il faut toujours être présent dans les endroits chauds. Rien n'est pire que l'absence. « La France doit faire entendre sa voix » est la formule la plus dangereuse et la plus stupide qui ait jamais été prononcée.

– Cela n'exclut pas la neutralité, dit Marc, l'Amérique joue les bons offices et...

– Vous tombez dans tous les panneaux, dit Van Oben, depuis quarante ans je suis de près l'histoire extérieure des Etats, je n'y ai jamais rencontré un arbitre objectif. Je vais vous dire une chose

La Reine du Monde

qui va vous surprendre, monsieur Brandon, la terre est extrêmement réduite.

– Développez, dit Marc.

– Les surfaces de ce globe sur lequel nous évoluons avec la grâce que vous connaissez sont de plus en plus étroites, il s'agit de s'y implanter et d'en extraire les richesses le plus rapidement possible, avant que nous colonisions d'autres planètes ou que nous disparaissions à jamais. C'est une vision cosmique mais vous ne pouvez vous imaginer à quel point elle est actuellement exacte.

Marc se rappela soudain, depuis qu'il était en face du vieil homme, il se demandait à qui il ressemblait : il venait de trouver. Il avait eu un prof autrefois au lycée, c'était sa dernière année d'enseignement : il parlait de Racine, de Rotrou, son regard fuyait par les vitres, dépassait les marronniers de la cour en contrebas et filait vers le jade triste de la Seine et de ses ponts. M. Fournot, le nom surgit. Sa vie avait passé là, sur cette estrade, trente ans à parler de *Britannicus*, de Néron, à ramasser les copies, il devait pouvoir continuer à faire son cours tout en pensant à autre chose. Marc avait senti une amertume douce, une ouate lente et routinière : la vie, c'était donc cela, des murs, des élèves, des vitres, des vers tant répétés qu'ils en avaient perdu leur force, apprendre aux jeunes le vieux monde... Ce n'est pas vrai que les gosses sont impitoyables : ainsi, personne ne chahutait plus M. Fournot, il y avait en lui trop d'heures gâchées, trop d'espérances mortes. On ne tirait pas sur une ambulance. Et ce soir Fournot resurgissait dans cette vieille maison à l'odeur de laine usée, elle montait des tapis, se mêlait à celle de la terre pauvre, venue du jardin. Un bateau échoué depuis toujours dans ce coin de banlieue.

Marah.

Il fallait qu'il se souvienne comment elle avait été tuée, qu'il ranime les tisons de la colère, sinon il n'y arriverait pas.

– Vous nagez dans une bouillie que vous vous fabriquez vous-même, dit Marc. Nostalgie, désespoir métaphysique, apitoiement, ça ne vous empêche pas d'être la reine des ordures.

– Je n'ai jamais prétendu le contraire, murmura Van Oben.

Marc se leva et sortit le Zastava. C'était un vieux flingue hongrois ou polonais, il ne se souvenait plus très bien, un automatique lourd à détente dure.

Van Oben leva un doigt dans un geste d'écolier.

– Petite seconde, dit-il, je crois me rappeler qu'il doit me rester une bouteille de vieille prune.

La détonation ébranla la pièce, la puanteur de la cordite supplanta instantanément l'odeur fade des tapis.

Béral

Nul ne sut jamais comment l'ordre avait circulé dans le camp de Sotani.

Le jour se levait et le bleu des tentes commençait à peine à apparaître sur le vert des collines lorsque les premières cohortes s'ébranlèrent.

En ligne, leurs longues cannes de bambou à la main, les soldats avançaient lentement au coude à coude, sans heurts.

Devant eux, embrumées dans les dernières scories du sommeil, les familles en hâte rassemblaient les hardes et, dans la lumière maladive de l'aube, les premières femmes se dressèrent, de lourds baluchons en équilibre sur leurs têtes.

L'exode à nouveau.

Bacala se pencha et, du fil du poignard, trancha l'une des cordes qui maintenaient une tente, les piquets s'abattirent, la toile ondula, sembla planer et se coucha en oiseau mort. Derrière la ligne des soldats, le sol était couvert de leurs formes bleues et fantomatiques, devant eux il semblait que tout un peuple montât vers les collines et les forêts.

Un adolescent, à quelques mètres, rabattit le couvercle d'une valise sans ferrures, d'un tour de main l'entoura de raphia et serra un double nœud. Il se redressa et suivit les autres, le bras distendu par l'effort, les muscles sous la peau comme des cordes.

Pas un cri : une houle se déversait, vidant le camp. Bacala alluma un cigare : devant lui, une femme ramassa une casserole oubliée sur un amas de cendres froides et la suspendit derrière son dos, près d'un bébé entravé dans un chiffon, au centre de ses omoplates.

Béral entrouvrit une paupière.

Quelque chose se passait. Un bruit montait du camp qui n'était pas habituel. Il jeta un coup d'œil à sa montre, il n'était pas cinq heures.

D'ordinaire, il entendait à cet instant les becs des marabouts claquer au bord des mares et les piaillements plus lointains des singes dans les hautes branches. Certains s'aventuraient parfois, franchissant les limites du camp, jusqu'aux lieux de distribution des camions des O.N.G., grappillant des grains de riz dans la poussière.

Or, ce matin, tout se taisait sauf cette rumeur, ce bruissement qui s'élevait, comme si un gigantesque animal sous-marin montait à la surface et remuait ses écailles ; il se leva, tira le rideau et eut en perspective l'allée centrale du baraquement qui servait d'infirmerie.

Les deux rangées de vingt lits chacune se faisaient face. Béral constata qu'il n'était pas le seul à être réveillé. Une demi-douzaine de malades se tenaient assis sur les paillasses, l'oreille aux aguets. Il sentit la tension de ces hommes immobiles dans le dortoir.

Que se passait-il ?

Il revint près de son lit de camp, enfila sa blouse sur son short, glissa les pieds dans ses rangers et sortit.

Le camp se vidait.

A l'opposé, il pouvait voir la cohorte se former, le long serpent des exilés prendre corps. Ils venaient de toutes parts, la tête se formait, le reste allait suivre, il deviendrait un animal géant, long de plusieurs kilomètres et composé d'humains exténués.

Béral jura entre ses dents. Sur la quarantaine de patients qu'il avait en ce moment, les trois quarts ne pouvaient pas marcher, et les autres n'atteindraient jamais la forêt pourtant toute proche. Pas question de les faire sortir du camp.

La lumière neuve du matin cuivrait les visages et le sol tassé par les piétinements de milliers de gens se teintait de bronze.

Il s'engagea dans les travées, au milieu des tentes, et remonta vers l'entrée du camp.

Tous achevaient de s'habiller et regroupaient les

linges mis à sécher pendant la nuit, les ustensiles de cuisine, quelques hardes, du manioc dans une calebasse, quelques piments séchés dans un fond de sac.

– Qui vous a dit de partir ?

La femme à laquelle il venait de s'adresser le regarda sans comprendre et acheva de glisser ses pieds déformés dans de vieilles baskets sans lacets. Il dut répéter sa question :

– Qui vous a dit de partir ?

– Je ne sais pas.

Il continua sa marche, tous étaient debout à présent et les paquets s'entassaient aux portes des tentes et des cahutes de tôle ondulée, de carton ou de torchis qui avaient poussé durant les dernières semaines.

Seul, il ne pourrait jamais s'opposer à ce départ. Quelque chose avait dû les alerter, leur faire peur, et maintenant tous suivaient. Il avait déjà connu de tels mouvements de foule, ce pouvait être la crainte d'une épidémie, d'un massacre, parfois l'espoir qu'ailleurs des convois les attendaient, emplis de vivres, les informations se propageaient à folle vitesse, vraies ou fausses...

Il vit la ligne des militaires monter vers lui. Ils allaient lentement, poussant devant eux le troupeau. Il les regarda opérer : pas de violence, juste cette allure de rouleau compresseur qui ne laisserait rien derrière lui.

Il boutonna sa blouse de médecin. Il eut la

conscience aveuglante d'être ridicule et, surtout, pas impressionnant. Mais il était l'un des médecins du camp et, à ce titre, il avait le droit de savoir. C'est en tout cas le raisonnement qu'il se serait tenu s'il n'avait pas eu dix ans de brousse derrière lui. Même s'il y avait un côté inutile dans sa résolution, il pouvait toujours essayer.

Les rayons tournaient à l'or et firent briller les barrettes sur les épaules kaki des officiers. Il marcha droit sur celui qui se trouvait le plus proche. Une sale gueule. Il sentit sa vieille détestation antimilitariste surgir en lui à la vitesse d'une montée d'adrénaline : ce type avait dû décider une fois pour toutes que tout civil était une merde et que les merdes devaient être enfouies sous des tonnes de terre.

— Je suis le médecin du camp, dit Béral. Puis-je savoir ce qui se passe ?

Les lèvres du lieutenant demeurèrent longtemps fermées. Il avait un air si dégoûté que Béral se demanda s'il n'allait pas, tout à coup, se mettre à vomir, elles se descellèrent enfin.

— Ordre d'évacuation.

— Pour quelles raisons ?

— Infiltration de groupes terroristes.

Il aurait dû s'y attendre, c'était à chaque fois le prétexte invoqué. Personne n'y croyait plus mais cela faisait partie de la routine...

— J'ai des malades intransportables.

Le lieutenant haussa les épaules.

— Je n'ai pas d'ordre à leur sujet. Ce soir, il ne doit plus rester une seule personne sur le terrain.

Béral s'écarta pour le laisser passer. La colonne continuait à avancer, imperturbable. Un des soldats jeta son mégot si près de lui qu'il sentit l'odeur du tabac.

Béral avala sa salive. Il avait commis une erreur : il n'aurait jamais dû quitter ses patients, il aurait dû savoir que ce monde ne connaissait ni pitié ni pardon. Qu'est-ce qu'il avait fait ? Même pas une protestation, tout juste s'il n'avait pas demandé où se trouvait le bureau des réclamations à des assassins professionnels.

Il rebroussa chemin, franchit dans l'autre sens la file des rabatteurs et se tint à nouveau au milieu des tentes qui se vidaient. La foule était de plus en plus dense. Béral pressa le pas, remontant la colonne, son genou heurta un coin de valise et il grimaça, doublant une famille qui tenait toute la largeur de l'allée : sur les épaules des plus grands, les enfants dormaient encore. Il ouvrit la porte du baraquement-infirmerie et battit des paupières : la moitié des malades étaient rassemblés près de l'une des ouvertures.

Il résista à la tentation de poser la question « qui peut marcher ? », aucun n'en était capable, ceux qui présentaient des blessures au torse ou au bras pouvaient faire quelques pas, mais personne ne pouvait dépasser le kilomètre. La moitié étaient immobilisés sur les lits, il y avait deux amputations

La Reine du Monde

de pied, des plaies à la machette qu'il avait fallu recoudre. Il sentit leurs regards dans son dos lorsqu'il décrocha le téléphone. Ce serait déjà beau s'il y avait quelqu'un au bout du fil. A sa surprise, le standard décrocha.

– Béral. J'ai une évacuation du camp.
– Nous avons déjà été prévenus ce matin officiellement.

Il ne connaissait pas la voix, peut-être un nouveau : le personnel changeait souvent à la Croix-Rouge, comme dans toutes les organisations sanitaires.

– J'ai des blessés, il faut que...
– Le cas est prévu, ils vont être acheminés par ambulances.
– Par vos ambulances ?
– Par ambulances.

Béral sentit le serpent lui mordre la nuque. Les salauds. Ils allaient les embarquer tous et personne n'arriverait vivant.

– Ecoutez, dit Béral, j'ai des listes mises à jour de tous mes malades et je les ai communiquées au Comité international de la Croix-Rouge. Une assistance médicale permanente leur est nécessaire, je les accompagnerai.

La ligne était mauvaise, la friture intense. Béral dut faire répéter ce qui venait de lui être dit.

– Je n'ai pas compris votre dernière phrase.
– Je vous disais qu'un accompagnateur était prévu.

– Médecin ?
– Oui, médecin.
Ce n'était pas vrai. Le cas s'était déjà produit : il ne leur coûtait rien de coller une blouse blanche à un type qui, au bout de trois tours de roue, sortirait un sabre de débroussaillage.
– Je pars avec eux, dit Béral.
– Une commission d'enquête doit se rendre sur les lieux pour en vérifier l'état sanitaire, elle compte vous y rejoindre pour lui faciliter la tâche. Vous devez rester à Sotani.
– Dites à la commission que je l'emmerde.
Béral raccrocha.
Piégé. Il se retourna et les vit : tous ses patients le regardaient. Il ne pouvait pas les lâcher à présent, cela ne se faisait pas. Rien de plus simple pourtant, il ramassait ses trois chemises fripées, son sac sur l'épaule, il se fourrait les mains dans les poches et partait en sifflotant. Qu'est-ce qu'il en avait à foutre après tout ! Tout mourait autour de lui, qu'il s'en mêle ou pas... Il n'était pas payé pour sauver le monde ! Il gagnait pour celui-ci ou celle-là un peu de temps de vie parfois, avec de la chance et de la sueur, c'était tout. Il n'avait qu'à rentrer en France et il finirait par diriger un service de chirurgie à Vendôme et ce serait réglé. Il en avait soupé de l'Afrique, de ses miasmes, de ses fièvres et de ses crimes... Ce n'étaient quand même pas trois douzaines de moribonds qui

allaient l'empêcher de dormir pendant le restant de sa vie.

Il compta les brancards entassés contre le mur : il y en avait sept. Il le savait pertinemment mais il n'avait pu s'empêcher d'espérer en trouver un de plus. Je commence à devenir con, pensa-t-il.

Il allait falloir en confectionner d'autres avec des draps et des bambous. Il faudrait faire vite.

– Des ambulances viennent nous chercher, dit-il. Tout va bien se passer.

Pourquoi ai-je dit « nous » ?

Béral soupira, chercha une clope, comme d'habitude n'en trouva pas et espéra qu'aucun de ceux qui se trouvaient là ne lui demanderait quelle était leur future destination.

Il s'assit, sourit et murmura : « Adieu le Loir-et-Cher. »

Toramba

Et les buffles s'étaient enfuis.

La seconde la plus stupide et la plus déterminante de la vie de Toramba : il y avait eu quelque chose d'immensément ridicule à avoir failli mourir pour cette raison, le grelottement infime d'une sonnerie de portable à quelques mètres d'un gibier redoutable. Le plus étrange était que les bêtes se soient enfuies d'un trot lourd. La communication la plus importante qu'il ait jamais reçue : le feu vert de la reconquête. Les crédits spéciaux étaient débloqués, le soulèvement programmé, la France l'aidait de crainte de voir l'Amérique le faire.

Aujourd'hui, il était le maître à nouveau mais les difficultés s'accumulaient. D'abord, l'affaire des camps de réfugiés : il avait refusé toutes les commissions d'enquête mandatées par les instances nationales ou internationales, mais des fuites avaient eu lieu, des commandos de tueurs s'étaient introduits à Sotani et ailleurs. On dénonçait les conditions de vie, les épidémies qui en résultaient, rien de bien nouveau dans tout cela : l'Occident et ses susceptibilités...

Mais il y avait plus grave et plus complexe, c'était la maladie interne au pouvoir africain, une sorte de cancer qui n'avait épargné ni la Sierra Leone ni le Rwanda, ni le Cameroun, ni le Tchad, ni le Congo, ni aucun des Etats avoisinants, et qu'il sentait s'installer peu à peu. C'était un travail de sape insidieux, une mise en place lente et inexorable, une sorte de gangrène implacable et invisible, que les spécialistes avaient appelée le dédoublement des structures du pouvoir : la constitution de lobbies d'autant plus influents qu'ils réunissaient des intérêts économiques, des grands chefs militaires, des seigneurs de la guerre, des chefs d'ethnie, des religieux, tout un mélange détonant qui finançait parfois des oppositions au régime et coupait le pouvoir de ses bases.

Toramba avait vu surgir le lendemain de son accession au pouvoir des personnages anodins sans rôle officiel. Ils étaient les porte-parole du monde de la nuit, celui des réseaux de mafias, des polices et troupes parallèles. Ils s'organisaient, apparaissaient parfois en représentation collégiale, et Toramba, moins d'un mois après son installation, avait dressé une liste de quatorze noms.

Ceux-là devaient disparaître. Bacala et les prétoriens s'en occuperaient.

Il hésitait encore. Il n'avait aucune preuve que

l'un quelconque de ses ministres ou de ses conseillers fût contaminé, mais une atmosphère planait au cours des Conseils, une atmosphère qu'il n'aimait pas. Cela se passait à hauteur des regards, des gestes esquissés, des marques de respect moins appuyées, une inclinaison moins accentuée des échines. Il lui faudrait éviter le sort le plus pénible qui soit pour un chef : n'être plus craint. Là était le danger. Cela s'était produit pour Mobutu et pour d'autres. Lorsque ses officiers n'avaient plus tremblé en le voyant, lorsqu'ils n'avaient plus lu leur propre mort dans son regard, ils l'avaient déjà remplacé au fond de leur âme. Il interviendrait avant, il fallait pour cela installer un réseau serré d'informateurs, encourager la délation, jouer les individus les uns contre les autres et les contrôler tous, du premier au dernier, vérifier sans relâche les transports de fonds, les dépenses de chacun, les trains de vie, ceux de leurs femmes, des maîtresses, des concubines... Beaucoup de chefs d'Etat y avaient consacré tout leur temps, oubliant l'intérêt général, le peuple, la nation tout entière. La politique était une folie et il était dedans jusqu'au cou.

Le jeu allait être serré mais la plupart des atouts étaient dans sa main : il avait la presse, l'armée, les marchés essentiels, pas tous, mais presque, s'il savait manœuvrer il ne pouvait pas perdre.

Et il y avait Zoran.

Redoutable. S'il arrivait à se rendre assez vite

indispensable il serait le plus dangereux de tous, son projet, s'il aboutissait, ferait de lui l'une des fortunes les plus colossales du monde, et il achèterait toutes les consciences puisqu'elles étaient à vendre. Ensemble, ils iraient loin. Très loin. Depuis la fin de la période coloniale, le continent n'avait connu aucun leader expansionniste. Des tribus avaient revendiqué des déserts, quelques conflits aux frontières pour quelques malheureux kilomètres, rien de sérieux. Lui, Toramba, pouvait changer la donne. S'il arrivait à instaurer un régime fort et riche, il tenterait de répandre le modèle, le temps des annexions serait alors venu. Il en rêvait depuis longtemps, même durant l'exil il n'avait pas cessé d'y penser : le monde équatorial était émietté, il fallait un rassembleur et il pouvait être celui-là. La terre pouvait offrir un nouveau visage, la puissance était une entité fluctuante, depuis des siècles elle s'était installée dans l'autre hémisphère mais les choses changeaient et il pouvait dépendre de lui qu'elles se transforment encore davantage...

Toramba tira sur les pans de sa vareuse. Il prenait de l'estomac depuis quelque temps, il lui fallait se surveiller. Il sortit de son bureau et les gardes sur le seuil s'écartèrent. Comme un écolier, l'un d'eux dissimula dans le creux de sa main la cigarette allumée. L'odeur de tabac blond planait.

Il traversa l'enfilade des couloirs qui menait à la salle de réunion où le Conseil devait avoir lieu.

La Reine du Monde

Sous les fenêtres dont les vitres brisées avaient été remplacées, on avait balayé trop sommairement et on pouvait voir briller dans le soleil des débris de verre et de mastic séché.

Dans sa poche, Toramba caressa la liste. Quatorze noms. S'il commençait, ce serait l'engrenage, d'autres suivraient, de plus en plus nombreux. Instaurer la terreur était une tentation. Il savait qu'il n'y résisterait pas.

Zoran

Zoran ramassa un peu de terre dans le creux de sa main et l'examina.

Devant lui, à perte de vue, le flanc de la colline se vidait de son trop-plein d'hommes. Il y avait un calcul qu'il aurait été amusant de faire : étant donné le prix moyen de la dope raffinée vendue aux particuliers aux quatre coins de la planète, le rendement que l'on pouvait tirer des terres devant lesquelles il se trouvait, et, compte tenu des frais de laboratoire, de transport, de distribution et des pertes de toutes sortes dues à l'efficacité des différents services de police chargés du trafic des stupéfiants, combien chacun des centimètres carrés qu'il voyait devant lui allait-il lui rapporter ? Il en avait à présent la propriété, les hommes d'affaires de Toramba s'étaient montrés plus coriaces que prévu mais, en fin de compte, les discussions avaient abouti et un compromis avait été trouvé.

Il leva la main vers le soleil blanc, écarta les

doigts et la poussière s'en détacha. Transformer la terre en or : quoi de plus magnifique ?

Il s'adossa à la portière de son 4x4 et respira l'air tiède.

C'était étrange de voir combien la lenteur de la marche conférait une majesté, quelque chose de biblique se détachait du spectacle qui s'étalait sous ses yeux et qu'il admirait du haut de la crête. Moïse contemplant son peuple partant à la recherche de la Terre promise... Il y avait quelques différences de taille : aucune terre n'était promise, la mort était au bout du chemin et il n'avait pas rencontré Dieu mais le Diable.

Il se sentit bien. Un rude travail l'attendait. Dès demain il commencerait, les premières équipes, hommes, techniciens et matériel partiraient à l'aube et transformeraient ces terres abandonnées en paradis, quelques mois encore et elles se couvriraient de l'herbe des fous dont la liqueur coulerait dans les veines.

Il ne haïssait pas l'humanité : il avait des amitiés solides, de francs rires et des moments intenses, mais une haine sourde lui venait pour les faibles, ceux qui ne supportaient pas les assauts de la vie, qui partaient à la dérive et en venaient à vendre âme et corps pour quelques grammes de merde blanche qui les tueraient tôt ou tard. Il avait toujours été ainsi depuis l'enfance. Il se connaissait cette rage, ce mépris des écrasés, des sans-ressort, ceux que le monde baladait, déracinait et qui erraient, les yeux perdus, la volonté brisée, et, parmi eux, les junkies étaient les pires, des loques finies. Dans leurs bras décharnés, il déverserait la lave en fusion dont il était le maître.

Marc

Ne m'en veux pas, Marah. Ne m'en veux pas.
D'ailleurs, tu n'aurais jamais voulu que je le tue.
Je crois que je ne l'ai pas fait parce qu'il avait l'air de s'en foutre. Il n'a pas sourcillé lorsque la balle a traversé le coussin à quelques centimètres de sa tête, il est même passé dans son regard, à ce moment-là, comme une lueur de soulagement : ce type en avait marre et je venais lui apporter une solution, la seule qui lui restât.
On s'est regardés et je n'ai jamais eu autant l'impression qu'à cette minute-là que la vie pouvait être si lourde. Manifestement, il en avait assez de la trimbaler : il n'était plus fait de chair et d'os, il paraissait le produit de ses amertumes, un organisme mû par la somme de ses déceptions, sans tristesse d'ailleurs, il n'en avait sans doute même plus besoin, il continuait à exister parce que la machine avait été lancée depuis longtemps et qu'il restait deux ou trois tours de roue à accomplir.
Nous sommes restés quelque temps face à face.

La douille s'était coincée dans le flingue. Même si j'avais décidé de continuer à le canarder, je n'aurais pas pu. Il aurait fallu que je démonte l'arme pour dégager l'extracteur, je ne me suis pas vu en train de lui demander un tournevis, un beau ratage. Au point que nous avons partagé quelques secondes d'hilarité.

Il est allé chercher sa bouteille de vieille prune dans un placard de la cuisine, et nous avons bu tandis que la nuit tombait. Il régnait une atmosphère de souriant désastre. Il a parlé beaucoup, plus que moi en tout cas : l'Afrique était sa grande affaire, tout au moins elle l'avait été, mais il ne s'en débarrassait pas, c'était une vieille maîtresse qui avait fini par le tromper. Lui avait vieilli, elle était restée jeune et belle et la perversion l'habitait. Pour supporter cette trahison, il avait sombré dans la sagesse, dans l'ironie désabusée de ceux qui ne croient plus en rien car tout les a déçus.

Il ne s'est pas étonné que je reparte là-bas, il connaît tous les acteurs de l'affaire : un mélange d'information et d'intuition. Il est au courant d'énormément de détails concernant les biographies des protagonistes, il a les chiffres mais va bien au-delà. J'avais parfois l'impression de voir devant moi un messager du destin battre les cartes, l'avenir était lisible.

Lorsque j'ai senti la fatigue m'envahir, je lui ai posé la dernière question, je me demande encore pourquoi. Elle concernait Zoran.

La Reine du Monde

J'étais venu tuer un homme et je repartais avec un conseil. Ce type avait fait massacrer la femme que j'aimais et j'attendais de lui qu'il me dise ce que je devais faire : vendre ou me cramponner, résister ou partir ?

Il a bu une dernière gorgée, a reposé son verre et murmuré :

– Zoran...

Son regard a erré dans la pièce et s'est posé sur l'automatique oublié sur la table.

– Il y a deux sortes d'hommes, a-t-il dit, ceux dont l'arme s'enraye et ceux auxquels cela n'arrive jamais. Avant de prendre votre décision, il faut que vous sachiez que Zoran appartient à la seconde catégorie, alors que, vous avez pu le constater, vous vous trouvez dans la première.

Je suis reparti à pied. C'était une banlieue que je ne connaissais pas. Des avenues bordées de pavillons fermés sur des jardinets étroits, grilles et pierres meulières. C'étaient là des habitations définitives conçues pour y naître et y mourir, à l'écart, replié.

J'ai retrouvé Paris assez vite, j'ai remonté l'avenue Daumesnil. Pas de taxi, mais cela n'avait pas d'importance, je me donnais l'impression de pouvoir marcher toute la nuit. Je ne l'ai pas tué, Marah, je ne saurai jamais pourquoi, à la dernière seconde, j'ai écarté le canon de sa tête, peut-être est-ce toi qui as poussé ma main, les morts ont-ils ce pouvoir ?

La Reine du Monde

Il me semble, depuis que j'ai quitté cette pauvre crapule, que je marche moins seul, que ta main pèse sur mon bras, et que, si je m'arrêtais soudain, j'entendrais sur le pavé l'écho prolongé de tes talons. Se peut-il que tu sois venue du fond de la nuit ? Se peut-il que, comme autrefois, nous marchions ensemble dans Paris ?

J'ai eu une envie de Seine, de m'accouder à la rambarde d'un pont à l'angle de la Cité. Tu avais décrété que c'était un endroit construit spécialement pour y fumer des cigarettes. C'était vrai : on pouvait les allumer même par grand vent, l'angle des maisons protégeait la flamme et les américaines y avaient un goût particulier que l'on ne retrouvait ni sur une rive ni sur l'autre, c'était propre à l'île, un phénomène inexplicable. Tu étais ravie de ta découverte. La nuit, les projecteurs des bateaux-mouches éclairaient notre chambre d'hôtel non loin de là, les ombres passaient, latérales, et nous embarquions pour un voyage de théâtre d'ombres, naviguant sur un fleuve immobile.

Je suis arrivé à l'hôtel alors que le jour se levait, j'avais marché toute la nuit avec cette crainte que tu ne disparaisses soudain, que, brusquement, ton ombre ne me quitte avec cette légèreté impalpable qu'ont les morts à se fondre dans l'invisible, mais non, tu es restée jusqu'au bout.

Un message m'attendait. Je devais rappeler la

plantation, ce que j'ai fait aussitôt. C'est Amindi qui a décroché.

Il m'a appris la mort de Béral.

Il m'a lu la version officielle biscornue mais non discutée : « Des éléments incontrôlés de l'ancienne armée de Biké ont attaqué un convoi, les autorités ayant décidé un transfert de population pour des raisons de sécurité et d'hygiène. Pour éviter les épidémies toujours possibles, le ministère de la Santé a décidé l'implantation de personnes momentanément sans abri dans une région moins propice à la propagation des fièvres. »

Béral accompagnait ses malades lorsque l'attaque avait eu lieu.

J'ai laissé Amindi parler sans lui poser aucune question. Je lui ai annoncé mon retour pour la fin de la semaine.

Béral. Pourquoi m'étais-je fixé sur lui ? Quelque chose en moi devait trouver son intérêt à vouloir en faire un rival, pourquoi, des mois durant, n'ai-je pu penser à lui qu'en train de faire l'amour avec Marah ? Pourquoi ? Je préférais penser qu'elle avait cessé de m'aimer non parce que je vieillissais mais parce qu'un autre avait surgi... Je l'avais bien choisi, Béral, rien de l'amant royal dont rêvent les femmes ! Un professionnel à tête de chien battu, humeur bourrue et odeur de vieille pipe : tout pour me rassurer au fond, j'avais été la passion, il était la passade. Il me fournissait juste de quoi souffrir. Peut-être qu'à un certain degré de névrose nous avons besoin de fabriquer nos propres plaies pour en sentir la douleur...

Etranges heures... Van Oben épargné regardait le vide dans son pavillon obscur que la nuit faisait dériver aux confins de la capitale. Béral mort, qui avait dû se traiter de con mais n'avait pas lâché prise. Et Marah au milieu, qui m'avait accompagné au cours de cette dérive nocturne le long des rues de Paris, rues mortes, ponts désertés, places vides.

Je me suis allongé sur le lit. Malgré les doubles fenêtres, la rumeur montait, l'éveil avait eu lieu, c'était faible encore mais, au fil des minutes, la ville se peuplerait.

J'ai fermé les yeux, et j'ai pris la double décision de revoir la tombe et de ne jamais vendre.

C'était sans appel et cette intransigeance m'a surpris moi-même. Peut-être, après tout, sur le deuxième versant de ma vie, allais-je me mettre à avoir des certitudes.

Lorsque Amindi boit, ses yeux s'élargissent. En fait, il lui en faut très peu, un fond de whisky et le dérapage commence. Il le sait et se méfie chaque fois que je lui tends un verre. Comme il sait que je le sais, je n'ai pas attendu qu'il trempe ses lèvres pour attaquer :

– Il faut que tu partes, Amindi. Je t'ai pris un billet pour Paris.

Il n'a pas eu un changement d'expression. Il a croisé les doigts et laissé la brise du soir venir à lui avec les parfums brûlés par le soleil du jour.

– Et je fais quoi, là-bas ? Je loue une chambre à Barbès et je me lance dans la vente des cotonnades ?

– Tu es officier. Tu as des diplômes.

Je me suis penché vers lui.

– Réfléchis. Tu ne peux rien faire ici. Tu dois rester caché, tu es inutile. Je peux te garder comme intendant, c'est-à-dire comme domestique en chef. Je ne crois pas que ce soit exactement ce que tu désires.

– Et là-bas ?

J'ai haussé les épaules.

– Ecris, parle, dénonce, ou joue aux cartes, démerde-toi : c'est ton affaire, ce n'est plus la mienne. De toute façon, si tu as envie de te bagarrer contre Toramba, ce n'est pas en restant près de lui que tu seras le mieux placé, tu le sais parfaitement.

Il le savait. A Obankiré, les opposants politiques étaient mis dans des puits de béton de trois mètres de profondeur et d'un mètre de rayon. Le record de survie était de quatorze jours.

Amindi a croisé les jambes, sa mâchoire s'est contractée.

– Tu vas avoir besoin de moi, a-t-il dit, quand Zoran saura que...

Je l'ai coupé :

— Un homme de plus ou de moins n'empêchera rien. Tu ne crois pas que je vais défendre la propriété à coups de flingue ? Je ne me battrai pas contre une armée. Tu ne me manqueras pas.

Il hésite. L'exil n'est pas qu'un mot, c'est un œil ouvert dans la nuit sur les murs d'une chambre que l'on n'aime pas, des rues inconnues, un monde qui se tait et se referme. Il connaît la France, il a été cet étudiant brillant, lisant les nouvelles diplomatiques aux terrasses des cafés du quartier Latin, mais cette fois il n'en sera pas ainsi : il a compris bien des choses et n'a plus d'espérance à avoir. Le retour n'est pas assuré.

— Il faudrait un Gandhi à l'Afrique, et ce ne sera pas moi, dit-il.

Nous sourions ensemble.

— Pourquoi pas ?

Il soupire.

— Pas de charisme, je ne suis pas un chef, je n'ai ni fulgurance ni vision de l'avenir, je suis un con de nègre avec un peu de culture blanche incorporée, qui voudrait pouvoir pisser tranquille dans le fleuve sur les bords duquel il est né.

Il ment. Ce n'est pas ce qu'il veut. La paix ne lui suffira pas, il veut la justice, l'équité, des lois nouvelles, un monde nouveau. Il s'est frotté à des esquisses de démocratie, et il désire implanter le modèle, mais trop de sang a coulé, il ne veut plus de révoltes, il n'y croit plus désormais. C'est un politique, un théoricien qui refuse de tremper dans la réalité. Si tout va bien pour lui, il écrira des livres, donnera des conférences dans les universités, un spécialiste reçu docteur *honoris causa*, chargé de recherches au C.N.R.S.

Au fond, il connaîtra le destin de Van Oben, l'un avait rêvé d'une Afrique ancienne, l'autre d'une Afrique future. Dans les deux cas, il s'agit de songe et de regret.

Il frotte ses mains l'une contre l'autre, les coudes sur les genoux.

– Pourquoi tiens-tu à ce que je parte ? Je pensais que nous étions amis...

Sa voix contient un reproche : il m'en veut car il sait que j'ai raison.

– Je n'en ai pas beaucoup, dis-je, c'est pour ça que je n'aime pas les voir mourir.

Il hoche la tête. Je sais qu'il a déjà accepté ma proposition, je le sais avant qu'il en soit conscient lui-même, mais cela viendra inéluctablement, car peu préfèrent la folie à la raison et la mort à la vie.

– Des flics et des hommes de Toramba tournicotent autour de la plantation depuis quelques jours, tu ne bouges plus d'ici, je t'accompagne moi-même à l'aéroport après-demain.

– Buvons, dit-il.

Au-dessus du rebord de son verre, ses yeux cherchent les miens.

– Rentre avec moi, dit-il, on se fera la tour Eiffel, Montmartre et la Sainte-Chapelle.

– Tu oublies les Folies-Bergère, dis-je.

L'alcool a le goût de cendre et de brûlé, il vient d'Irlande, affirme l'étiquette. Nous avions projeté d'y aller autrefois, Marah et moi...

Je le mettrai dans l'avion et je reviendrai ici. Je rencontrerai alors Zoran. Je lui ai déjà annoncé au téléphone que je ne vendrais pas. Il a du coup redoublé de cette amabilité particulière aux hommes d'affaires qui croient savoir que, de toute manière, ils triompheront car ils ont l'appui du pouvoir, la patience, l'argent et les tueurs. Mélange souriant de courtoisie et de cordialité, avec cette pointe maîtrisée de paternalisme que réserve celui qui sait à celui qui s'entête dans son caprice. Difficile de ne pas se sentir redevenir enfant, un gamin buté et stupide qui s'enferre dans son erreur.

Des éclats de rire nous sont parvenus, ils montaient du quartier des cases. On distinguait la lueur des feux du soir à travers les magnolias.

– Et eux, qu'est-ce que tu vas en faire ?

Ils sont mon plus gros problème. Quatorze familles qui se lanceraient, elles aussi, sur les routes. Ils se feront embaucher par Zoran, ce sont des agriculteurs, ils connaissent la terre. Je voudrais leur éviter les bidonvilles des centres urbains. Ils savent que leurs jours dans l'exploitation sont comptés. Cette année, les récoltes pourraient être splendides, le sorgho en particulier, le rendement des champs de patates douces devrait être, lui aussi, exceptionnel : pas de terre plus riche que celle des pays pauvres, cette planète n'est pas a une contradiction près.

Deux hommes, cet après-midi, réparaient l'enclos du corral en prévision du retour des troupeaux, je les regardais travailler · manifestement ils n'y croient plus, ils occupent les heures comme on se livre à un passe-temps.

– Ressers-moi.

Whisky.

Je monterai demain voir Marah. L'herbe doit être haute sur la colline.

Des pas ont résonné sur le chemin et je me suis penché pour mieux voir l'allée à travers le feuillage. J'ai reconnu la silhouette de Malawi. Il fait office de gardien depuis la mort de Somba et fait régner un peu la terreur parmi les jeunes en usant de son autorité d'ex-caporal de l'armée française.

Il a monté les marches de la véranda et s'est arrêté sur le seuil.

– Qu'est-ce que tu veux ?

Ses dents ont lui dans la pénombre.

– Il y a un homme qui veut voir la femme blanche. Je lui ai dit qu'elle était morte.

– Pourquoi veut-il la voir ?

– Il lui a laissé sa fille à soigner.

Je n'avais pas le souvenir que Marah m'ait entretenu d'une histoire semblable.

– Fais-le venir.

– Il me suit.

Malawi s'est écarté et, dans la lueur dansante

des photophores, la silhouette s'est découpée : un type très grand avec un sourire de misère. Il a posé la pointe de son bâton entre ses pieds et son regard s'est levé vers moi.
– Mon nom est Kerando, a-t-il dit.

L'herbe a repoussé sur le promontoire. Je m'y enfonce déjà à mi-corps et la tombe est devenue invisible.

J'ai été long à m'habituer à cette rapidité : un matin, je m'accoudais à la barrière de la véranda, et je me retrouvais devant une mer verte déployée, tout avait eu lieu pendant la nuit, c'était le travail foudroyant des racines, d'une force triomphante et souterraine qui recouvrait le sol jusqu'aux versants des premières forêts.

Il y a presque vingt ans que ma mère est morte. Je me suis retrouvé dans les allées d'un cimetière parisien, un soir de soleil printanier, c'était en avril. En redescendant vers le métro, je suis passé devant un petit monsieur assis sur un pliant devant une tombe, celle de sa femme sans doute. Je me suis demandé s'il venait là tous les jours, ou simplement une fois par semaine. Quel dialogue s'instaurait entre la morte et le vivant ? Je me souviens qu'il avait l'air animé et joyeux, rien de la longue et lugubre figure des visiteurs de Toussaint. Peut-être échangeaient-ils des nouvelles de leurs mondes. Et si l'au-delà était bourré d'anecdotes ?

La Reine du Monde

Rien de pareil ici, le soleil frappe et, le soir, le vent qui se lève courbe les herbes sous lesquelles elle repose.

Amindi est parti. Tu l'aimais bien, je crois, vous saviez rire ensemble. Le voilà en terre d'exil. Il se fera oublier quelque temps, il aura peut-être envie de monter un mouvement de libération, il lui faudra pour cela avoir le feu orange de Van Oben. Un spécialiste de l'orange, Van Oben, ni rouge ni vert, orange... Cela suffira à Amindi pour devenir la bête noire de Toramba : si les circonstances s'y prêtent, il prendra sa place.

Que te dire de plus puisque nous en sommes au chapitre des nouvelles ? Un type est arrivé il y a quatre jours. Kerando. Il travaillait dans une scierie et a pris la route avec famille et bagages pour fuir la guerre. Sa femme et son père ont été tués et il est à la recherche de sa fille... Elle n'avait pas un an quand il l'a vue pour la dernière fois. Son histoire pourrait être celle de milliers d'enfants si tu n'étais pas apparue dans son récit. Il a parlé à un moment d'une femme travaillant au dispensaire, il t'a décrite et ce ne peut être que toi. Il est resté une journée et il a dû t'aider, il a laissé la fillette en partant, il te l'a confiée, roulée dans une capote bleue. Je lui ai dit que tu avais été tuée, et j'ai été surpris de voir une vraie tristesse envahir ses yeux, un désespoir. Il comptait sûrement te revoir, il espérait que tu pourrais l'aider à retrouver la petite, je ne sais pas. Je l'ai gardé à la plantation, il aime le bois, il a tout de suite trouvé sa place dans l'équipe des installateurs de clôture. Lorsque son travail est fini, il fouine près des familles, essayant de découvrir des traces de son enfant, sans résultat jusqu'à présent.

Il était particulièrement désespéré avant-hier soir, d'habitude il sculpte des morceaux de bois pour les gosses de la plantation, mais ce jour-là il restait les mains vides, assis dans la poussière sous le manguier, je lui ai demandé ce qui n'allait pas et il m'a avoué un souci : avec le temps qui s'écoulait, il n'était plus sûr de reconnaître la petite, si elle était vivante il pouvait passer cent fois près d'elle sans le savoir. Quant à elle, elle ne pouvait pas avoir le souvenir de son père. Je suppose qu'il partira bientôt, il oubliera ou continuera sans cesse à chercher une fillette de plus en plus inconnue. J'ai recoupé les dates : c'est en quittant le dispensaire ce soir-là que tu es entrée à la plantation et que les tueurs sont venus. C'est sans doute pourquoi je me suis attaché à lui et que nous parlons assez souvent après le travail. C'est un type simple, solitaire et malheureux, mais je sens en lui une ombre qui m'échappe, un secret lourd qu'il trimbale et qui par moments l'écrase. Ses yeux fouillent la nuit et ses mains se mettent à trembler. Que s'est-il passé exactement ? Il me regarde parfois tel un coupable, comme si une faute avait été commise dont il porte la responsabilité.

Toramba mène la barque. Il y a eu trois arres-

La Reine du Monde

tations la semaine dernière. Peu d'échos dans la presse internationale. Les nouveaux forages ont commencé comme prévu et la compagnie a ouvert les cordons de la bourse, l'argent coule, frais et odorant, le système fonctionne... Le Président a un problème à résoudre : doit-il faire construire le palais dont il rêve sur les bords du fleuve, près de son village natal, ou moderniser son parc d'hélicoptères de combat ? Il sait que si la première option a les faveurs d'une grande partie du peuple, toujours sensible aux signes extérieurs de puissance, il risque de se faire épingler par la presse des principales nations démocratiques, en général hostiles à ce genre de construction somptuaire dans un univers misérable. Je pense qu'il optera pour les hélicoptères, en attendant des jours meilleurs.

Le vent du soir. Il fait si chaud encore.

Je vais rentrer. Voilà, je suis venu te raconter un peu des choses de ce monde, je dois ressembler au vieux monsieur du Père-Lachaise avec son pliant, venu bavarder jusqu'à l'heure de la fermeture.

L'herbe s'écrase sous mon ventre et le parfum monte, vert et épais. Une envie d'amour me vient de toi, désespérante, j'aurai même bandé pour une morte ! Un jour je reviendrai ici te demander pardon, mais il me faut du temps. En aurai-je assez, peut-être pas...

J'étais venu te parler d'amour, j'ai loupé mon

coup une fois de plus, cela ne t'étonnera pas. Le soir est venu, je te quitte.

Je n'ai jamais cru ni en Dieu ni en Diable, mais je sais aujourd'hui que ton âme plane sur la colline, je la sens m'effleurer avec ce vent, elle est le vent lui-même, elle est le restant de la lumière de ce jour, elle est ma force et ma vie, elle est le chant douloureux et tendre qui ne me quittera plus.

Bacala

L'amour faisait peur aux femmes.
Bacala l'avait remarqué depuis toujours, elles avaient ce recul de tout le corps, cette lueur dans les yeux où entrait l'effroi de la douleur à venir. Jamais aucune ne s'était approchée de lui, jamais l'une d'elles n'avait eu un geste comme dans les films, un effleurement, un sourire, toujours les cris, la peur et le repli, c'était insupportable à la fin et cela attisait sa violence et sa rage, il en avait tué quelques-unes dans les forêts, elles l'avaient bien cherché.
Une fois, il avait pris la main de l'une d'elles et l'avait posée sur sa joue, il ne demandait qu'une chose, qu'elle la laisse. Elle l'avait retirée aussitôt et il l'avait frappée. Il restait les putes, elles riaient, se déhanchaient et lui collaient la vérole, elles non plus n'avaient pas de tendresse. Le cinéma était une saloperie, pourquoi lui avait-on mis dans la tête ces quelques images d'accord parfait alors

que cela n'existait pas ? La vie n'avait rien à voir avec les films.

Jamais il n'avait habité une maison semblable.

Les pièces étaient vides, quatre en enfilade. On voyait sur les murs extérieurs les impacts des derniers combats, la terrasse ouvrait sur la ville qui semblait se déverser à ses pieds, comme d'une immense poubelle ouverte.

Il avait choisi une chambre au hasard pour y dormir. Il avait déroulé une paillasse, fait rentrer des caisses de vieux cognac récupérées dans les caves du palais présidentiel, et fourré son uniforme dans un placard.

La peinture sur les murs gonflait à cause de l'humidité et des cloques se formaient comme sur une peau malade. Une poussière sableuse recouvrait le carrelage, il ferait venir une femme pour l'entretien, elle ferait aussi la cuisine. Il était riche à présent, il touchait un salaire, il était respecté, il était l'un des responsables à l'échelle nationale de la sécurité. Il méritait ce titre, il avait suffisamment combattu pour ça.

Bacala se retourna.

La fille dormait toujours, la tête tournée vers le mur.

Il l'avait ramassée hier soir près de la cimenterie, ils avaient bu de la bière, un pack à eux deux, et puis ça s'était mal passé, toujours la même histoire, des choses qu'elle ne voulait pas faire, comme si elle avait eu le droit de choisir. Il l'avait payée, non ? Le ton était monté et il avait failli lui montrer la lame du poignard court qu'il portait dans son étui de cheville, les choses s'étaient calmées avec un bon jus virulent qu'ils s'étaient injecté à pleine veine et qui leur avait explosé les neurones. Après, il ne se souvenait plus de rien, il ne se rappelait même pas l'avoir touchée. Sans doute avait-il sombré avant.

Il se souleva sur un coude et la contempla. Une tortue vautrée sur une plage. Ecrasée, la bouche ouverte sur une absence de songes, des bourrelets aux hanches, des fesses lourdes, ridicules. Comment avait-il pu avoir le moindre désir pour elle, pour cet étalement de chairs !

Il se leva, heurta de l'orteil une bouteille vide qui alla rouler contre la porte et il récupéra sa chemise en boule sur le sol, dans la poche ses doigts trouvèrent le paquet. Il lui restait une cigarette, elle était tordue mais il put la redresser sans que le papier ne se déchire. La première bouffée lui coula dans les bronches comme un acide et il se mit à tousser.

– Tire-toi.

La fille continuait à dormir.

Bacala se pencha, attrapa une cheville et tira le corps jusqu'à la porte.

Elle ouvrit les yeux, tenta de se débattre mais Bacala ne lâcha pas. D'une dernière poussée, il la projeta dans l'herbe.

Les yeux battirent et il sentit monter la colère

en lui. Une pute aux yeux morts, voilà ce qu'il avait ramené.

– Mes fringues.

Il ramassa le corsage et le short argenté qu'il lui envoya. Elle vérifia si le fric était toujours dans la poche et serra les lèvres. Il pensa qu'elle devait avoir l'habitude de réveils semblables.

Elle s'habilla et il la trouva ridicule, sautillant sur une jambe pour enfiler son short trop étroit.

– Mes chaussures...

Bacala pouvait les voir dans la pénombre de la chambre. Des sandales aux lanières dorées.

– Tire-toi.

La fille se raidit. Elle les avait payées cher. Il lui avait fallu lever une douzaine de mecs pour se les offrir. Elle les avait gagnées, honnêtement, avec son cul, et elle ne pouvait pas les laisser là.

Elle regarda Bacala et retrouva le regard de la veille lorsqu'elle avait refusé. Elle avait eu peur à ce moment-là, heureusement qu'il avait eu sa giclée dans le sang parce qu'elle connaissait cet œil, c'était celui de la mort. Ce type pouvait la tuer comme on claque des doigts.

Sans un mot, elle tourna les talons et partit, pieds nus, en se déhanchant dans l'allée.

Bacala revint dans le couloir et regarda autour de lui.

Il n'en revenait toujours pas. La plus belle maison qu'il ait jamais eue. Quelques années auparavant, alors qu'il dealait sur les trottoirs, il avait vu sur les collines la résidence se construire. Les yeux brûlés à force de guetter les flics, les clients et les piqueurs, il avait vu au fil des mois s'élever les murs, parfois les travaux s'arrêtaient, des bandes se glissaient la nuit sur le chantier et volaient du matériel, des parpaings, même les bétonnières avec lesquelles ils repartaient... Dès les travaux finis, des Blancs s'y étaient installés, des fonctionnaires d'ambassade, des coopérants. Lorsqu'ils avaient quitté le pays, les locaux avaient été squattés, même les fils électriques avaient été volés... Ce qui appartenait aujourd'hui à Bacala avait été relativement épargné, quelques carreaux brisés, il ne restait plus un seul bouton de porte mais les robinets de la douche étaient toujours là.

Quatre pièces. Pour lui seul.

Peut-être donnerait-il une fête d'ici quelques jours.

Tous ceux qu'il inviterait viendraient, il pouvait en être sûr, s'ils n'étaient pas au rendez-vous il leur faudrait s'en expliquer, personne ne s'y risquerait.

Il s'assit en tailleur sur le perron.

Un matin vibrant. La ville en contrebas tremblotait dans la lumière derrière le feuillage.

Il en était un des maîtres. Il le sentait, la peur autour de lui s'était accentuée, c'était bon à ressentir, les hommes avec lesquels il était en contact direct manifestaient une déférence plus grande, ils guettaient davantage les signes de sa satisfaction à les entendre, à les voir agir. Ils lui obéiront encore davantage, ils iront au-devant de ses ordres pour quémander une approbation s'il le décide...

Le pouvoir. Depuis son installation au palais, il n'avait plus vu Toramba, mais hier des ordres lui étaient parvenus et il partirait demain.

Il faudrait tuer le Français. Le meurtre serait imputé aux bandes de rôdeurs qui traînaient dans la région, déserteurs de l'armée de Biké, morts de faim en quête de rapines. Ce serait un coup double : Toramba présenterait ses excuses à la France et, sous couvert d'une enquête, une liquidation des éléments douteux deviendrait possible, même à l'intérieur des camps.

Bacala s'étira. Tout serait parfait s'il n'y avait pas les boutons, ils avaient surgi depuis quelques mois, sur les tempes et les avant-bras. Il avait maigri, une lèpre s'installait mais elle ne le boufferait pas, il irait à l'hôpital et on le guérirait avec des piqûres, des pilules. C'était une maladie qui s'attrapait par les femmes. Il était normal qu'il l'ait, il y avait beaucoup de putes mortes, elles ne résistaient pas. Les hommes, eux, tenaient le coup, tout le monde savait ça. Des médicaments et du sommeil, et tout rentrerait dans l'ordre. Certains avaient recours à des sorciers. Pas lui. Il connaissait leurs arnaques : des histoires de vieilles paysannes.

Marc

Lu ce matin des journaux d'Europe. Ils datent de la semaine dernière. Qui a dit que le monde riche ne se souciait pas de nous ? Quatre pages sont consacrées à la région dans deux d'entre eux.

On peut craindre à leur lecture que les lecteurs ne s'y perdent, dans la mesure où les journalistes ont du mal à démêler les imbrications des conflits. Les oppositions tribales occupent le premier plan. Comment expliquer qu'il y a quelques années la paix régnait dans les villages ? Le monde qu'a soupçonné Van Oben n'était pas un mythe, je l'ai connu. Il y a eu la douceur des soirs au bord des puits, les jeux des enfants pataugeant dans les rivières, les fêtes rituelles... La paix a régné en ces lieux, elle était profonde, palpable, elle se voyait aussi bien dans la clarté des horizons que dans la sérénité des sourires. Ce n'était pas l'aveuglement du regard de l'étranger que j'étais, j'ai vécu les années d'or.

L'erreur a été de croire que tout cela ne finirait jamais.

J'ai pris la piste rouge hier et j'ai visité la région des marais. Les survivants grattent des lopins de terre et reprennent les vieilles cultures ancestrales : maïs, sorgho et bananes plantains. La plupart des fermes sont détruites, les tentes plastique des O.N.G. servent à boucher les trous des murs de torchis, causés par les tirs de roquettes. Beaucoup d'infirmes. Des gosses défrichent la brousse pour tenter de transformer le terrain et permettre des semailles. A Onanga, j'ai eu l'impression que seuls les plus jeunes avaient survécu.

Kerando était avec moi. Il cherche toujours son enfant et interroge les filles les plus grandes, sans succès jusqu'à présent. Certaines portent encore la marque des coups de machette. Comment ont-elles pu s'en sortir avec de pareilles blessures ? Il reste un univers de gosses mutilés sarclant la terre caillouteuse, leurs jambes grêles et rouges de poussière de sable s'agitent lentement. Des chèvres cherchent l'ombre des palissades de palmes tressées. Dans une cahute, trois bouteilles de Coca nagent dans une bassine d'eau tiède. Le marchand se tient à côté, accroupi. Je ne le connais pas. Autrefois, je savais le nom de chacun.

J'ai arrêté le moteur.

– Tu sais où sont les chiens ?

Il a hoché la tête et indiqué la direction du nord. C'est hier qu'un vieil homme est arrivé et a

La Reine du Monde

raconté qu'une meute écumait les villages. Un enfant mordu était mort une semaine plus tôt. Les bêtes ne reculaient pas devant les cailloux et les bâtons des bergers. Les chiens tuaient tout ce qui vivait : chèvres, cochons, poules, et ne les mangeaient même pas. J'avais promis de venir avec le fusil faire une battue. Je n'étais pas surpris, des cas de rage s'étaient déjà déclarés par ici, trois ans auparavant des troupeaux avaient été décimés par quelques chiens errants.

Marah avait commandé des vaccins antirabiques et les familles étaient venues en cortège au dispensaire. Même les vieux chamans acceptaient les piqûres car tous savaient que les morsures ne pardonnaient pas. Dans la nuit des cases, on murmurait le nom de la maladie : « la mort-tempête ».

La Jeep tanguait. La piste s'arrêtait là, la pente qui s'élevait devant moi était trop abrupte pour qu'on y ait tracé un sentier.

Dans la trémulation de l'air, les cultures en terrasses se déployaient. Les murets de pierre s'écroulaient par endroits. Tout en haut, au milieu des éboulis de roches, on voyait dépasser la poutre maîtresse de la maison du chef du village.

J'ai ramassé le fusil sur le siège arrière et l'ai sorti de l'étui : ce n'était pas une arme fragile mais le sable pouvait gripper le mécanisme, voire bloquer la détente.

J'ai demandé à Kerando de rester près de la Jeep. Des bandes de hors-la-loi étaient signalées dans la région et le trafic des pneus battait son plein. Des gosses de douze ans étaient capables de désosser une Jeep en quelques minutes, et je ne voulais pas courir le risque.

Je monte avec peine, les murets forment de hautes marches de géant qu'il me faut escalader à chaque fois, les épineux desséchés crochent dans mes vêtements comme des barbelés. La pente est si abrupte que j'ai l'impression de monter directement vers le ciel. Violence de l'azur parfait, je vais pénétrer dans ce bleu absolu, je vais m'y fondre.

Les premières cases sont vides.

Une odeur plane, un charnier peut-être. Pas de vautours cependant.

Il y a une ancienne mission sur la gauche, j'y suis passé il y a deux ans. Des pentecôtistes. Elle doit être vide, à moins que des familles n'aient utilisé les locaux.

Une fille est sortie de derrière un amas de branches. Seize ans environ, une serpette à la main, difficile de savoir si elle s'en sert pour couper les ronces ou si c'est une arme dérisoire, dans un réflexe de défense contre l'intrus que je suis. Je lui ai souri.

– Je viens pour les chiens.

Elle a hoché la tête à plusieurs reprises.

– Mon grand-père sait où ils sont. Venez.

Je l'ai suivie dans une sente. L'odeur persistait, ce n'était pas celle d'un charnier, celle-là je la connaissais, l'odeur est douceâtre et écœurante.

Ici c'était plus violent et j'en ai vu la cause à quelques mètres : deux cochons éventrés étaient suspendus à une sorte de potence.

Elle a écarté un rideau qui masquait l'entrée dans un mur épais recouvert d'une couche de terre rouge. On voyait encore l'empreinte séchée des mains des maçons.

Je suis entré, il faisait frais et sombre et, avant que le tissu ne retombe, j'ai deviné une paillasse dans le fond. Elle était vide et j'ai compris : les chiens que je poursuivais étaient ceux de la trahison.

Je devais le savoir depuis longtemps, en fait depuis que j'avais quitté la Jeep. Quelque chose m'avait averti que Marah s'était rapprochée de moi, jamais sa présence n'avait été si proche, mais je n'avais pas su si c'était pour m'avertir de faire demi-tour ou pour me demander de la rejoindre.

Trois flammes courtes. Le tueur se tenait à trois mètres.

Je viens, Marah, je déchire ta nuit, les épaisseurs qui nous séparent, comme autrefois à Vienne, regarde, voici les anciens tombeaux des vieux archiducs, et Prague si blanche, si noire, notre lumière dans la nuit... Je le savais, il n'y avait pas de chiens, il y avait toi, mon si beau piège, je vais savoir si tu m'as pardonné, je vais savoir si ton rire est le même dans l'au-delà, si la lumière qui dans tes yeux m'était réservée n'a pas changé, si ta joie est intacte... Je veux tout retrouver, et la folie et les musiques... Ils me tuent, Marah, et je rentre dans le bleu, il prend déjà ton visage, les collines ont disparu, secoue tes boucles, tends-moi la main, je n'ai pas su te venger mais l'aurais-tu voulu ? Il était si vieux, si mort déjà depuis si longtemps... Je sens déjà ton parfum, je suis si près, si près... Enfin.

Les journaux du surlendemain consacrèrent deux colonnes à la une pour relater la mort de Marc Brandon. Il s'agissait d'un accident de chasse. Le Français, alerté par des villageois, était parti tuer des chiens atteints de la rage signalée dans le secteur. Son corps avait été découvert dans un terrain accidenté où il avait fait une chute, ce qui expliquait une blessure à la tête due à un rocher, les deux cartouches du fusil qu'il tenait encore dans ses mains lui avaient crevé la poitrine, la mort à bout portant avait été instantanée.

L'article précisait qu'en l'absence d'héritier, l'exploitation qu'il dirigeait depuis un grand nombre d'années était désormais partie du domaine public, et serait mise en vente. Un acheteur désirant rester anonyme s'était déjà manifesté.

Sowana

Stupéfaite, Angelina Kuva laissa tomber le balai de brindilles.

Sowana avait disparu une nouvelle fois.

Cette gosse était un démon. Deux mois auparavant, elle se traînait encore à quatre pattes sans oser s'éloigner de quelques mètres de la hutte, et puis elle s'était mise à marcher, à courir plutôt, et jamais la vieille Mangene n'avait vu de petites jambes si rapides. Cela l'avait fait rire dans les débuts : minuscule, la fillette semblait montée sur ressorts et il suffisait de tourner la tête pour qu'elle ait disparu à l'autre bout du village. Tous la connaissaient à présent, Bonga, qui se tenait toujours assis au même endroit à l'entrée de la piste, disait que l'enfant avait un don : celui d'être partout à la fois. Il riait de toutes ses dents déchaussées et avait assuré à Angelina que sa protégée avait un moteur caché sous le ventre.

Angelina soupira et partit à sa recherche pour la troisième fois de la journée. Les premiers temps, elle la retrouvait devant le grillage rouillé de l'enclos des poules qu'elle tentait d'escalader, mais la petite Sowana avait rapidement épuisé le plaisir qu'il y avait à leur arracher quelques plumes, elle avait eu ensuite la période lézards : le jour précédent, elle en avait attrapé un au vol entre les pattes d'une chèvre. Où pouvait-elle bien être allée se fourrer cette fois ?

Angelina s'était attachée à l'enfant. Qui ne l'aurait pas aimée ? Elle ignorait tout d'elle, même son nom. Elle lui avait donné celui de Sowana car sa fille s'appelait ainsi : elle était morte dans un camp des hauts plateaux, un an auparavant. Elle n'avait jamais retrouvé son corps. Elle n'oublierait jamais ce matin où elle avait déambulé au milieu des monceaux de cadavres déterrés par des soldats, elle cherchait un tee-shirt jaune. Elles avaient été séparées au cours de l'exode et sa dernière vision avait été celle de sa fille courant sous les arbres avec ce vêtement couleur de soleil éteint : elle avait vingt-quatre ans.

Quelques mois plus tard, une cousine venant de la ferme Brandon lui avait laissé la fillette, son père l'avait abandonnée, fuyant l'avancée des troupes. Elle avait d'abord refusé de la garder : c'était avant les récoltes et les greniers avaient été incendiés, elle vivait alors de ragoûts de chien et de racines, elle avait accepté de la prendre quelques jours et la cousine n'était jamais revenue. Sowana était restée.

La Reine du Monde

Angelina avait taillé pour elle une jupe dans le grand manteau bleu aux lourds boutons de cuivre dans lequel la cousine l'avait apportée, et le bébé avait grandi. Ce qui avait frappé la vieille femme, c'est qu'elle ne pleurait jamais. Lorsqu'elle se mettait à chanter certains soirs, Sowana s'installait en face d'elle et battait des mains, suivant le rythme du chant, et s'endormait, la bouche gardant la trace du sourire.

– Sowana !

Il n'y eut pas de réponse. Où pouvait-elle être ?

Bonga se mit à rire lorsqu'il vit apparaître Angelina pour la troisième fois de la journée.

– Tu la cherches encore ?

– Cette fois, je vais la frapper, dit-elle, les mollets devraient déjà lui cuire. Tu l'as vue ?

– Non. Je vais t'aider.

Il se leva avec difficulté. Ses jambes étaient raides, les genoux semblaient deux blocs de pierre, les articulations paraissaient soudées. Il glissa avec difficulté ses pieds dans des savates qu'il avait confectionnées avec du raphia tressé et des semelles de caoutchouc découpées dans un pneu de camion. Appuyé sur un bâton, il se mit à accompagner la vieille femme qui ralentit.

– Elle a dû aller aux trois rochers, dit-il.

Angelina se mit à rire, lança au vieil homme un coup d'œil latéral et vit la malice dans son regard.

C'était un secret entre eux qui datait de longtemps, quarante ans, peut-être plus, elle avait perdu le compte. Bonga avait en ces temps-là le pas rapide, d'épais cheveux et les dents blanches. Ils étaient partis un jour de saison sèche jusqu'aux trois rochers et avaient fait l'amour dans les herbes jaunes durant tout l'après-midi. C'était un endroit où se réunissaient les dieux du soleil et de la nuit... Quelques jours plus tard, il était parti aider ses frères à conduire des camions sur les routes lointaines qui reliaient les océans et, lorsqu'il était revenu, elle était mariée à un paysan du village voisin. Il n'en avait pas conçu d'amertume et, depuis qu'il s'était à nouveau installé dans sa maison natale, ils n'en avaient jamais reparlé.

Ils étaient vieux à présent mais, en marchant à ses côtés, Angelina se souvint de l'intense douceur des heures, de la haute lumière qui régnait ce jour-là. Elle se rappelait le bruit métallique des tiges sèches se brisant sous leurs corps. Au fond, elle n'aurait connu que deux hommes, son mari pendant trente ans et Bonga un après-midi. Elle pensa qu'il n'était pas très étrange qu'elle se souvînt plus de ce jour que de tous les autres qui avaient suivi.

– Elle ne peut pas être allée si loin, dit-elle, elle court vite mais pas longtemps. Heureusement pour moi.

Tout en marchant, ils continuèrent à appeler, à intervalles réguliers, mais sans résultat.

La Reine du Monde

Bientôt ils atteignirent les trois rochers, et ils virent la plaine onduler sous le vent.

C'était le même bruit, la même brise qui avait soufflé à leurs oreilles ce jour-là. Bonga s'arrêta pour reprendre haleine, appuyé sur son bâton, resta un moment silencieux et dit soudain :

– C'était un jour d'espérance.

Elle comprit ce qu'il voulait dire, et une émotion la saisit. Elle avait ressenti cela, elle aussi, leur jour d'amour faisait partie du temps de l'insouciance : la vie s'étendait, bourrée de soleil et d'intensité. Que s'était-il passé, pourquoi le pays s'était-il couvert d'uniformes et de morts ? Pourquoi avait-il fallu tant marcher et tant souffrir ? Elle était une fille noire dont le rire cascadait et la joie coulait en elle à pleins ruisseaux...

Elle s'immobilisa et laissa l'immensité du paysage pénétrer en elle.

– Ça peut revenir, murmura-t-elle, ça peut revenir...

Bonga leva un sourcil perplexe.

– On est bien vieux, dit-il.

Angelina haussa les épaules et il retrouva le rire d'autrefois.

– Je ne te parle pas de nous, je pense à la joie.

– Ce sera difficile, dit-il, il y a eu trop de malheur.

– Ça reviendra.

Elle le sentait en cet instant, avec force et obstination, rien ne pouvait vaincre les collines, le ciel et le vent. Il y avait quelque chose d'indestructible dans ce paysage, les hommes continueraient à y vivre et un couple, un bel après-midi, quitterait en cachette les dernières huttes et courrait jusqu'aux trois rochers, ils s'enlaceraient et la vie reprendrait, si ample, si joyeuse. Angelina pensa qu'elle avait appartenu, ce jour-là, à une longue chaîne, d'autres étaient venus en ces lieux, d'autres y viendraient et la mélodie ne cesserait jamais, c'était ce chant qui maintenait le monde, un lien émanait de cet endroit, jamais il ne se briserait. Le temps ne cessait pas, c'est ici qu'il avait pris naissance.

Même les légendes n'expliquaient pas d'où venaient les trois blocs de basalte, les montagnes étaient trop lointaines pour qu'ils aient pu en dégringoler autrefois. Peut-être étaient-ils tombés du ciel, peut-être avaient-ils poussé hors des entrailles de la terre, nul ne le savait.

– Regarde, dit soudain Bonga, juste devant toi.

Angelina plissa les yeux, depuis quelque temps sa vue faiblissait mais elle distingua la petite tache bleue de la robe et le corps sombre sur le plan incliné du rocher.

Elle eut un mouvement pour s'élancer mais Bonga posa sa main décharnée sur son avant-bras.

– Laisse-la...

La vieille femme obéit.

Là-bas, la fillette gravissait la pente avec peine, elle s'était mise à quatre pattes.

La Reine du Monde

– Elle va tomber, murmura Angelina.
– Non.

Devant eux, le petit corps resta quelques fractions de seconde en équilibre et reprit l'escalade.

Angelina perçut le mouvement de Bonga, il avait tendu sa main droite comme s'il avait pu aider la fillette dans sa montée vers le sommet de la roche. Elle y était presque à présent.

– Un enfant-animal, dit-il. Regarde, elle veut toucher le bleu.

Ce devait être cette volonté qui hissait la petite fille vers le sommet, elle devait croire que là-haut, parvenue à la pointe, elle pourrait prendre et tirer vers elle la couleur rayonnante du monde, attraper l'infini de l'azur entre ses mains crispées.

Sans en comprendre la raison, Angelina sentit ses yeux s'emplir de larmes, pas de tristesse, pas de regret, le temps était enfui pour elle des routes ouvertes vers les horizons de l'avenir, c'était autre chose, de plus joyeux, de plus vivant, et qui n'avait pas trait au passé mais se rattachait à cette enfant dont le rire emplissait chaque jour de sa vie.

Bonga s'accroupit doucement dans la poussière du chemin sans perdre de vue la petite et Angelina sentit que le vieil homme éprouvait un bouleversement semblable au sien, comme si une gamine grimpant sur un rocher représentait une chose importante, comme si elle était le signe visible d'un changement, comme si des temps nouveaux allaient naître.

La Reine du Monde

Sowana parvint à l'extrémité du rocher et, après deux essais infructueux, se mit debout sur la plate-forme minuscule où ses pieds tenaient à peine. Ses paupières battirent deux fois sous l'afflux de la lumière, et elle leva le bras vers l'azur pour atteindre l'infini qu'elle était venue chercher.

Angelina s'assit à son tour à côté de son compagnon et contempla l'enfant dressée.

L'idée lui vint que la mort pouvait reculer et de beaux jours apparaître, emplis comme celui-ci de l'enfer calme de l'été, puis du ruissellement des eaux sur les palmes, de la violence des torrents et des cascades. La force née du jeu des planètes deviendrait alors toute-puissante, et le miel de la paix adoucirait le feu des blessures.

Épilogue

Kerando ne retrouva jamais sa fille.

Il la chercha longtemps mais ne pénétra jamais dans le village où Angelina continuait de l'élever.

Il traversa deux frontières et, comme il l'avait prévu, il se fit embaucher comme sculpteur sur bois. Pendant trois ans, assis dans la sciure avec cent cinquante compagnons, il tailla des éléphants, des girafes et des hippopotames dans un pays d'où ils avaient depuis longtemps disparu. Il s'installa un jour à son compte et ouvrit une échoppe sur le chemin de l'aéroport de Brazzaville, il apprit à baragouiner l'allemand, l'italien, l'anglais et suffisamment de japonais pour vanter l'authenticité de ses produits aux touristes.

Son désir de vengeance s'est lentement dissipé. Il y a quelques années, il le réveillait encore certaines nuits, mais ce temps est fini, Bacala est devenu un personnage important, protégé, et il n'aurait jamais pu l'approcher. Parfois il se souvient de la nuit où son père et sa femme ont été tués, mais la vie a repris, il s'est remarié et il attend son troisième enfant, il espère un garçon pour reprendre l'affaire quand il s'arrêtera, plus tard, bien plus tard...

Raynart a travaillé quelques années au Conseil de sécurité de l'O.N.U. en tant que spécialiste militaire des affaires africaines, mais le faible grade qu'il occupait dans la hiérarchie des Casques bleus ne lui a pas permis de réaliser une brillante carrière, et il a démissionné assez vite de ses fonctions.

Il s'est installé définitivement à Gand où sa femme tient un magasin de chaussures. Il partage depuis quelque temps ses activités entre sa mère malade et sa fille qu'il promène dans les jardins qui bordent l'Escaut.

Elle court devant lui. Il fait froid et il a enfoui ses mains dans sa parka. La petite se retourne vers lui et l'appelle à grands signes, mais il ne presse pas le pas. Il regarde le bronze des eaux que le gel de l'hiver figera peut-être, et un visage se forme à la surface de la rivière, celui du petit Africain rigolo qu'il a tant cherché et jamais retrouvé. Il songe que, s'il vit toujours, il doit être grand aujourd'hui, près de dix ans ont passé.

Pourquoi y pense-t-il si souvent ?

Il est vrai qu'il n'est pas encore arrivé à se passionner pour les mocassins à double semelle ou les richelieus à baguette. Un jour peut-être...

L'Afrique, il n'y reviendra jamais, la page est tournée.

Ce soir, Amindi passe à la télé.

Son livre est paru et semble remporter un certain succès, il a déjà fait le « Journal » de France-Inter et a obtenu plusieurs articles de journaux : aucun ne l'a satisfait pleinement et un malaise s'insinue en lui, d'autant que son directeur de collection lui a donné quelques conseils pour l'épreuve qu'il passe à la télé. Il l'a même entraîné devant une caméra vidéo, et le résultat a été désastreux, il s'est trouvé triste, abstrait, compliqué, comme si ce dont il parlait n'était rien de plus qu'un problème de mathématiques politiques et de prévisions économiques, alors qu'il s'agit de la chair et du sang des hommes.

Amindi s'est arrêté sur le pont Mirabeau. L'eau est noire et les reflets des néons dansent. Il est en avance, le studio n'est pas loin, sur l'autre berge. Il sent déjà contre ses paupières l'éblouissement des projecteurs, le malaise vient, le trac. Que restera-t-il de son intervention ? Saura-t-il dresser le tableau d'un pays déchiré, de ses drames ? On l'a prévenu, ce sera très court : il aura trois minutes, mais l'indice d'écoute est énorme. Son éditeur a précisé : « Ça n'a l'air de rien, trois minutes, c'est interminable. »

Trois minutes pour la fureur, le désespoir, l'exode et la tuerie, trois minutes pour les larmes et les vies brisées, une vague de panique le submerge, il ne saura jamais traduire ce qu'il éprouve, et pourtant il le doit, c'est son rôle, sa fonction d'intellectuel et d'homme de justice... Ce soir la Seine est large et roule une eau violente, les journaux parlent d'inondations en Ile-de-France et le fleuve ressemble aux rivières africaines, il en a la force souterraine, le visage de l'inexorable.

Il cherche dans sa poche les cigarettes et en allume une, encore un peu de temps, cela fait trois semaines qu'il s'est remis à fumer.

Allons, une carrière s'ouvre, on commence comme ça et on décroche le Nobel... Qui sait !

Van Oben mourut.

Cela se passa en plein été, Paris et sa banlieue étaient vides comme une coquille, et il avait sorti une chaise pliante pour s'installer dans son jardin, à l'ombre d'un noisetier maigrichon sous lequel il avait l'habitude d'écrire son journal lorsque la chaleur battait son plein. Il se trouvait alors coincé entre une rangée de poireaux et une autre de salades. Le silence était total, on était un 15 août et, à part un chat sur le mur du pavillon voisin, on ne pouvait discerner aucune présence vivante. Il sentit venir un étrange et agréable malaise, surgissement d'un lent tourbillon imprécis qu'il situa derrière sa tête. Le vertige l'envahit et, bien qu'il n'eût aucune formation médicale, il diagnostiqua une rupture d'anévrisme. Il avait tout à fait raison. il eut juste le temps de s'installer plus confortablement et d'étendre ses jambes : la dernière vision qu'il emporta de ce monde fut celle de ses pantoufles sur fond de laitues. Cela lui parut la touche dernière apportée à un destin dérisoire, il avait rêvé d'aventures et de conquêtes, et il mourait en charentaises à Saint-Mandé.

Le journal qu'il tenait ne fut jamais publié. Parvenu dans les mains de hauts responsables, il fut jugé trop sulfureux pour être rendu public, mais les dernières pages relatives à l'offensive de charme américaine en direction du continent noir influencèrent assez considérablement les réactions de la France face à ce sujet.

Van Oben repose dans le petit cimetière de la localité, à moins de cent mètres de chez lui.

Le vieux pavillon vient d'être détruit.

Toramba gouverne, vaille que vaille.

Après une période de répression intense qui nécessita la construction de deux prisons supplémentaires, le régime s'adoucit, en apparence tout au moins, et les condamnations d'Amnesty International se firent plus rares. Bien que tout parti d'opposition reste interdit, un arrêté ministériel a admis la représentativité de syndicats de travailleurs. Sporadiquement, des complots militaires sont déjoués.

Le Président, toujours à la recherche d'une reconnaissance internationale, cherche à se faire inviter dans des capitales européennes, sans résultat jusqu'à présent, mais il n'a pas perdu espoir. Le danger est ailleurs : l'un de ses ministres, celui-là même que Van Oben avait noté comme son successeur possible, acquiert une popularité inquiétante dans l'armée et auprès du peuple dont le niveau de vie reste l'un des plus bas de la planète.

Zoran poursuit ses activités sous la protection tacite des autorités. Il a un souci, les drogues artificielles à composantes chimiques prennent le pas sur les autres dans l'hémisphère Nord. Une restructuration est nécessaire et il n'est pas sûr de pouvoir tenir sa place sur un marché dans lequel la concurrence est violente.

Bacala a ressenti les premières atteintes du sida moins d'un an après sa nomination, il s'est rendu à l'hôpital et a très vite compris que l'établissement était un mouroir, sa paye, pourtant élevée, ne lui permettrait jamais de faire venir de l'extérieur les médicaments nécessaires. Il a décidé un soir d'en finir alors qu'il perdait régulièrement deux kilos par semaine. Il a fait venir des filles et de la bière et, lorsque la fête a été terminée, il s'est tranché la gorge dans sa villa toujours vide.

On retrouva son cadavre à demi dévoré par les rats.

Sowana a appris à lire très vite, elle est de loin la plus dissipée de la classe mais personne ne parvient à lui en vouloir. Elle travaille bien et sans effort.

La jeune institutrice l'a remarquée. Elle la suit des yeux lorsqu'elle court avec les autres filles sur le chemin qui mène au baraquement de tôle qui sert d'école. Elle songe à son destin : que deviendra-t-elle ? Une des filles qui peuplent les bordels du quartier portuaire et qui dansent dans les lumières rouges des Las Vegas, Delmonico ou Casa Roja ? Sera-t-elle la paysanne accroupie sur la terre trop sèche, son enfant ballottant sur son dos en sueur, ou suivra-t-elle une autre route ? Des études, un savoir, un pouvoir lui seront-ils donnés et comment arrivera-t-elle à les obtenir ?

L'autre jour, elle a arrêté la fillette dans sa course tandis qu'elle poursuivait ses compagnes, elle s'est penchée vers le petit visage éclairé par le rire du jeu.

– Qu'est-ce que tu voudrais être plus tard, Sowana ?

– Grande.

L'institutrice s'est mise à rire et a ressenti, comme à chaque fois, la vibration intense que dégageait le petit corps tendu.

– Je te parle de métier.

Elle n'a pas réfléchi une seule seconde, la réponse a jailli :

– Reine.

– Reine de quoi ?

Sowana a regardé autour d'elle. Au-delà de la verte déclivité de la vallée, se dressaient la turquoise des montagnes, les forêts dont on devinait la fêlure due aux grand fleuve. Très haut, des rapaces planaient à contre-soleil. L'enfant a passé sa langue sur ses lèvres ourlées et répondu :

– Reine du Monde.

La jeune femme a ouvert sa main et la petite s'est envolée comme un oiseau.

Curieusement, si la réponse l'a amusée, elle l'a aussi obscurément réconfortée, elle doit réfléchir pour en trouver la raison. Peut-être est-ce parce qu'elle a pris conscience que, malgré la misère et le dénuement, au cœur de la brousse, dans une baraque de torchis, de tôle et de car-

La Reine du Monde

ton, rien n'a réussi à réduire ou à briser le rêve de l'enfant.

Sowana court, noire sur le sol rouge, elle est l'espoir, indestructible et fragile, elle est la Reine du Monde.

DU MÊME AUTEUR

Aux Éditions Albin Michel

LAURA BRAMS
HAUTE-PIERRE
POVCHÉRI
WERTHER, CE SOIR
RUE DES BONS-ENFANTS
(prix des Maisons de la Presse 1990)
BELLES GALÈRES
MENTEUR
TOUT CE QUE JOSEPH ÉCRIVIT CETTE ANNÉE-LÀ
VILLA VANILLE
PRÉSIDENTE
THÉÂTRE DANS LA NUIT
PYTHAGORE, JE T'ADORE
TORRENTERA

Chez Jean-Claude Lattès

L'AMOUR AVEUGLE
MONSIEUR PAPA
(porté à l'écran)
E = MC^2 MON AMOUR
(porté à l'écran sous le titre « I love you, je t'aime »)
POURQUOI PAS NOUS ?
(porté à l'écran sous le titre de « Mieux vaut tard que jamais »)
HUIT JOURS EN ÉTÉ
C'ÉTAIT LE PÉROU
NOUS ALLONS VERS LES BEAUX JOURS
DANS LES BRAS DU VENT

*La composition de cet ouvrage
a été réalisée par
I.G.S. - Charente Photogravure à L'Isle-d'Espagnac,
l'impression et le brochage ont été effectués
sur presse Cameron
dans les ateliers de* **Bussière Camedan Imprimeries**
*à Saint-Amand-Montrond (Cher),
pour le compte des Éditions Albin Michel.*

*Achevé d'imprimer en février 2001.
N° d'édition : 14705. N° d'impression : 010971/4.
Dépôt légal : février 2001.*